U0115215

文學研究叢書

平生懷抱此中留

——勞思光韋齋詩詞論文集

王隆升　著

自序

　　勞思光先生是哲學家，更是文學家。

　　「志豈傷遲暮，詩堪託死生。」在漂泊不定、遠離故園的疏離感中，學問探索固然可以成為立志的目標，但詩歌卻更可能是更貼近自我內在與孤獨形象的呈現。被規範的詩歌形式，因其面對遭致的苦境中牽惹出敏銳的感受力與強大的學識以為骨幹，使勞先生詩歌不僅在格律上爐火純青、在筆法上千變萬化、在內容上面向多元、在主題上明確堅持，更重要的是文學本質──詩意與詩性的呈顯。

　　勞先生詩歌研究文獻之首，為一九九二年三民書局出版的《思光詩選》，收錄自乙未年（1955），下迄庚午年（1991）之作。而後筆者進行勞先生詩歌研讀與研究契機，始於國科會人文學研究中心補助，跨校組成《思光詩選》讀書會，除向勞先生當面請教其為詩之法及創作動機，目標為述解思光詩，並於二〇一二年出版筆者主編，並與林碧玲等十一位教師述解《勞思光韋齋詩存述解新編》一書。

　　於此期間，筆者針對勞先生詩詞創作進行研討，陸續撰寫論文，並獲科技部補助，於二〇一五年八月至二〇一九年一月，執行「勞思光哲學與詩文研究：勞思光哲學與詩文研究」之子計畫「勞思光韋齋詩的生命境界及其文學價值」，此本論文集，即是筆者近年對於勞先生詩歌創作的相關論文集結。

　　學界對於勞先生的詩歌研究論文，目前累計約為二十多篇（詳見本書論文〈清透與孤寒的雙重況味──從「勞思光文學」的討論出發，論韋齋詩的生命印記〉），仍屬於初期研究，因此，本書收錄之論

文關於勞先生生平部分，多有著墨；為保持原發表論文之完整性，並未進行修正或刪減。此外，原發表論文主要秉持學術客觀原則，論述中多採「勞氏」一詞，此論文集擬以情與理兼具之意義呈顯，因之，均採用「勞先生」一詞，僅此說明。

目次

文化人的情意與詞心

──論韋齋詞的生命情境與懷抱

摘要

　　詩歌作為情意生命的發顯，足以成為作者心靈境界之載體；身為閱讀者，更可從中領略其精神與懷抱。

　　本文以勞思光先生的詞作為研究對象，其目的在彰顯先生文化哲學之外的情意生命面向及開展之心靈境界。主要探討內容為：一、研究緣起、範疇及價值之說明；二、韋齋詞文本之詮釋；三、韋齋詞之風格、主題與特色；四、韋齋詞透顯的情意生命與襟抱。

關鍵詞：生命書寫、思光詩選、韋齋詞、勞思光。

一 前言

　　勞思光先生（1927[1]-）出身翰林世家，是湖南長沙人，本名勞榮瑋，字仲瓊，號韋齋。勞先生以「思光」作為筆名，最早見於一九五〇年的〈從文化史上看國家價值〉。[2]勞先生曾就讀北京大學哲學系，後轉入臺灣大學哲學系就讀。之後赴港居住，並曾於哈佛大學及普林斯頓大學進行學術研究及訪問，現為華梵大學哲學系講座教授。

　　勞先生對於思想研究之透澈與精深，已是公論，而思光先生雅好賦詩，在港時期並曾參加過「芳洲詩社」[3]，每有感懷，便有即興吟詠之作，故而從先生的詩歌作品中可以體察其情意面向之開展及心靈境界。

　　吟詠詩歌是士人文化生命發皇的傳統力量與模式，因而先生的詩詞創作，即是文人生命的存在方式。文學生命在哲學智慧的通透之際可以得其深；哲學生命在文學意興的潤澤中更能呈顯其韻；是故，文學心靈與哲學智慧的融貫，是極其重要的。而勞思光先生是一位哲學家，也可以稱為是一位「古典詩人」（即是一位哲學家詩人），正是文學心靈與哲學智慧融貫的典範。因此，筆者於先生詩歌創作之研究中，希能藉此將其古典詩研究下貫至現代領域，並且在文本閱讀及解析的過程中，深掘勞思光先生「哲學生命」中的「情意我」面向，從

---

1 二〇〇四年筆者與敝系林碧玲教授申請國科會人文學研究中心補助《思光詩選讀書會》，林氏告知先生曾於二〇〇二年六月六日告知：一九四九年初至臺灣時，身分證誤載為民國十一年（1922）生，實則為民國十六年（1927）生。

2 見勞思光：〈從文化史上看國家價值〉，《民主潮》第1卷第4期（1950年11月25日），收入《哲學與政治──思光少作集（三）》，頁9-13。亦可參考劉國英、黎漢基編：〈勞思光先生著述繫年重編〉，《無涯理境──勞思光先生的學問與思想》（香港：中文大學出版社，2003年），頁288。

3 勞先生參與芳洲詩社活動相關事宜，為二〇〇四年三月六日筆者與林碧玲教授主持「國科會人文學研究中心補助二〇〇四至二〇〇五年度《思光詩選》讀書會」第一次讀書會，勞先生主講「《思光詩選》的形成與思光詩的路數」告知。

而體會其人格形象與生命性靈，透過勞先生哲學家詩人詩作的特殊性，恢弘自家生命氣象，並進而廣開學術視域，闡明思光詩作之風格、主題與境界，探索其詩作在現代中國古典詩學發展中的意義及定位。

二　研究緣起與研究範圍──「韋齋」詞與韋齋「詞」

勞先生之詩集名稱為《思光詩選》，曾於一九九二年（時先生六十五歲），由三民書局出版。其中收錄了自先生二十三歲（庚寅年，1950）至六十三歲（庚午年，1990）四十年間的詩作，計有二百一十首，另附錄四首，共計二百一十四首。其中作品多為近體詩，而七言律詩數量最多。

勞先生於《思光詩選》之自序中嘗言：

> 其初每有所作，隨手棄置，未有輯成卷帙之想；既居香港，始偶有錄存，然佚散者固多於所存，自忖不屬詞林文苑之儔，亦未嘗措意。比年生徒閒話，頗有勸以詩稿付刊者，乃取所存舊稿，託黃生慧英代為整理，按年重錄一通。辛未秋，攜此稿來臺，適三民書局願為刊行，遂以稿付劉振強先生。題為《詩選》，以志所錄之不全耳。……是卷所錄，以乙未後之作為主，前此者不過數篇；下迄庚午，則因黃生於是時重錄，固偶然也。[4]

詩集名之為「詩選」，一方面所收錄之作品自庚寅年（1950）至

4　〈自序〉言所錄諸作以乙未年（1955）後為主，時先生二十八歲，於此年秋日赴港，因此《思光詩選》內容以先生留港時期作品為主。先生曾自謂二十七、八歲之前，方是詩作最多之時，然而早已散佚，故今日學術界討論「思光詩」，只能從已出版之《思光詩選》入手。

庚午年（1990），只是二十三歲至六十三歲之四十年間作品；另一方
面，先生的詩稿如〈退居吟〉八首之八所詠：「唐音漢骨費才思，豈
必雕蟲後世知。詩稿半生隨手棄，退居方錄遣懷詞。」[5]先生詩作是
由香港嶺南大學哲學系黃慧英教授所整理[6]，作品多是留港時期的創
作，二十七、八歲時創作高峰期的作品，多已散失。

筆者與敝系林碧玲教授曾主持國科會人文學研究中心補助九十三
至九十四年度《思光詩選》讀書會，研讀《思光詩選》，會中由跨校
老師組成團隊，對思光詩之文本加以述解。對於《思光詩選》之初步
述解工作已經完成，而在讀書會過程中，陸續增補與續新之作品約有
三十多首，其中先生補入之詞作共計有六闋，在兩百多首詩中，獨屬
一類。

然而，對於先生之詩歌創作，以《思光詩選》之名稱之，已無法
涵蓋先生之詩歌創作，有重新正名之必要。[7]而與筆者共同主持讀書
會之林碧玲教授提到：

> 勞氏自七歲初習作詩之後，拈韻娛情乃成為他在亂世中，自我
> 調理情志的主要方式，可謂詩齡猶比哲齡長。因此不管是就勞
> 氏的詩人生命史而言，或就其所承自的中國文人之詩歌創作傳

5　見《思光詩選》丁卯（1987年，60歲），頁116。

6　勞先生退休後，師母曾將先生原先隨些於抽屜之中的詩稿收於一袋。六十二歲（己
　　巳，1989年）再度赴臺執教清華大學前，當時任教香港嶺南大學哲學系之黃慧英，
　　拜訪先生，建議重新整理詩稿，遂取得先生詩作稿重新謄錄，所錄詩作即師母陸續
　　收存於袋中之作品。至庚午年（1990）勞先生返港時，已完成謄錄。翌年辛未年
　　（1991）秋日，勞先生攜稿來臺，就黃慧英蒐錄者，又增加庚午作品。此段本於二
　　○○四年三月六日筆者與林碧玲教授主持「國科會人文學研究中心補助二○○四至
　　二○○五年度《思光詩選》第一次讀書會」，勞思光先生主講「《思光詩選》的形成
　　與思光詩的路數」之內容。

7　請參考林碧玲：〈「韋齋詩研究」的對象之考察──從勞思光先生之《思光詩選》到
　　《韋齋詩存述解新編》擬議〉，《華梵人文學報》第6期（2006年1月），頁187。

統而言，勞氏的詩作理應據其號而稱之為「韋齋詩」，是以對
其詩作的研究自然就應稱之為「韋齋詩研究」，這應該是沒有
疑義的。[8]

對於先生「思光詩」正名為「韋齋詩」的意義及必然性已有一番
確切論述。先生號為韋齋，其意義是因於兩宋以來乃至明清的風氣，
賦詩率用齋名的傳統，故而以《韓非子》〈觀行〉「佩韋佩弦」之義，
而號韋齋。而先生之第一首開筆詩〈聞雷〉為七歲所作，故而林氏言
其「詩齡猶比哲齡長」。

除此之外，《思光詩選》出版近十五年，陸續發現部分文本字句
有誤；同時藉由讀書會的進行，除了《思光詩選》原本收錄的作品之
外，又有增補之作。可見「思光詩選」一詞以不足以涵蓋先生之詩歌
創作，因而在國科會補助讀書會結案的同時，筆者任教之華梵大學成
立人文與藝術研究室，正式將「思光詩研究」轉移成「韋齋詩研
究」，使思光先生的詩歌作品輯錄更為完整，同時亦可提供學界加以
研究。

詩詞之同異，固然可從字句或意境中討論，而先生自謂其詞之風
格接近北宋後期及南宋，所收述的是人生感受及國家興亡之感，頗有
陸游、辛棄疾之人生感嘆，而非蘇軾的「以詩為詞」。先生曾言其詩
歌具有宋詩「苦吟」之風格，而非袁枚所主張的「獨抒」性靈。先生
雖然以宋代詩歌苦吟作為開顯文化的其中一種重要形式，從中透顯先
生開展世界哲學的理智人格形象，多少和先生的學思歷程與哲學工作
所強調的理性思維相契，然而這並不表示先生的詩歌之中沒有性情，
而是涵蘊著一種具有時代擔當與批判社會之理想懷抱的真性情。而先

---

8 請參考林碧玲：〈「韋齋詩研究」的對象之考察——從勞思光先生之《思光詩選》到
《韋齋詩存述解新編》擬議〉，《華梵人文學報》第6期（2006年1月），頁187。

生的詞作，較之詩作，更能凸顯生命情意流露的價值與意義，是故筆
者選定以先生之詞，作為本論文討論對象。

　　故而筆者未將題目定為「『思光』詞」而定為「『韋齋』詞」，即
是本於「詩齡」與「完整性」之意義；而研究「韋齋『詞』」，則是表
示先生除了在「詩」的文類之外，對於「詞」創亦有傑出表現，藉此
表達「詞」亦為「韋齋詩歌研究」中不可或缺的一部分。

三　韋齋詞文本之詮釋

　　先生曾於《哲學問題源流論》中提出自我境界之說法即是在自覺
心活動中，心自身留駐的一層即指述為自我境界。亦即指「以什麼為
我」之自覺說[9]，並進而提出劃分：

> 在自我境界上就可以有如下的劃分：認知我、德性我與情意
> 我。其中，認知我以知覺理解及推理活動為內容，也就是要掌
> 握確定的知識、瞭解事物的規律；德性我以價值自覺為內容，
> 目的在於建立規範、秩序；情意我則以生命力及生命感為內
> 容，指向個人才質和藝術情趣的領域。[10]

　　情意我的開展和生命感的呈顯，從藝術氣質和幽微的情韻中最易
看出，故而詩歌便成為探究勞先生文化生命的特殊材料；研究詩歌的
內涵與主題，也就更能對於先生「理論成分多於情感成分」有別開生
面的認識。

9　見勞思光：〈編者跋〉，《哲學問題源流論》，原稿曾於一九五六年至一九五七年在香
　港《自由學人》雜誌中分章發表。時先生二十九、三十歲。

10　見勞思光：《新編中國哲學史》（一）（臺北市：三民書局，1984年），頁148-149。另
　可參考先生受訪稿〈閒談閒適〉，載於《光華畫報》第23卷第4期（1979年12月）。

　　若以先生現存詩作數量來看，遠遠多於詞作，因此，較之作詩而言，詞確實是「詩餘」，然而為數甚少的這六闋詞，卻都具有詞抒情意味濃厚的特性。文學本即具有憂傷、苦悶、缺憾的自我補償功能，而先生詞作中的傷感意緒多攸關民族命運、個人身世，亦有時光流逝之嘆，以「詞」之寫作寄寓情懷，最能把心裡精微而深沉的情感凸顯出來。以下分別以先生六闋詞作，詮釋各闋詞之意義，一窺先生之情意生命。[11]

（一）臨江仙

　　〈臨江仙・紀懷〉詞之作年待查。此詞以紀懷為題，抒發壯年意氣銷磨之傷感，表現對現實境遇之慨歎。詞云：

> 明鏡鬚眉啣石願，浮生長物無多。華燈玉管浪銷磨。文章聊復爾，興廢竟如何。　　恁是非情非恨際，依然牽惹絲蘿。誰參密意病維摩。可憐千萬劫，弱水自成波。

　　詞作以「銷磨」為詞眼，以「興廢」為中心，將年少「明鏡鬚眉啣石願」的堅定與昂揚與經歷「可憐千萬劫，弱水自成波」的嘆息對比，表現心境的變化。

　　詞作開頭言「明鏡鬚眉啣石願，浮生長物無多。」「明鏡鬚眉」，指先生自己的樣子；「啣石願」，則指先生懷藏在心中，年少擁抱的崇高理想。言先生攬鏡自照，感慨甚深，自覺許多東西都已失去，唯有自己的模樣及志氣猶在。身為一個文化人，先生清楚地知道自己所懷抱的文化意識為何，故而以「明鏡鬚眉啣石願」表達文化關懷的豪

---

11 本文對於六闋詞之意義詮釋、分析，均以二○○六年三月二十五日舉行「華梵大學人文暨藝術設計類研究室補助‧現當代古典詩研究室」之第二次讀書會，筆者述解資料為本，並對內容酌予增刪。

氣，並且用「浮生長物無多」彰顯初心、唯一的文化理想。

只是，這樣的期待與責任，在大時代的變化衝突中，竟是孤木難撐大局，雖說「華燈玉管浪銷磨」是謙詞，卻也是一種面對現實遭際最深切而直接的感受。「華燈玉管浪銷磨」華燈玉管，指影劇界而言。先生早年曾擔任香港文化工作協會書記，且曾受邀擔任影劇界之顧問。雖然初始目的，是希望藉由先生的研理富學來加強導演或演藝圈之文化氣質，然而，對於一個知識份子，本應在學術界開展其文化生命，卻必須書寫「雖屬善盡職責，卻是無關大局變化」的文章，無法在時代具有危機之時開展懷抱、承擔使命，是有深深遺憾的。故而言「文章聊復爾，興廢竟如何。」

下半闋以「恁是非情非恨際，依然牽惹絲蘿。」為起，實是先生在華燈藝界「銷磨」志氣的感慨。演藝世界的應對，自是人際關係中沒有意義卻又必須面對之事，如果只是因為與影劇圈人的形式應酬，而被誤以為一個文化心靈在通俗流行的五光十色中迷失自己，內心是否也會充滿無奈？

末了以「誰參密意病維摩，可憐千萬劫，弱水自成波。」為結，頗有深深感慨，生活中的面向與真正的心情，旁人是無法體會的。無緣大慈，同體大悲，先生以維摩詰[12]自比，因此眾生有病，猶如己亦有病。然而眾人不解先生的文化心靈，因而「誰參密意」就是文化人失落感的慨歎。

興廢是什麼？情恨又是什麼？生命自有盛衰，面對事局，無法拯

---

12 維摩詰是在家的大乘佛教居士，梵文Vimaiakirti。音譯為維摩羅詰、毗摩羅詰、略稱維摩或維摩詰，意譯為淨名、無垢稱詰，意思是潔淨無染之人。《維摩經》曾云：「維摩詰言：『從癡有愛，則我病生；以一切眾生病，是故我病；若一切眾生得不病者，則我病滅。』」《維摩經》為佛教典籍。現存漢譯本有三：三國吳支謙所譯的《維摩詰經》二卷；後秦鳩摩羅什譯的《維摩詰所說經》三卷；唐玄奘譯的《說無垢稱經》六卷。經中維摩詰示現生病，以引來佛弟子和菩薩的探望，在病榻之前有精采的辯論。

救與改變的時候，是否該選擇隱逸的瀟灑或迴避的逃離？或者，依然讓受傷的文化心靈，對於變質的社會擁有不變的關懷？

「浪」、「聊」、「牽惹」、「病」、「可憐」不僅是動詞的意義，更是負面心緒持續的表徵。何以如此？當是無法忘情吟歌的文化心靈對於困頓世間的深深嘆息吧！

（二）烏夜啼

〈烏夜啼·兒時居故都，庭中玉蘭經雨零落，輒親拾之，不忍見其委泥沙也。戊戌流寓香島，忽於友人處見玉蘭滿枝，感而譜此。〉一詞作年待查。先生於香港友人徐訏家，見玉蘭滿枝，因思故園零落玉蘭，今昔對比，牽引出滄桑之感，故有此作。詞云：

> 閒庭曲檻流霞，舊時家，記得雨中親拾玉蘭花。　　紅羊劫，青衫客，負瓊葩，一樣可憐顏色在天涯。

花褪殘顏，連接的是兩個世界──一個是當下的，玉蘭滿枝的真實世界、一個是遙遠的曾經，玉蘭委泥的悲傷神態。昔日的雨中拾花，也許只是基於年少所擁有的「不忍」之情，而今流離人生中，乍見滿枝玉蘭，惹起平生往事，不禁感懷。

韓偓〈惜花〉詩：「皺白離情高處切，膩香愁態靜中深。眼隨片片沿流去，恨滿枝枝被雨淋。總得苔遮猶慰意，若教泥污更傷心。臨軒一醆悲春酒，明日池塘是綠陰。」藉由落花之飄零，感嘆生命來自於外在摧折的遺憾。而此闋詞，除了表現玉蘭生命的悲劇之外，又訴說著什麼？「澗戶寂無人，紛紛開且落。」花開花落，本是天經地義的，然而「經雨」而「零落」代表著無情的侵襲，在「自然」的意義中增添許多傷感的訊息；即使是如此，「安息」而不奢侈的渴求，總該是落花走向生命終極的方式吧！

只是，這樣的慰藉，無法達成，玉蘭承受著更痛苦的沉淪，為污泥所包圍！被雨打落、被泥污染，是玉蘭無法抉擇的，在生命消逝的同時，一種更加重的無奈與悲傷，歷歷在目。於是，我們可以知道：「流寓香島」不僅僅是一種現實的境遇、情感的抒發，更是飽含著對於外力剝奪的深沉嘆息。

青衫之客，遭遇浩劫，縱有滿滿豪情，也只能徒呼負負，「一樣可憐顏色在天涯」既是玉蘭之命運，亦是流離游子的淪落之感。

（三）賀新郎

〈賀新郎・乙巳除夕，夜宴於伯謙先生私宅，賦此乞正，調寄賀新郎〉一詞，作於乙巳年（1965），先生三十八歲。先生赴李璜先生家，參與除夕夜宴，抒發對世局變化之憂，然亦呼盧行樂，頗似歡娛，實則樂中寄傷，感慨無限。詞云：

> 車馬芳洲道。又喧闐、千家爆竹，共迎春早。我已中年翁七十，相顧樽前一笑，負多少縱橫懷抱。北望中原南望海，漫紛綸棋局何時了。誰竟免，此鄉老。　　佳辰歡趣頻年少。最嗟予、詩腸多澀，酒腸偏小。講舌徒為從眾語，愧絕囊中舊稿，且相伴今宵醉倒。盧雉一呼行樂耳，看青陽破夜邊城曉。雲樹外，起啼鳥。

千家爆竹，早春來臨，一個懷抱意氣的壯年之士與年屆七十的老翁進行一場忘年樽酒之約，互吐襟懷。

有志節的知識份子，即使是面臨困境，也會求取精神的安頓。流離的時代，許多人猶如征鴻一般，即使想要安身落土、偶留指爪，都是一件難事。當「縱橫懷抱」難以實現，「北望中原南望海，漫紛綸棋局何時了。」對於大陸與臺灣的世局慨歎，也就激盪不已。「誰竟免，此鄉老。」的苦悶傾吐，亦是心靈情緒的投影。

「詩腸多澀，酒腸偏小。」固然是客氣之語，卻也是一種寫實。「講舌徒為從眾語，愧絕囊中舊稿。」時中文大學猶待成設，學術風氣尚未建立，先生於崇基開課，講授基本學問，故而自謙未能將自己真正的學問與關懷授與學生，總是有些許遺憾。故而「相伴今宵醉倒」不是真正的歡笑，而是在醉飲中相互慰藉。

盧雉一呼之行樂，是人間偶一為之的熱鬧遊戲，算不得真正的歡悅與希望，唯有「青陽破夜」，邊城春曉，才是黑暗之後帶來的黎明。因而「雲樹外，起啼鳥。」的聲響，意味著展開新春的契機。

在或笑或傷的豐繁詩意裡，隱約透顯著先生孤絕感與蕭索的氣味，只是，一種昂揚的生命氣質，在開陽黎明中，猶然獨立。

（四）浣溪沙

〈浣溪沙〉詞約作於壬申年（1992），先生六十五歲。此詞詞意甚具歧義性。馮耀明以為此詞具有離騷傳統與時代感，全篇就政治而言，有興亡治亂之感；蔡美麗則認為此詞言綠葉成蔭子滿枝，通篇寫女子。[13]詞云：

> 又積征塵上客襟，相逢翻覺別痕深，青萍雪絮總浮沉。　　夜氣正催秋似酒，天涯會見綠成陰，不須龜筮費搜尋。

此詞為先生自美國開會回港，中途停留臺灣之作。

上半闋書寫實狀：「又積征塵上客襟，相逢翻覺別痕深，青萍雪絮總浮沉。」「征塵」、「客襟」，一方面是寫實，另一方面也呈顯一種去國懷鄉的失意滄桑感。先生早年從大陸輾轉到臺灣，又從臺灣轉赴

---

13 二〇〇六年三月二十五日舉行「華梵大學人文暨藝術設計類研究室補助‧現當代古典詩研究室」之第二次讀書會，筆者進行述解報告時，先生告知馮耀明與蔡美麗對於此詞之看法。

香港，離臺甚久，此次短暫停留，對於臺灣的政局隔閡，顯然又更多。「人生到處知何似？應似飛鴻踏雪泥。」偶然與無常，構成了人生的尋常基調。「相見時難別亦難」，黯然銷魂唯是別，面對相逢，是否惹起了曾經離別的傷感？雖然說人生聚散、別易見難，人事的滄桑、因緣之聚散，在征客的心裡，總是深烙著「青萍雪絮總浮沉」的嘆息，然而，對於時局的不可捉摸，恐怕才是更深一層的慨歎吧！

下半闋為先生對於時局之感慨及判斷。「夜氣正催秋似酒，天涯會見綠成陰，不須龜筮費搜尋。」表達的是無法振作的大環境，許多人猶醉生夢死，故而不必卜筮，「成蔭之綠意」的必然，已經可知。

此闋詞有著遺憾之意，一種遺憾之後的看淡，或許也有著慨歎之後的領悟，把孤寂與長吁的意味，轉化成不惑的寧靜。

（五）高陽臺

〈高陽臺·甲戌冬，作於香港海桐閣寓所〉作於甲戌年（1994），先生六十七歲。先生於冬日攬景言情，傷老亦傷國，故有此作。其詞云：

> 細雨侵簾，彤雲如幕，曉寒暗透窗紗。徙倚回廊，嫣紅猶見山花。霓裳翠羽匆匆過，又匆匆、夢向天涯。漫咨嗟，百劫悲歡，幾度蟲沙。　　平生意氣矜懷抱，枉目驅豺虎，手搏龍蛇。老臥南疆，一身破國亡家。文章解惑非誇世，論千秋、願已嫌奢。悵啼鴉，謝傅箏弦，白傅琵琶。

此詞心境低沉，瀰漫低迴的情調。

首句「細雨侵簾，彤雲如幕，曉寒暗透窗紗」以雨中之幽景開啟黯然心緒，為平生意義氣銷磨的感慨抒懷鋪墊。

詞作接著表現嗟嘆之意：迴廊中的徘徊，代表心緒的悵然波動，

縱有山花嫣紅的美景，從憂傷的眼神看來，只是徒增傷感罷了！不論是大自然的美景看來是心痛的，或者是人間美盛的「霓裳翠羽」，讓人擁有耳目感官的愉悅，都已成天涯遠夢。一生中許多往事，盡是人生悲歡，讓人嘆息！

下半闋轉入年少懷抱的回想，透顯身世之感。「平生意氣矜懷抱，枉目驅豺虎，手搏龍蛇。」指的是早年參與文化運動的志氣與理想。「平生意氣矜懷抱」正是豪揚的態度和人生哲學的燦然呈現，然而一個「枉」字的表出，卻是豪情壯志的最大挫傷，加上「老臥南疆」、「破國亡家」之痛，足以讓人的理想銷磨殆盡。

從「願已嫌奢」之語，彷彿閱讀到一個胸懷文化理想，卻少人理解的坎坷心靈。鴉啼的悵恨不是真正的悵恨，天涯淪落、恨無知音的悵然，才是真正的悵然。故而「謝傅箏弦，白傅琵琶。」的戛然而止，頗有雙關的意味，箏弦與琵琶只是表象，內在深長韻味的隱意──凡人未識的懷抱、踽踽游子的傷感──才是詞心。

（六）齊天樂

〈齊天樂‧1999年除夕〉作於己卯年（1999），先生七十二歲。先生感新歲將至，故有此作。當晚有人邀請聚會，先生因心情不好早早入睡，夢中恍若到達舊時之天安門，鬼影幢幢，便被驚醒，故賦此詞[14]，以夢前夢後之態抒懷，全詞籠罩一夢。詞云：

> 佳辰不預笙歌會，高眠市樓寒雨。嚼蠟世情，凝霜詩筆，靜夜
> 茫茫無緒。蝶飛栩栩。向冷月昏時，劫灰深處。似有幽靈，兩

---

14 二○○五年十一月三十日舉行「國科會人文學研究中心補助《思光詩選》讀書會（三）」第五次讀書會，先生曾蓋述此詞寫作背景。二○○六年三月二十五日舉行「華梵大學人文暨藝術設計類研究室補助‧現當代古典詩研究室」之第二次讀書會，筆者進行述解報告時，先生復言此詞寫作時空。

三相向含冤語。　　問人間黃粱熟未？猛青燈照眼，此身何處？幾輩英豪，幾番成敗，都付大江東去。悲歡何據？且手拂雲箋，漫題長句。一笑推窗，看今年新曙。

進入千禧佳辰之際，本該是擁有歡情的，然先生情緒不佳，未赴笙歌之會，故而在寒雨樓中獨眠。

除夕是一年將盡之夜。回首前塵，總是一番嘆息──如果生命中的期待是落空的、擁有的是傷感的。如同白居易〈除夜寄弟妹〉云：「感時思弟妹，不寐百憂生。萬里經年別，孤燈此夜情。……早晚重歡會，羈離各長成。」又或者戴叔倫〈除夕宿石頭驛〉說：「一年將盡夜，萬里未歸人。」高適〈除夜作〉則言：「故鄉今夜思千里，霜鬢明朝又一年。」而崔塗〈除夜有作〉亦言：「那堪正漂泊，明日歲華新。」一年將盡，代表一個階段的結束與開始，看在詩人眼裡，正是漲滿情緒的當下，故而愁苦情緒瀰漫延展。

時空場景可以感染讀者，亦是催化詩人情緒敏感的重要因素。「嚼蠟世情，凝霜詩筆」，現實的愁緒，延伸至夢中，靜夜之茫茫無緒，故而有「蝶飛栩栩」之語。

夢境中的「冷月昏時」，疏冷而迷離的冷雨淒風氛圍，使先生有「此身何處」之慨，夢中同去的朋友提醒，方知夢中的場景是多年前記憶中的天安門。然而，夢中的天安門卻「似有幽靈，兩三相向含冤語」，彷彿孤魂怨鬼群聚傾吐冤屈，故而先生被驚醒，一片悵然若失之感。

「問人間黃粱熟未」，由夢境轉入夢醒之後的抒發感慨。現實的境地是落空的，低落的情緒，從夢前轉入夢中，更延續至夢醒；而在除夕之夜的時空，更代表著傷感的情緒從去年年尾，連接進入年頭。「大江東去」的慨歎，總是抹不去的滄桑意味。

推窗看新曙，代表醒來時天已將亮。在瀰漫的憂傷之後，一笑推

窗的舉動，除了是記實的行為之外，是否也有這樣的期許：即使生命是不安的、志氣是銷磨的，只要希望是存在的，也有新生的微光。對於新歲的企盼，取代看似「劫灰深處」的幽暗冷清，讓缺憾的存在，猶有生命拓展的可能。「一笑推窗，看今年新曙。」生命情境的追尋，從推窗中，或許猶可真誠展開。

四　韋齋詞之內涵

（一）鄉關之情

在中華文化的歷史軌跡裡，鄉愁總是瀰漫不開的情緒。燈下的獨語或登臨的傷嘆，是許多孤獨遠遊的知識份子彌補心靈創痛的方式。鄉關之戀實可說是中國人共同擁有的文化情懷。而在先生的詞作中，鄉愁情緒亦是一種普遍的存在：

> 紅羊劫，青衫客，負瓊葩，一樣可憐顏色在天涯。（〈烏夜啼〉）
>
> 北望中原南望海，漫紛綸棋局何時了。誰竟免，此鄉老。（〈賀新郎〉）
>
> 又積征塵上客襟，相逢翻覺別痕深，青萍雪絮總浮沉。（〈浣溪沙〉）
>
> 老臥南疆，一身破國亡家。（〈高陽臺〉）

〈高陽臺〉作於甲戌年冬天香港海桐閣寓所。先生早年由於戰爭亂離故而從大陸來臺，卻又因為當時追求與提倡的自由主義理想，與當時嚴峻的政治背景反差太大，故而離臺赴港。雖然以文化哲人的身分赴港，然而「鄉愁」的情緒依然牽惹思維。有著「四川→北京→臺

灣→香港」的客居事實，濃烈的懷鄉之情自然流露。曹丕〈雜詩〉
云：「鬱鬱多悲思，綿綿思故鄉。」所書寫的是一種概念式的鄉愁，
或許也替代了普世間許多厭倦被鄉心所擾的心靈，然而畢竟表達的不
是具體的實際經驗；而先生的鄉心卻是具體的事實經驗。也就是說，
「老臥南疆」的現狀原因，導源於「破國亡家」的真實苦難；而「破
國亡家」的慘痛，以「老臥南疆」的漂泊來證實。

　　同樣的，〈賀新郎〉所說的「北望中原南望海，漫紛綸棋局何時
了。誰竟免，此鄉老。」亦是相同的傷感。「破國亡家」、「漫紛綸棋
局」便是牽動鄉愁的重要因子。

　　先生的「鄉愁」，有著特定的時空背景。就時間來說，〈烏夜啼〉
有著「此時」與「昔時」的對照、〈賀新郎〉昨書寫於除夕之夜、〈浣
溪沙〉瀰漫秋意、〈高陽臺〉則是冬日之作。就空間而言，〈烏夜啼〉
是故居與流寓的場景、〈賀新郎〉亦是中原與離島客居的對比、〈浣溪
沙〉則是藉由旅宿征塵，訴說心弦的擺盪、〈高陽臺〉則是藉由眼情
景和心中事的交揉，凝結一份鄉懷氣息。

　　旅途常是鄉愁湧現的空間場景，然而，對一個游子來說，即使是
定居於一處，還是無法忘懷對故鄉的眷戀。〈烏夜啼〉的「天涯」、
〈賀新郎〉的「此鄉」、〈高陽臺〉的「南疆」，均指香港而言。對於
先生來說，固然是屬於長期客居之地的第二故鄉，然而對於故鄉的意
識與概念，卻並未轉換。這或許也說明了：離開真正故鄉的人，才真
正理解對於潮湧般的鄉愁。

　　多數的作者在表達鄉愁的同時，總是以客居生活的苦悶體驗作為
傾吐的內容，而在先生的詞作中，並不著眼於客居生活的實際現狀與
條件，非是「食梅常苦酸，衣葛常苦寒。」（鮑照〈代東門行〉）的艱
苦，而是以心理上的漂泊與孤獨感呈現。不可諱言，許多詩人或是為
了生活所困，又或者是為了求取功名，必須奔波，故而以詩歌創作訴
說離別之情，便成為普遍現象。

　　就整體來說，這種鄉愁的痛苦，「時空」只是引子，鄉愁的真正意義不僅是對於故園的依戀，更是對於整個中華文化受到戕傷的深切遺憾。面對民族歷史的重大轉折與發展，先生身歷其境知其苦痛，卻又感其懷抱擔當無法展翼，因而只得擁抱孤懷理想。因此，先生「鄉愁」的本質即是對於文化家國懷想的「生命感」，這種情意心靈的興發感動，或許是私我的，其內涵卻是廣大的。這種藝術表現是先生個人的，然而這種情感體驗卻又是代表了許多面對人生流離的中國情懷之概括。亦即先生個人的感受（主觀的世界），以詞作的方式呈現出來，所代表的除了擁有自身的獨特感受之外，更具有通向時代意義的連結，代表當代游子文化心靈的普遍性情境。

（二）憂患感時

　　李白〈古風〉曾說：「逝水與流光，飄忽不相待。」流水與時間的共置，形成生命的韻味與存在的感悟。對於一個生命個體而言，存在著一種自我的時間，當心理的情感狀態被喚醒之際，作為存在體驗的心靈更為敏銳，尤其面對美麗卻讓人嘆息的意象或氣氛，更是凝結一種傷時之感：

> 華燈玉管浪銷磨。文章聊復爾，興廢竟如何。（〈臨江仙〉）
> 紅羊劫，青衫客，負瓊葩，一樣可憐顏色在天涯。（〈烏夜啼〉）
> 我已中年翁七十，相顧樽前一笑，負多少縱橫懷抱。（〈賀新郎〉）
> 青萍雪絮總浮沉。（〈浣溪沙〉）
> 霓裳翠羽匆匆過，又匆匆、夢向天涯。漫咨嗟，百劫悲歡，幾度蟲沙。（〈高陽臺〉）
> 問人間黃粱熟未？猛青燈照眼，此身何處？幾輩英豪，幾番成敗，都付大江東去。悲歡何據？（〈齊天樂〉）

　　雖然歷史的模式是任何人都無法擺脫的，但是唯有在文化心理被喚醒的同時，心理狀態才會透過文字而呈顯。華燈玉管，卻是銷磨；玉蘭瓊葩，卻是可憐意象。或許可以說，先生的嘆息雖然是一種否定的情感形式，而真正的意義卻是來自於心中最深層渴望的強烈生命力，亦即否定的顯示，實是具有轉化為生命中肯定力量的意義。

　　先生的詩作，或詠史、或感時，多具有深刻的現實感與凝重的歷史意義。而在詞作中的歷史感，並不以單一事件為感慨對象，而是具有濃厚的抒情感。而這種抒情的歷史感，除了是以時間（「我已中年翁七十」、「霓裳翠羽匆匆過」）表現之外，更是透過心靈伸展的幅度空間，表現「悲歡」、「成敗」的情緒。

　　在書寫歷史的同時，也蘊含了對於時間無情流逝的暗示。人世間的美好，在時間的推移下，逐漸消失，於是興起「霓裳翠羽匆匆過，又匆匆、夢向天涯。」的滄桑之感。

　　所謂的歷史意識即是飽含著人生的憂患意識，故而先生對於時間的流逝抱持著痛苦卻又清醒的意識。「負多少縱橫懷抱。」、「百劫悲歡，幾度蟲沙。」、「幾輩英豪，幾番成敗，都付大江東去。」河水是時間的象徵，歷史一去不回，浪花淘盡英雄是悲壯，卻也是憾恨。

　　過去的「匆匆」，代表著時間之流的瞬間存在，也代表再多的「縱橫懷抱」都成過眼雲煙；「百劫悲歡」、「悲歡何據」則是面對歷史、洞察人生之後的體會。

　　《文心雕龍》〈明詩〉說：「慷慨以任氣，磊落以使才。」而岑參〈送李副使赴磧西官軍〉詩云：「功名祇向馬上取，真是英雄一丈夫。」人生理想與價值觀充分展現主體氣質，也是自我生命力的外顯方式。只是，面對爭鬥的政治型態，先生縱有昂揚的社會責任感，亦不免有無法伸展的壓抑感。民族的衰微與個體生命壯懷的失落互相撞擊的結果，形成無限苦悶的侵蝕，故而引出深刻的沉思與質問──「興廢竟如何？」、「負多少縱橫懷抱？」、「百劫悲歡，幾度蟲

沙？」、「悲歡何據？」

這種沉吟即是英雄的苦悶抒發，現實生命受到扼殺，在看似淡悲的文字之中，實則是展示高度的孤獨與憂慮、生命清醒之證悟。

（三）生命的自覺

生命理想在時間的催促中「匆匆」而過，緊迫而焦急的意味衝撞心靈。然而，誠如胡曉明所說：「由時間感而引起的痛苦感，只屬於真正珍惜生命的有志之士。」[15]故而「由一種自傷、自悼之中，升起一份自珍、自愛之情，含有勉勵生命的人文品性。」[16]所謂的「銷磨」，實是一種生命無法安頓、美好的理想無法完成的遺憾；然而不也是一種個人情感的真實剖白、對於生命意味的自覺？

生命的困頓，實是提升探索生命價值的重要關鍵。雖然殘酷的現實，讓先生的詞作多少具有悲劇性的意味。所謂的「悲劇」不在於落魄傷感，而是在於知其不可為而為之、努力過了卻未得到相對回饋卻又堅持不悔的精神。先生的人生感嘆也不在於生命短促的悲哀，而是在國家紛擾、文化困蹇的時代危機中，承擔興亡使命的感時之作，是具有時代憂患感的。

誠如呂師正惠云：「對於傳統的中國文人來講，……當他們意識到歷史的困境無法突破時，……你可以閉目不看外在世界，因而沒有看到客觀的限制，因而保留了『內心最大的自由』；但是你無法壓抑內心蠢蠢欲動的欲望，無法否認自己的「生命力」有尋求表現的衝動。……「生命」是以「沒有生命」的型態表現出來，這是中國傳統

---

15 見胡曉明：〈時間感悟〉，《中國詩學之精神》（南昌市：江西人民出版社，2001年9月），頁218。

16 見胡曉明：〈時間感悟〉，《中國詩學之精神》（南昌市：江西人民出版社，2001年9月），頁219。

文人典型的『悲劇』。」[17]這種「沒有生命」的型態，如果只是以「用之則行，舍之則藏。」的退路展現，固然是自我保護的方法，卻總是顯得悲觀消極。

就先生的詞作而言，具有傳統文人的生命型態，即是對於生命的虛擲與落空，有著感慨與創傷。在生命實踐的同時，總是追溯至源頭的孤獨，而孤獨感即來自於對外在環境的不安：故鄉與異鄉的對照、自由理想與文化凋傷的反差，都是造成落寞、悲劇的原因。而懷海德說：「悲劇的本質並非不幸，而是事物無情活動的嚴肅性。」[18]「悲劇」不必然是「不幸的」，悲劇的真正意義與目的在於自由與救贖，因而悲劇的社會卻也成就了具有社會意義的創作，曹操〈步出夏門行〉云：「老驥伏櫪，志在千里；烈士暮年，壯心不已。」(《先秦漢魏晉南北朝詩》〈魏詩〉卷一) 是一種承受苦難的精神生命型態。面對困境，人生態度不必然要是傷感的，生命的沉吟猶可在歎老哀衰的憂患中揚昇，從〈賀新郎〉的「盧雉一呼行樂耳，看青陽破夜邊城曉。雲樹外，起啼鳥。」和〈齊天樂〉「一笑推窗，看今年新曙。」可以看出先生在抒發一番風雨深沉的心情之後，選擇了自我釋懷、轉移了苦悶，「啼鳥」和「新曙」所代表的，便是從痛苦中拔起與淨化的意義。

五　韋齋詞之形式表現

(一) 遣詞用字——文字的生命化

柯慶明說：「運用優美的文字來表現，即使只是對於語言型構本

---

17 見呂正惠：〈「內斂」的生命型態與「孤絕」的生命境界〉，《抒情傳統與政治現實》（臺北市：大安出版社，1989年9月），頁218。

18 見傅佩榮譯：《科學與現代世界》（臺北市：黎明文化事業公司，1981年8月），頁12。

身之優美諧律的講求，其實就已經是一種人類精神自由的實現，美感觀照的基本態度的持守了。」[19]以〈臨江仙〉為例，「明鏡鬆眉唧石願，浮生長物無多。華燈玉管浪銷磨。文章聊復爾，興廢竟如何。恁是非情非恨際，依然牽惹絲蘿。誰參密意病維摩。可憐千萬劫，弱水自成波。」先生以詞作說明自己當時所處情境的不堪，畢竟銷磨於五光十色的世界又有著吾人理解的痛苦總是生命中的憾事。但是透過「華燈玉管」、「非情非恨」、「牽惹絲蘿」等美麗的字眼呈現，卻因此與現實的遭際產生強烈反差。這種怨而不怒的美感所塑造的生命經驗，反而足以感動閱者，產生共鳴，因而使人情的真實流露蘊涵得更深。

同樣的，〈烏夜啼〉說：「紅羊劫，青衫客，負瓊葩，一樣可憐顏色在天涯。」「紅羊」、「青衫」固然有特定意義，但是將「紅」與「青」兩種顏色共寫，加上「瓊葩」一詞，更是惹人注目。詩詞中的色彩雖不必然有象徵意義，但卻容易從聯想中引致感情的深化。「紅羊」既指火星，所代表的意義是燃燒與熱情，卻是成「劫」的災難；「青衫」是青色之衣，多為低階的官服或卑賤者的衣服，所代表的意義是寂寞與淒清，讓因具有「客」之身分的主體，益顯孤單。蕭水順說：「就『動感』而言，紅色有向前逼近的情勢，青色則有後退性。」[20]色彩學中所謂的前進色是指在視覺上有拉近效果的顏色，反之，後退色則是拉遠了視覺的顏色。紅色是彩度明亮的暖色系，屬於前進色，具有擴散作用；而藍色是彩度低的寒色系，則歸類為後退色，具有收斂作用。此處借用色彩學的說法，說明色彩的運動性，用意是強調熱切的情感（紅）已是失落（劫），更何況身為客，更凸顯疏離（青）的意味。

---

19 見柯慶明：《文學美綜論》（臺北市：長安出版社，1986年10月），頁35。
20 見蕭水順：《青紅皂白》（臺北市：月房子出版社，1994年1月），頁26。

「可憐」的雖然是兩地異時的玉蘭，卻不是一種和生命情境不相關的事物。畢竟自我意識的強化，物即著我之色彩。意即透過玉蘭這種清新脫俗的物象，反映先生生命的徵象──書寫的是玉蘭的生命，實際上也就是書寫先生。透過時空的展現，主體人格和自然物之間構成契合，玉蘭的情感化與生命化也就更鮮明。

〈齊天樂〉中的「向冷月昏時，劫灰深處。似有幽靈，兩三相向含冤語。」算是先生在詞作中表現的特殊措辭與美感經驗。捕捉「幽靈」的含冤情態，固然是夢境的寫照，卻造成畫龍點睛的效果。先生曾說「早期曾到過天安門，後來沒再去，在夢境中有人提醒這兒是天安門。」那麼，何以有「含冤幽靈」？六四天安門事變融攝在其中，也凸顯了此詞的戲劇性效果。也就是說，這種情境狀況蘊含著豐富的情感意涵。

（二）詞題與詞序──吟詠性情的真實

先生的詞作具有「為情造文」吟詠性情的真實，故而呈顯的主體心靈是豐富而明確的，故而比一般虛擬泛情的創作更具意義。

不可否認，多數詞人是以細膩柔婉而見長，即使是表達人生的失落感，也多是含蓄委曲、或是用模糊隱晦的方式呈現。即使是自身遭受挫折，也多不會以「事件」說明。馮延巳的〈鵲踏枝〉說：「日日花前常病酒，不辭鏡裡朱顏瘦。」代表一種對於理想的堅持，卻不是具體的事件。即使是秦觀以〈踏莎行〉「霧失樓台，月迷津渡，桃源望斷無尋處。可堪孤館閉春寒，杜鵑聲裡斜陽暮。」來表達貶謫事件的受傷心靈，卻也未在詞作中明言，而是選擇以「霧」、「樓台」、「月」、「津渡」、「斜陽」、「杜鵑」等意象，承載淒苦的憂傷。這種強調內在幽微而深沉的寫作方式，提供了讀者進入作者內心世界的橋樑，雖然對於詞作意義的理解與詮釋，只要能與氛圍契合，當能得其韻致，卻總覺與「真相」、「事實」有疏離感。而先生的詞作表現手

法，是以記實為主的，意即所書寫的是具體事件的感發之作。

先生詞作的記實感發，直接的呈現便是詞題與詞序。先生現存六闋詞中，有五首具有詞題或詞序。如：

詞牌名	詞　題　或　詞　序	詞題或詞序之作用
臨江仙	紀懷	交代為詞目的
烏夜啼	兒時居故都，庭中玉蘭經雨零落，輒親拾之，不忍見其委泥沙也。戊戌流寓香島，忽於友人處見玉蘭滿枝，感而譜此。	交代寫作動機、寫作時間、寫作地點
賀新郎	乙巳除夕，夜宴於伯謙先生私宅，賦此乞正，調寄賀新郎。	交代創作緣起、寫作時間、寫作地點
高陽臺	甲戌冬，作於香港海桐閣寓所。	交代寫作時間、寫作地點
齊天樂	1999年除夕。	交代寫作時間

先生大量使用詞題或詞序，具有表達感事而發的意義，如此一來，詞作本身和詞題詞序的契合度是非常高的。〈臨江仙〉題為「紀懷」，呈顯記實性；〈賀新郎〉題為「乙巳除夕，夜宴於伯謙先生私宅，賦此乞正，調寄賀新郎。」表示此詞書寫的是舊年將盡新歲將來的境況，亦透顯與伯謙先生之友誼關係；〈高陽臺〉以「甲戌冬，作於香港海桐閣寓所」為題，強調季節性與地域性，和文本中「老臥南疆」的流離失落相互印證；〈齊天樂〉以「一九九九年除夕」為題，強調時間性，進入千禧之年，更具有時間的獨特意義；尤其是〈烏夜啼〉以「兒時居故都，庭中玉蘭經雨零落，輒親拾之，不忍見其委泥沙也。戊戌流寓香島，忽於友人處見玉蘭滿枝，感而譜此。」為序，藉由「玉蘭」的今昔對比、「委泥」與「流寓香島」的相似情境，襯托出和玉蘭「一樣可憐」的游子形象。

是而可以說：先生的詞題和詞序，為文本的情感指向，提供了線索，其意義是從詞題和詞序中，吾人便能探測先生的情感及人生態度。

（三）大量用典——婉曲的暗示

　　文本的構成，必須強調傳達的效果。先生之詞，除了多有題序之外，大量運用典故亦是特色。[21]先生運用典故，信手拈來，且未見有刻意或蹇澀之感。先生詞作用典如下：

　　　　明鏡鬚眉唧石願。（〈臨江仙〉）

　　「明鏡」指的是清明的鏡子，《淮南子》〈俶真〉云：「莫窺形於生鐵，而窺形於明鏡者，以睹其易也。」亦可比喻見解清晰，《南史》〈卷七十六〉〈隱逸傳下〉〈陶弘景傳〉：「弘景為人員通謙謹，出處冥會，心如明鏡，遇物便了。」又可形容人的明曉。「鬚眉」則是比喻成年男子。〔明〕凌濛初《紅拂記》〈第四齣〉：「枉鬚眉不識人，卻被俺女娘們笑破口。」明鏡鬚眉，意指先生自己的樣子。「唧石願」則是黃帝幼女溺死東海，化為精衛鳥，唧木石以填東海的故事。《山海經》〈北山經〉云：「炎帝之少女名曰女娃，女娃游于東海，溺而不返，故為精衛，常銜西山之木石，以堙于東海。」此處借指先生懷藏在心中，年少擁抱的崇高理想，亦即對於世變的憂慮與承擔。

　　　　誰參密意病維摩，可憐千萬劫，弱水自成波。（〈臨江仙〉）

　　《維摩經》云：「維摩詰言：『從癡有愛，則我病生；以一切眾生病，是故我病；若一切眾生得不病者，則我病滅。』」而「劫」則是梵語音譯「劫波」（kalpa）的略稱，指的是一個極為長久的時間單位。佛教以世界經歷若干萬年即毀滅一次，再重新開始為一劫。劫亦

21　先生大量用典，不僅表現於詞作中，詩作亦大量用典，因而可說大量用典的特色是涵蓋詩詞作品的。

可指災難、災禍，此處或指中共破壞文化，亦可指整個中華民族之正處於離亂時代之「劫」。先生感於文化心靈無人知曉，故云「誰參密意病維摩」。

「弱水自成波。」則出自於《紅樓夢》〈第九十一回〉〈縱淫心寶蟾工設計，布疑陣寶玉妄談禪〉之典故：「任憑弱水三千，我只取一瓢飲。」弱水三千，是客觀存在；只取一瓢，是主觀需求。此處先生取其精神意義，人生之一瓢可澆灌將枯之草亦可使污水線出一點清白，一方面代表先生因文化困頓而有終身之憂；另一方面亦表示執著不悔之精神。

「弱水三千，只取一瓢。」對先生哲學生命的開展來說，有幾個重要的分水嶺：[22]

時間	歲數	重要意義
一九四一年（民國三十年）	十四歲	入北大哲學系進修，是正式進入哲學領域的標誌。
一九四七年（民國三十六年）	二十歲	第一個分水嶺。二十歲前的先生，充滿救亡意識，但是「世界人」的觀念與「世界哲學問題」的根本關懷，驅策他往「世界中之中國」的方向前進，漸漸脫離救亡意識與民族感情的限制。
一九五五年（民國四十四年）	二十八歲	第二個分水嶺。二十八歲以前，先生以中國儒學及德國觀念論為依據，處理中國文化哲學的路向問題，頗有黑格爾色彩。二十八歲以後，至四十二歲之間，

---

22 以下資料可參考勞思光：〈自序〉，《思辯錄——思光近作集》，頁2-3；勞思光著，梁美儀編：〈附錄二〉〈關於牟宗三先生哲學與文化思想之書簡〉，《思光人物論集》（香港：中文大學出版社，2001年），頁109-111。林碧玲曾於〈「思光詩研究」的價值與文獻之考察〉一文中說明「此書簡寫於二〇〇〇年十二月六日，時先生七十三歲。」《華梵人文學報》第5期（2005年7月），頁33。

時間	歲數	重要意義
		先生不再拘守廣義的黑格爾模型，而是轉向哲學分析的探索。
一九六九年（民國五十八年）	四十二歲	第三個分水嶺。深入探索六〇年代之後的歐洲思潮，由浮現的問題與探索，引領理境的轉進，而以世界性哲學的探索，回應「徹底的省思與系統化的清理」的內在呼喚。
一九八〇年後（民國七、八十年）	五、六十歲之後	批判現代哲學思潮，即不同理論語言之功能與限制。

吳有能於《百家出入心無礙──勞思光教授》一書中，亦提及先生之學術成果為：

一、哲學的功能與中國哲學的基源問題

二、最高自由與心性論

三、重視文化精神

四、文化的繼承與創新[23]

可見先生有著具有文化擔當與理想的堅持。因而「誰參密意病維摩，可憐千萬劫，弱水自成波。」是藉由典故呈顯先生為文化承擔之孤絕感，亦凸顯心致懷抱之生命歷程。

紅羊劫，青衫客。(〈烏夜啼〉)

最早提出紅羊說法，為南宋理宗年間柴望所著《丙丁龜鑒》。其

---

23 可參見吳有能：〈學術成果推介〉《百家出入心無礙──勞思光教授》（臺北市：文史哲出版社，1999年4月），頁69-87。

中記載：「丙午丁未者有一，其年皆值中國有浩劫戰亂之年。」亦即在每一甲子的六十年中，凡是逢丙午、丁未之年，社會上就會發生大的動亂及災禍。紅羊浩劫，指會有兵燹之災。此處指中共不僅以暴力蹂躪大陸，更高階文化之名義，行戕害民族之實。

「青衫客」則出自於〔唐〕白居易之〈琵琶行〉：「座中泣下誰最多？江州司馬青衫濕。」青衫即青色的衣服，多為低階的官服或卑賤者的衣服。先生自謂青衫客，感今傷昔，頗有白居易天涯淪落之感。

> 謝傅箏弦，白傅琵琶。（〈高陽臺〉）

「謝傅箏弦」指的是《晉書》〈桓伊傳〉之故事。謝安女婿王國寶離間帝與謝安。某日孝武召桓伊飲宴，謝安陪席。桓伊撫箏，並請家奴為笛，「而歌〈怨詩〉曰：『為君良獨難。忠信事不顯，乃有見疑患，周旦佐文、武，〈金滕〉功不刊，推心輔王政，二叔反流言。』聲節慷慨俯仰可觀。安泣下沾襟，……帝甚有愧色。」謝傅即謝安。傳說東晉時，桓伊曾撫箏而歌，諷諫孝武帝不應猜疑有功之臣宰相謝安。先生慨歎「老臥南疆，一身破國亡家。」亦有無人知曉其心靈情懷之苦。

「白傅琵琶」則出自於〔唐〕白居易的〈琵琶行〉。白居易聞琵琶女之音聲，慨歎「同是天涯淪落人」，而有貶謫意，故作〈琵琶行〉。先生由聽聞「啼鴉」之聲，惹起飽含「家」、「國」、自身與文化淪落的鄉愁。多數人的今作多以白居易的〈琵琶行〉暗示同是天涯淪落人的感慨，可以說，用白居易的文本表現「懷才不遇」，是一種常態的模式，而先生把謝安聽箏、樂天聞琴並寫，加上「悵啼鴉」的哀音，更透顯出困境中哀深的巨痛。吾人可以看到此處藉由典故，把積累的鬱悶宣洩，壯志即使銷磨殆盡，生命的本質依然存在。

　　蝶飛栩栩。(〈齊天樂〉)

　　《莊子》〈齊物論〉云:「昔者莊周夢為蝴蝶,栩栩然蝴蝶也,自喻適志與!不知周也。俄然覺,則蘧蘧然周也。不知周之夢為蝴蝶與?蝴蝶之夢為周與?周與蝴蝶,則必有分矣。此之謂物化。」就文學而言,此段話說的是夢與現實;就哲學來說,莊子與蝴蝶,是消解形體,擺脫侷限。莊子與蝴蝶,理應有別,然而在夢境中,卻不知莊子和蝴蝶是有分別的,即是物我界線消解,萬物與我為一。此處先生固然是以「蝶飛栩栩」表明夢境,然而除此意義,或亦具暗示作用。先生曾言此夢境場域為天安門,卻是出現「幽靈」且吐露「含冤語」,不禁讓人想起六四學運導致多人傷亡的慘劇。[24]對一個提倡自由主義的文化心靈而言,這是一場無可回復的浩劫,因而這樣的夢境,可說是一種不可言說的言說,藉由有意與無意間,表達心靈的感受。

　　幾輩英豪,幾番成敗,都付大江東去。(〈齊天樂〉)

　　蘇軾〈念奴嬌‧大江東去〉詞:「大江東去,浪淘盡千古風流人物。」先生以大江東去表達時間流逝之概念,亦慨歎原有志氣銷磨。
　　先生對於詩歌意在言外的審美特性是有相當自覺的,故而先生運用典故,除了是自如的運用之外,重要的是表現隱曲委婉的意義,具有暗示性的效果,「不盡之意,見於言外。」(歐陽修《六一詩話》)這種含蓄的表現,使先生的詞作十分具有審美效果。

---

24 六四天安門事件發生於一九八九年四月,學生藉悼胡耀邦逝世,要求民主自由。中國知識界哀痛胡耀邦逝世,呼籲民主改革,聚於天安門廣場,持續至五月。近三十萬學生和群眾且上街遊行、學生罷課,千名學生且絕食靜坐,要求鄧小平、李鵬辭織,李鵬指學運為「動亂」。五月二十日宣布戒嚴。六月二日,解放軍在木樨地輾斃三人,人民激憤。六月三日,軍警鎮壓學生市民,向天安門前進,並掃射群眾。六月四日,軍隊進行血腥屠殺,開槍射殺群眾,坦克及裝甲車輾斃多人。

六　結論──展露主體的生命情調

　　呂師正惠曾言：「宋詞裡的長調，……可說是中國抒情傳統的極致表現。……把經驗凝定在某一特殊範圍之內，來專注地沉思與品味。……這種以感性，尤其是感情為主體的特殊經驗，已化為『本體性』的東西，成為人生中唯一的『實體』；……從深刻的一面來說，這對於人生的某一面是非常具有透視力的。」[25]勞先生的詩作中有大量的時代憂患之感。例如：〈庚寅春謁李嘯風丈於臺灣，侍談竟夕。親長者之高風，顧前塵而微悵。吟俚詩四章，錄呈誨正〉，提及影響歷史甚鉅的楊永泰定策「石達開路線」剿共史事。[26]〈獨坐〉則是因當時臺灣政治局勢的變化，致使先生轉赴香港。[27]〈感時七律四首〉則是論及大陸文化大革命時期的局勢[28]；〈山居即事〉寫作背景為毛澤東已死、華國鋒登臺，為感時之作。第一首即事；第二首「偶因當戶惜芝蘭」意謂人才若是阻礙政治方向，將被犧牲，即指當時大陸情狀──文革雖結束，仍打壓知識份子；第三首完全說大陸情勢；第四首言當時感受。[29]〈六四夜坐〉二首，其一書寫感懷，其二書寫嚴家其先生自大陸脫險經港欲至法國，先生喜聞嚴家其脫險，托人送嚴先生一詩。[30]……

25　見呂正惠：〈中國文學形式與抒情傳統〉，《抒情傳統與政治現實》（臺北市：大安出版社，1989年9月），頁186。

26　《思光詩選》甲午年（1954，27歲），頁1。九十三年度《思光詩選》第二次讀書會，彭雅玲主講，勞思光先生指導：「《思光詩選》述解之一」，2004年4月17日。

27　《思光詩選》甲午年（1954，27歲），頁4。九十三年度《思光詩選》第二次讀書會，彭雅玲主講，勞思光先生指導：「《思光詩選》述解之一」，2004年4月17日。

28　《思光詩選》丁酉年（1957，30歲），頁12。九十三年度《思光詩選》第三次讀書會，王隆升主講，勞思光先生指導：「《思光詩選》述解之二」，2004年5月1日。

29　《思光詩選》丁酉年（1957，30歲），頁14-15。九十三年度《思光詩選》第三次讀書會，陳昱志主講，勞思光先生指導：「《思光詩選》述解之十七」，2005年9月10日。

30　《思光詩選》丁酉年（1957，30歲），頁2-5。九十四年度《思光詩選》（三）第五次

對於許多歷史轉折身歷其中的勞先生，進行情意心靈的書寫，以詩寫懷。這種感情主體的特殊經驗，在詞作中用細膩情致表現，憂患感與文化懷抱依然深刻。也就是說，憂患的傷感情緒是普遍存在先生的詩作與詞作之中的。不同之處在於「詩」多以人物為中心，引出具體事件「評論」興發，多具翻陳新典之形式技巧，詩心與調性主理；「詞」則是以個人為中心，進行一場自我心靈的剖析，充滿細膩韻致，充分表現情意特徵。

誠如勞先生所言，對於詩歌作品的態度是「每有所作，隨手棄置，未有輯成卷帙之想。」表現的創作心態是自在的，本不是為了炫燿而作，而單純是情感的抒發。然而，因緣際會，黃慧英先生的整理，催生了《思光詩選》的出版；《思光詩選》讀書會的舉辦，為充滿著人格生命的文字存在，進行爬梳與詮釋，增加勞先生詩作的能見度；而在補遺與續新的過程中，更是蒐集了未曾收錄的詞作。除此之外，從《思光詩選》的研讀轉為《韋齋詩存》的研究，更是在學術界所熟悉的「哲學的勞思光」中，建構另一種「文學的勞思光」[31]的形象。

詩詞作為人格生命型態的外顯，具有自彰、自明，自顯胸臆的文化特質。即使只有六闋，但是透過先生的詞作，吾人可以發現勞先生一以貫之的生命感——面對家國大變的靈敏感受，表達知識份子在亂世中對於斲傷文化的悵憾憂苦，並且透顯哲人的生命襟抱與孤懷——是不容置疑的。

讀書會，陳慷玲主講，勞思光先生指導：「《思光詩選》述解之二十」，2005年12月10日。

31 目前學界對於勞思光先生的詩歌研究論文有三篇：（一）張善穎：〈情意我與心靈境界——從《思光詩選》一探勞思光先生的哲學生命〉，收入華梵大學哲學系編：《勞思光思想與中國哲學世界化學術研討會論文集》，2002年11月；（二）林碧玲：〈「思光詩研究」的價值與文獻之考察〉，《華梵人文學報》第5期（2005年7月）、（三）林碧玲：〈「韋齋詩研究」的對象之考察——從勞思光先生之《思光詩選》到《韋齋詩存述解新編》擬議〉，《華梵人文學報》第6期（2006年1月）。從中均可進入先生詩歌情意世界。

　　相較於詩作而言，先生的詞不但有創作美感的興味與生命感動之韻致，更具有情意主體流露的特質。「弱水三千，只取一瓢。」對於文化理想堅持、「玉蘭」、「瓊葩」與「平生意氣矜懷抱」所透顯的自信與自愛的人格精神、「盧雉一呼行樂耳，看青陽破夜邊城曉。雲樹外，起啼鳥。」與「且手拂雲箋，漫題長句。一笑推窗，看今年新曙。」對未來猶寄希望的凜然情懷，透顯著高遠之懷抱，在在都映現著詞人合一的君子氣息。

　　因之，先生的詞作，具有情意心靈的豐富性，寄寓先生個人的生命擔當與人生感悟，同時，亦是先生憂患與承擔的懷抱與推動時代變革的情意心靈記錄。

——原發表於彰化師範大學「第十五屆詩學會議」，2006年5月14日；
　　又刊登於《彰化師大國文學誌》第十二期，2006年6月

試論韋齋詞的生命情懷

——以感傷為基調的呈現

摘要

　　本論文旨在從勞思光先生詞作文本著手，探討其詞作中的感傷基調，藉以呈顯其生命情懷。詞是抒情文學，而勞先生之作具有傷感情懷，其中不僅飽含自身的流離懷傷，更具有家國憂思：敏感而沉痛的靈魂，以感傷的基調呈現，卻也顯現嚴肅而深刻的意義。本論文討論進程，擬先說明韋齋詞與宋詞之差異及論文寫作意義；其次從游子意識與時空意識，探討韋齋詞之感傷基調；再從時空跨越與情境開展，探討韋齋詞之感傷表現手法；末了呈顯韋齋詞之感傷意義，並以韋齋詞具有深刻的意蘊為結。

關鍵詞：勞思光、韋齋詞、感傷、生命情懷

一　前言

（一）從宋詞到韋齋詞

　　文學創作是在一個具有活動生命的社會中完成的，有其普遍及客觀性的意義；但是，身為一個生命個體，面對變遷的環境，自然會雕塑出一個獨特的文學世界。可以說，生命意識固然會隨著社會環境及情狀而影響，然而更重要的是：個人的生命意識，終究會決定其對於生命價值的瞭解與生命抉擇的意義。因之，就一個文學創作者來說，其主體意識當呈顯於其創作取向上，亦即，創作者所呈現的精神面貌可以從其創作文本的選擇中獲得訊息。

　　文化是人類精神活動的創作和表現，對於文學創作來說，透顯時代精神和時代情感，以表現對社會的關懷，正是蘊含著作者意識。特殊的社會背景，會造就出一種特殊的情感色彩，也就是劉尊明所言：「文學歸根到底是人學，它必然要在一定程度上積澱和蘊含該民族所特有的文化心理內涵。」[1]而詩詞的創作，反映的正是人生況味，亦透顯著時代精神與風貌。

　　就詩歌形式而言，當詩歌的律化形成，造就唐代的律詩蓬勃發展。之後，參差長短句的出現，產生一方面有規律的限制、另一方面卻又容許有自由句式的新的詩歌體製，開展出貼近人情感觸的「詞體」。抒情本是詩歌的本質特徵，而詞又是表現自由心性的一種文學樣式，抒情加上自由，因而「詞體」自然成為流露心靈幽微本質的最佳載體。

　　以詞之文類而言，崇尚詩情畫意的背景及柔婉情韻的內涵被視為正統，至於豪氣干雲、慷慨氣魄的抒發，被視為變體。雖然，蘇軾以

1　劉尊明：〈緒論〉，《唐五代詞的文化關照》（臺北市：文津出版社，1994年12月），頁20。

豪放之姿為詞，一新天下耳目，但試觀詞壇發展，秦觀、李清照、姜夔、吳文英等人，將以濃摯的情韻編織深隱的情懷表現奉為圭臬，強調詞之本色即是具有「別是一家」的細膩情感。詞的創作不必如詩一般，表現儒家正統的大雅精神，而是應該反映平民生活情狀──或書寫愛情的追求與失落，或鋪陳官場的失意牢騷，──方是詞家正宗。其實不論是「詞是小道」或是「以詞體為尊」的看法，都失之偏頗，長嘯為詞，抒發心志鬱積之氣，或者表現精妙典雅的生活情態，均可藉詞而發。

以歐陽修為例，他具有文學家與政治家的雙重身分，除了對於國家政事的擅長之外，歐陽修的文學成就亦高。歐陽修擅長古文，然其詞作亦有特殊風貌。在心態上，歐陽修雖視作詞為小道[2]，然而，卻也因為歐陽修將作詞視為小道的緣故，其詞作反而呈現出細膩感受的一面[3]，亦即：在大塊文章彰顯道德面向之外，歐陽修亦是一位敏感而多情的作詞家。這樣的現象不僅是歐陽修，范仲淹、晏殊、宋祁等宋代名臣，都有以天下為己任的憂國情懷，但卻也都擁有觸動感發的心靈。或者說，在表現遊戲小詞之際，往往流露出心性品格或襟懷理想，因而使讀者對於其人生態度有更深刻的認識。

回到勞思光先生的文學創作來看，其詩不屬性靈之派，而是以宋詩苦吟為表現風格。猶如同光體的學人，呈現縱橫淋漓、雄偉博瞻的詩風。同光詩人陳衍曾提出「學人之言與詩人之言合」[4]的論點，強

---

2 歐陽修〈采桑子〉一詞，以一段「四湖念語」為開場連章之敘述短文。其念語云：「因翻舊闋之辭，寫以新聲之調。敢陳薄伎，聊佐清歡。」此念語除表達其遣玩意興之外，更提出詞作是一種小技，其意在提供聚會間的歡樂而已。

3 以〈生查子〉為例：「去年元月時，花市燈如晝，月上柳梢頭，人約黃昏後。今年元月時，月與燈依舊，不見去年人，淚溼春衫袖。」此詞以元宵為背景，描寫元宵的熱鬧，月光、柳樹與燈火相互輝映；然而去年的雙人的約定與今年孤寂的反差，卻顯出內心的落寞。身為士子與朝廷重官，亦是古文大家，歐陽修卻在作詞時卸下嚴肅的道德面具，顯出細膩情致的一面。

4 詩人之言與學人之言結合，為同光體詩人陳衍所提。陳衍（1856-1938），字叔伊，

調學人重學問而詩人重性情,若能二者為一,方為最勝。

以學人之詩界定勞先生的詩歌風格(類別)應屬公論。勞先生的詩作,顯然具有學人之詩的特性,即是以紮實的學問為根基,講求「證據精確」(《石遺室詩話卷十四》)的理性基調,以古代之事典為線索,引出對於今事的思致。而勞先生之詞作,除了以豐富智識為根基外,更具有突出其性情根柢於學問的特徵。

勞先生詩歌固然展現著學問與人格風範,亦時有情感的流露,然而,其詞作所呈現的,比起詩作有更生活化的、更細緻而敏感的情愫在其中。尤其,將悲慨與賞玩的矛盾放置在一闋詞裡(看似書寫景色,卻是表現悲傷的情緒,但卻又藉著傷感的意象,排解心中的鬱悶),形成勞先生詞作的特色。

勞先生的詞作,收錄在《思光詩選》(三民書局出版)一書之附錄,原僅〈臨江仙‧紀懷〉、〈乙巳除夕,夜宴於伯謙先生私宅,賦此乞正,調寄賀新郎〉兩首;另勞先生於敝系林碧玲教授與筆者主持之「思光詩選讀書會」(國科會人文學研究中心補助)、「現當代古典詩研究室──韋齋詩存述解與研究」(華梵大學人文藝術類研究室補助)中,補入四首。因而預計於今年十月出版之《韋齋詩存述解新編》中,收錄之勞先生詞作將有六首。

雖然勞先生尚有其它詞作並未收錄,然若就此觀之,和兩百多首詩作相較,顯然不成比例。因此,首先要討論的是:勞先生的詞作何以數量不若詩來得多?

以「詞」之文類而言,除了「媚」和「豔科」的理解和評斷之外,所展現的情調究竟為何?自晚唐五代以來,社會流離,主導了文化心理的轉變;北宋的黨派之爭、南宋的憂患世局,更使得依戀惋惜

一字石遺,室名大江草堂,福建侯官人。學問淵博,精通三禮,尤長於詩,與陳三立、鄭孝胥均為「同光體」詩人。「同光體」詩學宋調,以新為貴,反對必求合古的詩風。

的情懷主導了詞作傷感基調的形成。亦即詞家個人生活體悟因而引致的傷感情懷，成為詞作中的普遍表現。是故自我理想無法施展、自我價值得不到肯定，因而生成的感傷意識，瀰漫在詞作中。

宋代的哲理詩和議論詩盛行，卻也因此導致了文人無法在詩的體例中宣洩，只能讓真實的內在情感向詞句裡流動。王國維說：「詞之為體，要眇宜修，能言詩之所不能言，而不能盡詩之所能言。詩之境闊，詞之言長。」說明了細微的、受到壓抑的情感，在詞作中的表現遠比在詩作裡更為容易（或者說表現地更為深刻、細膩）。

勞先生以一個知識份子，從大陸輾轉至臺，卻又曲折至港，孤寂的情懷中不僅包含著自身的流離憂傷，更飽含著家國的憂思。而這種對於人生價值思考所流露的感傷情調，藉由詞調而微吟詠歎。

因而勞先生的詞作數量不如詩多的因素，筆者以為：一方面，勞先生書寫創作當時感懷，僅為個體對於自身或世界的情緒表達，並無意藉此將自身懷想公諸於世，隨手置放未加蒐集的結果，數量自然不多；另一方面，勞先生具有眾所熟知的哲學心靈，對於詩歌的創作，以宋詩風格為主要表現形式與手法，而「詞」的特徵或審美規範，歷來多從「媚」著眼，故而在詞作文本的表現手法上，總是以嫻靜溫柔為主流，雖然不能說與勞先生的哲學理性思致矛盾，但是，必須在表現「言志」或「言情」當中作一選擇時，畢竟普遍觀念中詩「言志」的「嚴謹」與「懷抱矜持」，較之詞「言情」的「溫柔」與「委婉曲折」，和自身傾全力開展的學術領域與人生價值理想較為相契。職是之故，勞先生的詩歌創作偏向於詩，尤其是具有宋詩特色的詩作。然而，卻也因為勞先生有「詩──宋詩──宋詩立意、煉字、煉句、志之所至」的觀念，因此，反而使勞先生心靈感發的生命力量，透過詞體的情感表現形式顯現，更加深刻而動人。

換句話說，勞先生以建立中國哲學之學術觀為其生命重心，故其畢生心力多投入在理性的哲思。而勞先生的詩歌創作以宋詩風格為

主,表現其理想懷抱,而早期的歌辭之詞,並不具有書寫情志之意識,自然與勞先生自由主義的意志與胸懷沒有太大的連結。然而,綜觀勞先生之詞作,又並非如歐陽修以遊戲筆墨為詞之心態,而是透顯著文人早已熟悉的詩學傳統中言志抒情的寫作方式,讓剪紅依翠、嬌柔旖旎的詞風之外,呈現懷抱意志,而在書寫情志的同時,卻仍表現了一種直接感發力量的質素,保有詞作曲折含蓄的美感。

(二)本文寫作意義

勞思光(1927[5]-)是湖南長沙人,本名勞榮瑋,字仲瓊,號韋齋。勞先生於一九五〇年〈從文化史上看國家價值〉[6]一文中,以「思光」作為筆名,自此即以「思光」之名著世。勞先生曾就讀北京大學哲學系,輾轉至臺後,轉入臺灣大學哲學系就讀。其後赴香港居住,並曾於哈佛大學及普林斯頓大學進行學術研究及訪問,之後亦於臺灣清華大學、政治大學等校擔任講座,現擔任華梵大學哲學系講座教授。

勞先生出身翰林世家,自幼即浸淫傳統文化,並書寫詩作。勞先生對於學術思想之研究十分用功且透澈,已屬公論,除此之外,勞先生雅好賦詩,在港期間並曾參加過「芳洲詩社」[7],與詩友唱和,每有感懷,便發為吟詠,因而探索勞先生的詩詞創作,可體察其情意面

5　二〇〇四年筆者與敝系林碧玲教授申請國科會人文學研究中心補助《思光詩選讀書會》,林氏告知先生曾於二〇〇二年六月六日告知:一九四九年初至臺灣時,身分證誤載為民國十一年(1922)生,實則為民國十六年(1927)生。

6　見勞思光:〈從文化史上看國家價值〉,《民主潮》第1卷第4期(1950年11月25日),收入《哲學與政治——思光少作集(三)》,頁9-13。亦可參考劉國英、黎漢基編:〈勞思光先生著述繫年重編〉,《無涯理境——勞思光先生的學問與思想》(香港:中文大學出版社,2003年),頁288。

7　勞先生參與芳洲詩社活動相關事宜,為二〇〇四年三月六日筆者與林碧玲教授主持「國科會人文學研究中心補助二〇〇四至二〇〇五年度《思光詩選》讀書會」第一次讀書會,先生主講「《思光詩選》的形成與路數」告知。

向之開展及心靈境界。

「吟詠詩歌是士人文化生命發皇的傳統力量與模式，因而先生的詩詞創作，即是文人生命的存在方式。」[8]文學生命若能注入哲學智慧，在通透之際，更可以得其深；哲學生命在文學意興的潤澤裡，更能呈顯其涵泳之意味；是故，文學心靈與哲學智慧的融匯，即是更臻圓滿的生命情境。勞先生具有眾人所知曉的哲學學問，亦有眾人所未知的文學生命，因此可以說：勞先生是一位哲學家，亦是一位「古典詩人」（即是一位哲學家詩人），正是文學心靈與哲學智慧融貫的典範。

從勞先生的詩詞創作去體悟其生命的深度，吾以為比起從哲學出發，去理解其建構的學術理論，更有巨大的魅力。勞先生的哲學大師地位，世所共譽，透過勞先生的文學創作，進入深層濃郁的文化意味，更能激動人心。

自古以來，立德、立功、立言[9]即被視為是三不朽；而《論語》〈衛靈公〉亦云：「君子疾沒世而名不稱焉。」作為生命價值的觀念，「立言」的寫作型態是跟生命的意義相連結的，換句話說，文章是生命意義的寄託，亦是人生態度的展現。

三不朽是難以達成的高遠目標，然而亦有人並不將此視為必然的炫耀，而視為人生一部份歷程罷了。勞先生創作詩詞，原即不以炫耀與流傳為目的，但在因緣際會中，卻得以從記錄的初衷裡，被重新賦予意義。可以說，勞先生的詩詞作品綴寫記錄之後，為人所閱讀、流傳，不僅可以藉此知曉一個以哲學名世的文化人詩化的人生，更是理解其文化品格的重要材料。

8　王隆升〈文化人的情意與詞心──論韋齋詞的生命情境與懷抱〉，《彰化師大國文學誌》（彰化縣：彰化師範大學國文學系，2006年），頁348-349。

9　《左傳》〈襄公二十四年〉：「太上有立德，其次有立功，其次有立言，雖久不廢，此之謂不朽。」指立德、立言、立功，是三件可以永遠受人懷念與敬仰之事。

　　文學的表現不是純粹為了知識，而是在於經驗與超越經驗碰撞而產生的張力。勞先生是抱負滿懷、崇尚自由的，這在勞先生企圖建構中國哲學的使命來看，無疑是重要的，可以說，勞先生是近現代華人思想學術界的典型代表。而從勞先生的文學作品，能閱讀到屬於勞先生學術之外的另一個面向。透過歌詞文字，可以感受到：勞先生因緣際會到達臺灣，移居港島，看似歸隱，實則比退隱遁世具有更深刻而沉重的哀傷。

　　因此，筆者嘗試從勞先生的文學創作出發，希望能在文本閱讀及解析的過程中，深掘勞先生「哲學生命」中的情感面向，進而體會其人格形象與生命性靈，透過勞先生哲學家詩人創作的特殊性，開展學術視域，闡明勞先生文學創作（詞）之面貌風格，探索其在現代中國古典詩學發展中的意義。

二　韋齋詞的情感內涵——感傷的基調

（一）韋齋詞的感傷成分

　　詩詞本來即是以韻取勝、陶養性靈的創作。照理說，「霜葉紅於二月花」（杜牧〈山行〉）、「野渡無人舟自橫」（韋應物〈滁州西澗〉）帶有恬逸的情境；或是「落日照大旗，馬鳴風蕭蕭。」（杜甫〈後出塞〉）、「星垂平野闊，月湧大江流。」（杜甫〈旅夜書懷〉）的浩瀚氣魄，方是詩境呈現的大宗。然而，詩詞中的「苦吟」，因為負荷了大量的人生苦難，甚至承載歷史時空的憂懷，因而更能凸顯詩人的生命意識。蔣寅曾說：「苦吟意味著對詩歌的期望值的提升——願意付出艱苦努力的事，一定寄託著人們很高的追求。……詩歌的價值和意義就在它參與生命過程本身。……不平則鳴是志士仁人對命運的抗

爭。」[10]文人面對的人生挫折，不勝枚舉，從離鄉到應考、從落寞到拔高，因為有「昔日齷齪不足誇」的困頓，因而「一日看盡長安花」的恩賜，也就更顯珍貴。[11]但是，有更多的讀書人被摒除於功名之外，或是在平靜的仕途中掀起波瀾，因而將憂憤或感傷的情緒化為文字。江順詒《詞學集成》卷七引趙慶熺〈花簾詞序〉云：「斯主人之所以能愁，主人之詞所以能工。」而鄧喬彬亦言：

> 自《詩經》「飢者歌其食，勞者歌其事」以來，詩與「悲」的
> 關係最為密切。……屈、宋各有悲世、悲己之情，漢樂府民歌
> 「感於哀樂」實側重於「哀」，建安的「慷慨」實為悲慨，正
> 始的主調是嗟生、憂時；……古詩十九首……是死生之嗟的悲
> 涼，……六朝，陶、謝、鮑、庾都有悲的一面。……作為繼詩
> 而起的韻文代表，詞確有匡其不逮之處，這就是在「情」的深
> 化上。……側重在自我抒發，……[12]

苦吟不該視為無病呻吟，如果和「窮而後工」的觀念相配，應該說：詩人窮而苦吟，其意義是藉由苦吟將其心志吟詠表現；而陳廷焯《白雨齋詞話》卷八「情以鬱而後深」的說法，即是如此。

「窮而後工」的表現，非獨見於詩歌，即連詞作亦是如此。而勞先生的詩歌創作，以「苦吟」的方式吟詠呈現，在沉重的文字裡，訴

---

10 蔣寅：〈以詩為性命〉，《古典詩學的現代詮釋》（北京市：中華書局，2003年），頁
 242-248。

11 孟郊〈登科後〉詩云：「昔日齷齪不足誇，今朝放蕩思無涯。春風得意馬蹄疾，一
 日看盡長安花。」唐科舉放榜後，擇進士二人，於長安城中探花。孟郊高中進士之
 年，為探花者之一，故有此詩。此詩將落榜與考取的兩種情境對照，透顯文人的窮
 達差異。

12 鄧喬彬：〈唐宋詞的藝術境界〉，《唐宋詞美學》（濟南市：齊魯書社，2004年10
 月），頁111-112。

說的不僅是生命的困頓，更是對於生命價值的探索。那麼，詞作的表
現中，是否亦具有苦吟的風貌？

　　苦吟的標誌來自於宋詩，當然不表示必然只能是詩體的風格或表
現方式，只是，以「感傷」來標誌勞先生的詞作面貌，比「苦吟」更
為貼近表現之內在蘊含。

　　感傷的產生有其必然性。當生命在時空中產生價值理想的疑惑
時，心靈碰撞的結果，便產生感傷。苦吟固然是表現感傷的一種方
式，然而感傷卻是飽含生存價值的思索、是攸關精神狀態的選擇，更
是進行生命療癒不得不發的傾吐。勞先生其顛沛之生命歷程，在時空
中漂泊，實是被無法控制的環境所逼迫而造成的結果，故而騷動於心
的遺憾，便成感傷。

　　從漫長的文學歷史中檢視，無論是中方或西方作品，總是脫離不
了情感的呈現。西方文學中的所謂「感傷主義」（Sentimentalism）[13]
崇尚情感，然而這種情感卻流露出消極而憂傷的情緒。強調的是人民
的不幸遭遇，即使是書寫人民的歡愉時，常是伴隨著淚水與愁緒的。
這種情調無疑是軟弱而自怨自艾，虛無而淒涼。對於東方文學而言，
〈古詩十九首〉說：「生年不滿百，常懷千歲憂。」、蔡琰〈悲憤詩〉
云：「人生幾何時，懷憂終年歲。」劉勰《文心雕龍》〈時序〉亦言：
「世積亂離，風衰俗怨。」苦難的年代，讓中國文人心靈烙下深刻的
傷痕，因而發出感恨之詞。

　　作為中國感傷主義文學傳統的集大成者的巴金（1904-2005），其
作品具有一種無法如願、飄零憂傷的氛圍，充滿悲憫情懷和濃郁的感

---

13 從西方文藝思潮流派上來說，十八世紀後半期，歐洲文學從古典主義演變為注重個
　人生活之中情感的感傷主義。這種情感，主要是哀怨憂傷，多愁善感。因此，感傷
　主義具有情感性、傷感性、敏感性。感傷主義的說法源自於英國作家斯特恩，他於
　一七六八年出版《法國和義大利的感傷的旅行》的小說，之後有愛德華‧揚格和托
　瑪斯‧葛雷等作家，亦以感傷成分著名於世。

傷基調。又如蕭紅、張愛玲、白先勇等作家，亦被視為感傷文學的代表。因而可以說，不論東西方，文學作品的感傷成分是普遍存在的。

現實的世界會催發憂患意識，然而真正的關鍵，卻是作者本身的人生理想，或源於承擔的信念、或是使命感使然。尤其，當困頓無法消解，以文學作為抒發的載體，成了許多知識份子的選擇。社會的變異，對於詞人心靈的撞擊與震盪，使悲哀的情緒瀰漫，成為普遍現象。心靈與社會現實的衝突，常是引致生命落空或疏離的最大原因；感傷的基調便是源自於詞人的內在心裡和社會政治、外在環境產生摩擦或者背道而馳的衝突，因而發為詠歎。

從勞先生的詞作中，可以探索其生命結構的軌跡，亦流露其自身的生命氣質。

勞先生目前的詞作雖僅存有六首，然而「感傷」的成分卻是普遍的存在：

> 明鏡鬢眉卿石願，浮生長物無多。華燈玉管浪銷磨。文章聊復爾，興廢竟如何。　　憑是非情非恨際，依然牽惹絲蘿。誰參密意病維摩。可憐千萬劫，弱水自成波。（〈臨江仙·紀懷〉）

> 閒庭曲檻流霞，舊時家，記得雨中親拾玉蘭花。　　紅羊劫，青衫客，負瓊葩，一樣可憐顏色在天涯。（〈烏夜啼·兒時居故都，庭中玉蘭經雨零落，輒親拾之，不忍見其委泥沙也。戊戌流寓香島，忽於友人處見玉蘭滿枝，感而譜此。〉）

> 車馬芳洲道。又喧闐、千家爆竹，共迎春早。我已中年翁七十，相顧樽前一笑，負多少縱橫懷抱。北望中原南望海，漫紛綸棋局何時了。誰竟免，此鄉老。　　佳辰歡趣頻年少。最嗟予、詩腸多澀，酒腸偏小。講舌徒為從眾語，愧絕囊中舊稿，

且相伴今宵醉倒。盧雉一呼行樂耳，看青陽破夜邊城曉。雲樹外，起啼鳥。(〈賀新郎・乙巳除夕，夜宴於伯謙先生私宅，賦此乞正，調寄賀新郎〉)

又積征塵上客襟，相逢翻覺別痕深，青萍雪絮總浮沉。　夜氣正催秋似酒，天涯會見綠成陰，不須龜筮費搜尋。(〈浣溪沙〉)

細雨侵簾，彤雲如幕，曉寒暗透窗紗。徒倚回廊，嫣紅猶見山花。霓裳翠羽匆匆過，又匆匆、夢向天涯。漫咨嗟，百劫悲歡，幾度蟲沙。　平生意氣矜懷抱，枉目驅豺虎，手搏龍蛇。老臥南疆，一身破國亡家。文章解惑非誇世，論千秋、願已嫌奢。悵啼鴉，謝傅箏弦，白傅琵琶。(〈高陽臺・甲戌冬，作於香港海桐閣寓所〉)

佳辰不預笙歌會，高眠市樓寒雨。嚼蠟世情，凝霜詩筆，靜夜茫茫無緒。蝶飛栩栩。向冷月昏時，劫灰深處。似有幽靈，兩三相向含冤語。　問人間黃粱熟未？猛青燈照眼，此身何處？幾輩英豪，幾番成敗，都付大江東去。悲歡何據？且手拂雲箋，漫題長句。一笑推窗，看今年新曙。(〈齊天樂・1999年除夕〉)

　　寂寞與孤獨固然是一種失落的心理狀態，但是，當詞作所表現的情懷被作者充分表現、被讀者充分領受時，必然有其意義──因著作者的個性與敏感的心靈，表現出異於他人的特殊性意味，亦即表現出一種「對於現實的情狀失望，遺憾世俗的墮落或不堪，卻猶抱一絲希求，奈何卻因此而顯得獨立不群。」的心情。

孤獨的心理獲得排遣，卻也將懷抱的理想刻鏤成痕。

勞先生的感傷，其實來自於對人生理想的無法實現，社會的體制不僅沒有提供讀書人自由思考與安身立命的空間，更以斲傷的方式在消耗文化傳統的命脈。[14]

詞是抒情文學，故而在表現人生主題的同時，無法逃避去面對生命內在的痛苦。一個敏感而傷痛的靈魂，在憂患意識的重壓下掙扎，卻也顯現出一種嚴肅而深刻的意義。因而可以說，一個具有深刻內涵的作品，所包含的意義不會是表象的、平面的、個人的，而是可以超越個體，置諸於歷史時空中，體現其深廣的人類共有的憂患，亦即一己的悲傷，卻有著人類共有的永恆深遠意義。

（二）游子意識與家國之思

曹操〈卻東西門行〉詩云：「鴻雁出塞北，乃在無人鄉。舉翅萬餘里，行止自成行。冬節食南稻，春日復北翔。田中有轉蓬，隨風遠飄揚。長與故根絕，萬歲不相當。奈何此征夫，安得去四方？戎馬不解鞍，鎧甲不離傍。冉冉老將至，何時返故鄉？神龍藏深泉，猛獸步高岡。狐死歸首丘，故鄉安可忘？」抒發了征夫長期邊境征戰、思念故鄉的哀傷。而李益〈夜上受降城聞笛〉云：「回樂峰前沙似雪，受降城外月如霜。不知何處吹蘆管，一夜征人盡望鄉。」孤獨的漂泊，讓一個敏銳的生命個體，深刻書寫出屬於鄉園的永恆主題。「晨風動喬木，枝葉日夜零。游子暮思歸，塞耳不能聽。」（李陵〈錄別詩八首其二〉）、「江漢思歸客」（杜甫〈江漢〉）、「何事成遷客？思歸不見鄉。」（皇甫冉〈送從弟豫貶遠州〉）從大量的思鄉詩中，可以看出歸

---

14 陸玉林曾說：「傳統社會的體制既未給士階層人生理想的實現提供足夠的空間和場所，同時也不允許士階層擁有自由的生存空間。」勞先生的感傷，當即來自於此。參考陸玉林《傳統詩詞的文化解釋》（北京市：中國社會科學出版社，2003年8月），頁84。

鄉的意涵，那便是：不論我們經歷了多少的困頓與歡愉，經歷了窮達
仕隱、見證了多少生命的起伏，終究還是要回歸鄉園，回到一個可以
讓生命和緩與安頓的安身立命之處。

　　落葉歸根是一種期望，只是，是否能如願以償，猶是未知數，因
而在現實的遠眺中，藉由山水風色，將物理的空間改造，讓故鄉與自
我的親密關係由此建立，化成一種創作的情懷。

　　情緒或者是短暫的事件所牽引的，時間一久便消逝無蹤。然而，
卻也有些情緒，並非一時的翻騰，而是長久持續著。個人遭遇的順境
或逆境，攸關情緒的引發與呈顯。許多理智的知識份子，卻也不能免
於傷感的滲透，為人生事件或情境深深嘆息。

　　人往往是不耐於漂泊的，然而正如冷成金所說：「人的高貴之
處，正在於要為自己動盪不安的心靈尋覓最後的家園。……中國人沒
有外在超越的價值，只有在孤獨中用自己的一生不斷地向那個本體靠
近。」[15]故而安頓心靈，成了一件重要的事。

　　詩歌的感傷世界，表現在生命催促的歲月無情中。山川相隔造就
漂泊之苦，故而作者筆中的游子形象，即是詞人悵然心靈的外現。韓
經太曾說：

　　　　作為複雜的矛盾體的「游子」意識，當其表現為詩歌吟詠中的
　　　　「客愁」中，……呈現出複雜的型態。……首先，當詩人天涯
　　　　傷淪落而「愁來賦別離」時，由於其倦游厭旅的情緒中已包含
　　　　著游無所成的牢騷和憤郁，所以其情思索繫，往往並不侷限於
　　　　詩歌形象的表層指向，而是有著「別有感發」的隱喻與象徵意
　　　　味。……其次，由於「游子」之「客愁」與生命哀傷屬於同一
　　　　抒情主體的情感心理內容，故而那苦於空間阻隔的，思鄉念遠

---

15 冷成金：《唐詩宋詞研究》（北京市：中國人民出版社，2005年4月），頁339。

之情未嘗不與驚心節物的生命主惕相交織。[16]

從作品中，可以領略作者對於一個可感知卻無法碰觸的故園緬懷之情。勞先生的詞作呈現的，即是一種極具客愁的「游子」意識，給人的直覺感受是凝重而渾厚的，卻也充滿世事滄桑的無常之嘆與英雄失路的遺憾。

從〈烏夜啼〉的詞句「閒庭曲檻流霞，舊時家，記得雨中親拾玉蘭花。　紅羊劫，青衫客，負瓊葩，一樣可憐顏色在天涯。」來看，此詞無非是藉由書寫落花飄零，感嘆生命受外在摧殘的遺憾。除了表現玉蘭的生命悲劇之外，實則亦有「君子」落難的訊息；如果再配合詞序中所言「兒時居故都，庭中玉蘭經雨零落，輒親拾之，不忍見其委泥沙也。戊戌流寓香島，忽於友人處見玉蘭滿枝，感而譜此。」理解勞先生之「感」，更能體悟出時間的過往與現實、空間的彼與此、自然凋零與人生的失落，意蘊深刻。

人與物的情感共生共發，阻隔的空間在此交織，傷花之懷亦有悲己的意味，故而悲花即是在悲自身的抱恨，看似含蓄溫婉的詞風中，卻隱約有沉痛的傾訴；雖然寫「花」，卻是在形塑一個隱蔽的身影與面孔。

王乾坤曾說：

> 原型是人類對於本己生活的一種原初記憶……在最終的意義上，我們所嚮往的其實就是原初幸福與自由，是一種回到子宮與伊甸園的復歸期望……賣櫝還珠，失去對家園的記憶，這是人類很容易患的一種現代病：哲學、藝術、宗教、美學的任務

---

16 韓經太：〈論中國古典詩歌的悲劇性美〉，《詩學美論與詩詞美境》（北京市：北京語言文化大學出版社，2000年1月），頁65-66。

之一，就是各自從不同的角度，喚起雖然是原初的但是永恆的
生命記憶。[17]

　　家園之思是勞先生詞作中的主旋律。看到故國的沉淪，對於家國
處境感到憂傷，故而離鄉背井的游子，因著愛國情操，想要為積弱不
振的民族作些改變。因而，勞先生提筆為詞，自然表現著一個最易引
起迴響的主題，一個在許多知識份子心中大家共同擁有的苦悶。

　　〈賀新郎〉一詞云：「我已中年翁七十，相顧樽前一笑，負多少
縱橫懷抱。北望中原南望海，漫紛綸棋局何時了。誰竟免，此鄉
老。」「登望」，自古以來即是傷感（如送別、相思、懷古等主題）中
的原型構思，故而「北望中原南望海」所訴說的，以空間延闊其思念
之情，實際上中原是在望不見的北方，目力即使弗及，心神卻更憂
思。這種憂思的深化結果，更是凸顯了現實與理想之間的反差。家國
意識與現實的衝突，造成了傷感的原因，而經世觀念與人生理想無法
付諸實行，造成更強烈的失落感。

　　而〈賀新郎〉云「北望中原南望海，漫紛綸棋局何時了。」、〈高
陽臺〉云：「老臥南疆，一身破國亡家。」則是強調空間的隔離，表
現游子遠離故國的悵然失落，而更深刻的意涵則是對於人生價值受到
衝擊的文化浩劫，感到悲傷。

　　〈高陽臺〉云「細雨侵簾，彤雲如幕，曉寒暗透窗紗。徙倚回
廊，嫣紅猶見山花。……悵啼鴉，謝傅箏弦，白傅琵琶。」游子的客
愁，猶如杜審言〈和晉陵早春遊望〉所說：「獨有宦游人，偏驚物候
新。」對於風物的變異，常有驚覺之慨。亦可說，勞先生傷感的本質
是藉由物候或特定景物，抒發悵憾之忱，尤其以「鴉啼」引出白謝幽

---

17 王乾坤：〈藝術的生命之門〉，《文學的承諾》（北京市：三聯書店，2005年4月），頁
　　294-296。

咽之琴音，發抒「同是天涯淪落人」之意，更是凸顯游子情感生命的內涵。

抒寫失意的哀傷或描繪山水景物，情調常是蕭瑟、寂寞而感傷的。故〈齊天樂〉云：「高眠市樓寒雨」、「靜夜茫茫無緒」、「向冷月昏時」、「劫灰深處」、「猛青燈照眼」。這些字句的氣氛與色彩，呈現一種迷離與境象，事實上，也可以說因為這樣的時空景象，提供了作者表達游子失落的淒楚情緒。

沈家庄說：

> 中國人對故土的依戀，對家國的神往，就不僅僅是對家庭的一種責任感和一種依戀情懷，而且是一種生命的回歸意識，是人對個體生命的終極超越。[18]

離鄉是被迫的選擇，故而思鄉是對於家國故舊的具體情感指向。對一個充滿哲學理智的學者而言，感傷並非是他的標誌，然而，作詞是一種趨於內心獨白式的咀嚼，也是坦露心跡的方式，即使是理性的勞先生，在詞體的情意世界裡，猶是表現生命最真實的感發。

勞先生以歌吟的才氣與悟性，書寫眼中的人情世界，其感傷氣息是極為濃厚的。同時，游子以飄忽不定的生命歷程，面對時空，亦將生起嘆老之慨。

（三）時空意識與嘆老之傷

文學情感的表達即是個人悲歡喜怨的生命歷程。而時空意識的揭示，更是際遇窮通時的情感主調。

王力曾說：「在傷春悲秋、由物及我的感情線索中建立生命化了

---

18 沈家庄：《宋詞的文化定位》（長沙市：湖南人民出版社，2005年1月），頁285。

的自然與自然化了的人生間聯繫；用聚散憂分，別時憶見之痛對待人事交往，在傷離惜別、由人關己的倫理程序中強化親友與自身間的情感紐帶。」[19]怨嗟之嘆是自我情感的抒發，亦是文人面對外在景物的榮枯，萌生蒼涼焦慮的憂患情懷。不論是「誰竟免，此鄉老。」或是「老臥南疆，一身破國亡家。」都標誌著衰老的意義，而生命的衰老，便來自於別離。離別，擾亂了生命的歷程，進而形成生命的缺憾。當生命的別離導致時間在孤寂中消逝，喟歎於焉形成。

以訴諸聽覺的方式，喚醒思鄉的心緒。〈高陽臺・甲戌冬，作於香港海桐閣寓所〉一詞云：

> 悵啼鴉，謝傳箏弦，白傳琵琶。

聲音的描寫與選擇，實則亦是書寫作者心情的表徵。「啼鴉」雖然不若「胡笳」、「杜鵑」等聲音，喚醒人們內心的悲傷哀淒，容易淚滿衣襟，卻也具有文化意涵，傳遞著傷感與的氣息。冬寒之際，鴉聲響起，牽惹出的不只是思鄉情懷，更是對於自身有志難伸的慨嘆；或者說，詞作所表達的是主體對於人生的失落感，將「音響」、「自身遭遇」、「歷史情懷」進行意緒的濃縮與凝結。外界的鴉聲喚起了作者思鄉的感受，更喚醒了歷史記憶，使主體生命延伸，和古老時空人物的生命情境契合，形成凝重而悵然的情緒。

傷感是勞先生所處人生的文化氛圍，感傷於江山的殘破與自我理想不為人知的現實，揉成嘆老傷逝與黍離之悲的壓卷之作：

> 細雨侵簾，形雲如幕，曉寒暗透窗紗。徙倚回廊，嫣紅猶見山花。霓裳翠羽匆匆過，又匆匆、夢向天涯。漫咨嗟，百劫悲

---

19 王力：〈中國古代文學中的惜時主題〉，《中國古代文學十大主題──原型與流變》（臺北市：文史哲出版社，1994年7月），頁47-48。

歡，幾度蟲沙。　　平生意氣矜懷抱，枉目驅豺虎，手搏龍蛇。老臥南疆，一身破國亡家。文章解惑非誇世，論千秋、願已嫌奢。悵啼鴉，謝傅箏弦，白傅琵琶。〈高陽臺·甲戌冬，作於香港海桐閣寓所〉

　　余秋雨嘗言：「人要直觀自身，只能把人置放在一個有著空間限定和時間滄桑的世界之中，毫無疑問，這就是人生。」[20]〈高陽臺〉一詞，即是在一個限定的空間裡（香港、寓所）藉由省視自身的遭際（滄桑的世界），展示著失落的悲哀與不為人解的孤寂。

　　此詞以雨中之景為起，表明低沉之心境，亦為平生意氣銷磨的感慨抒懷鋪墊。迴廊的徘徊，代表靈魂的不安，因而縱有嫣紅的山花入眼，仍舊是感傷！即便是美盛的「霓裳翠羽」，亦已成過往。「平生意氣矜懷抱」正是少年的豪情壯志、參與文化運動的志氣與理想，然而一個「枉」字的表出，已讓少年豪情盡成傷，卻又加諸「老臥南疆」、「破國亡家」之痛，更讓人理想銷磨殆盡。最後以鴉啼的悵恨與「謝傅箏弦，白傅琵琶。」為結，儼然充滿著內在深遠的隱意，一種凡人未識的懷抱、天涯時空的悲感，深刻而動人。

　　對於人生的反省，勞先生以「嘆老」的感喟表現：

我已中年翁七十，相顧樽前一笑，負多少縱橫懷抱。北望中原南望海，漫紛綸棋局何時了。誰竟免，此鄉老。（〈賀新郎·乙巳除夕，夜宴於伯謙先生私宅，賦此乞正，調寄賀新郎〉）

飽嚐人生苦難，中年的身軀卻有老人的心境。面對紛擾的世局，透顯

20 余秋雨：〈意蘊的開掘〉，《藝術創造工程》（臺北市：允晨文化實業公司，1990年3月），頁110。

一種疲乏無奈的人生失意感。而:〈高陽臺・甲戌冬,作於香港海桐閣寓所〉云:

> 老臥南疆,一身破國亡家。文章解惑非誇世,論千秋、願已嫌奢。悵啼鴉,謝傅箏弦,白傅琵琶。

現實的人事無情,家國盡成過去,故而老臥南疆的生活充滿不可解脫的遺憾。

因而可以說,時光的不可逆、歷史的嬗變,讓勞先生的嘆老意識,飽滿著沉痛的家國失落感。

許多詞人總在詞作中呈顯著年華老去,表現對於功名無法擁有的失意情懷,因而顯露鬱悶的生命型態。然而,勞先生面對處境,或有時不我予的感慨,卻是以超越時間與空間的視點,在個人的身世俯仰與歷史時空的變化中,流露其對於生命的深刻悟解:興廢、浮沉、多少縱橫懷抱、悲歡……,繁華與挫傷,竟在彈指之間:

> 華燈玉管浪銷磨。文章聊復爾,興廢竟如何。(〈臨江仙・紀懷〉)

> 紅羊劫,青衫客,負瓊葩,一樣可憐顏色在天涯。(〈烏夜啼・兒時居故都,庭中玉蘭經雨零落,輒親拾之,不忍見其委泥沙也。戊戌流寓香島,忽於友人處見玉蘭滿枝,感而譜此。〉)

> 我已中年翁七十,相顧樽前一笑,負多少縱橫懷抱。北望中原南望海,漫紛綸棋局何時了。誰竟免,此鄉老。(〈賀新郎・乙巳除夕,夜宴於伯謙先生私宅,賦此乞正,調寄賀新郎〉)

又積征塵上客襟，相逢翻覺別痕深，青萍雪絮總浮沉。(〈浣溪沙〉)

百劫悲歡，幾度蟲沙。(〈高陽臺·甲戌冬，作於香港海桐閣寓所〉)

問人間黃粱熟未？猛青燈照眼，此身何處？幾輩英豪，幾番成敗，都付大江東去。悲歡何據？(〈齊天樂·1999年除夕〉)

「幾輩英豪，幾番成敗。」既懷古亦傷今，「大江東去」看似大筆揮灑的開闊與氣魄，卻蘊含著豪情中的悲壯。英豪與成敗是人事，而江水東流是自然景象；然而，英雄豪傑在或成或敗的流轉機運中，盡成過往。故而勞先生提出「悲歡何據」的慨嘆。

傷感的背後所隱藏的，或許是文化的積累。首先，主體的生命遭際與現實感受，引出自我的悲慨，而家國衰落，帶來對於人生現實的威脅，更讓人對於未來理想的無法期待，產生沉痛的失落感。這種情緒固然是根深柢固於內在情緒，更重要的是往往也因於歷史變遷中重要的衝擊與變化裡，方能釋放出來的巨大能量。勞先生的詞作中，呈現的不單只是一個榮華時代的衰敗，更是傷今悼往——對於一個主體人在時空變異裡的情緒震撼。

(四)小結

詞是一種內心傾吐式的心緒文學，緣於情感而發之以含蓄，因而其主要的表現內涵並不是「言志」或「載道」，而是展示情感世界。

李白云「哀怨起騷人」(〈古風其一〉)、柳永亦說「當時宋玉悲感，向此臨水與登山。」(〈戚氏〉)詩人吟詠中飽涵著落拓之情與不平之慨，這種悵然表現在登臨山水與感物悲時的抒情模式中。然而，

在勞先生的詞作中，登望（北望中原南望海）、感時（浪銷磨、幾輩
英豪，幾番成敗，都付大江東去），畢竟只是一種表象或牢騷，真正
的內涵實是感士不遇中的失所之悲（老臥南疆）與途窮之傷（一身破
國亡家）。這種對於生命歷程的失落感，表達對於生命的哀憐與對
「人生幾何」的無奈（百劫悲歡、悲歡何據）。

感傷成分的實質內涵，其實便是別離。孤獨的感傷，來自於生命
的缺憾；疏離的生存狀態，來自於流離。從大片江山來到蕞爾之地，
復從孤懸小島隻身到彈丸之地，勞先生詞作所呈現的，便是一個外在
孤獨（文化觀點、習俗、人事）與內在孤獨（失落感），不被社會和
時代所理解的知識份子。

三　韋齋詞的感傷表現手法

（一）以時空的跨越，表現感傷的遍存

社會的變異對於詞人心靈的撞擊與震盪，使悲哀的情緒普遍存
在。心靈與社會現實的衝突，常是引致生命落空或疏離的最大原因，
因而感傷的基調便是源自於詞人的內在心裡和社會政治、外在環境產
生摩擦或者背道而馳的衝突，於是發為詠歎。藉由歷史時空，思問自
身之通達，其意義是將歷史的興亡衰敗與自然連結，於此，更可打破
詞人與歷史時空的間隔，因著歷史與現實重疊，讓古老的懷想與當下
的現境交融。

凝眺與夢境，都可以是一種時空的跨越。

就凝眺而言，詞人在遠望的當下，面對時空，已然引出「歷史
的——當下的——未來的」牽繫，關乎詞人的生命狀態。雖然說自然
的永恆與人生的短暫（自然與人生的對比），映現詞人的寂寞與悲
涼；然而，無法忘懷的堅定，往往也透顯詞人現實意識與歷史意識巍

然挺立的意義。畢竟，就人類而言，因著歷史時空的變異與自然界悠長的永恆存在來說，一種身為人的共感、共鳴、共相，所具有的生命感更加動人。

〈賀新郎·乙巳除夕，夜宴於伯謙先生私宅，賦此乞正，調寄賀新郎〉詞云：

> 北望中原南望海，漫紛綸棋局何時了。誰竟免，此鄉老。

遼遠的空間與蒼茫的宇宙，是喚起人生流離與歷史滄桑的元凶。當詞人懷抱著自我生命力與外在的時空接觸之際，敏銳的心靈必有所感，這種感傷是超越個人、也是歷史限囿的；「棋局」的紛綸是外在的、而「此鄉老」卻是自我的。過去即有、甚至延續至今的混亂世局，已讓人感傷，而我個人必須承擔孤老異鄉的結果，更讓人遺憾。因而此闋詞所透顯的感傷情懷，更為沉重。

就夢境而言，佛洛伊德認為，夢是一種具有意義的精神結構。然而，夢境在文學作品中的意義，不必然要由佛洛伊德《作家的白日夢》的精神分析出發，而是從一種現實之外的另一個情境著眼。如果現實是容易獲得的，還需要藉由夢境的碰觸而獲得嗎？因而可以說，在作品中的夢境，往往具有代償需要，常表現的是生存中的不安或匱乏。人在現實中就是一種有限，現實侷限了時空，侷限了自由，因而透過作夢的手段，進行渴求與超越的過程。這個想像世界是非現實的，卻產生了重要的文學效果。因此，這樣的夢已不是僅有空中樓閣而已，而是具有隱喻的意義。

《全宋詞》中出現過四〇二一個夢字，多為泛寫人生之夢。部分則是以夢為事典，比喻人生百態，如黃粱夢、蝴蝶夢。另一類則是記夢之作，書寫夢中所見所感，一方面描述夢中所見的事物或感受，另一方面反映作者在夢境中所要呈現的思想情懷和心理。透過夢境所構

築的時空，可以感受與現實相異的情境。(〈齊天樂‧1999年除夕〉)
云：

> 佳辰不預笙歌會，高眠市樓寒雨。嚼蠟世情，凝霜詩筆，靜夜
> 茫茫無緒。蝶飛栩栩。向冷月昏時，劫灰深處。似有幽靈，兩
> 三相向含冤語。　　問人間黃粱熟未？猛青燈照眼，此身何
> 處？幾輩英豪，幾番成敗，都付大江東去。悲歡何據？且手拂
> 雲箋，漫題長句。一笑推窗，看今年新曙。

　　勞先生以靜夜之思為起，在夢境中書寫靈魂的追憶與人性的憂
傷。一般而言，夢境可以補償現實的失落，然而，在勞先生的筆下，
夢裡的場景卻呈現幽咽低迴的情調。當夢境被現實的情境喚醒，真實
的生命狀態中卻加入了更為孤寂的沉重分量。尤其，一個太過寂寞的
色板，卻又用冤靈來襯托，在夢境裡更讓人無法喘息。

　　勞先生詞中之夢，以蝴蝶夢為起，化用了《莊子》〈齊物論〉：
「昔者莊周夢為蝴蝶，栩栩然蝴也，自喻適志與。」而又以黃粱夢為
結，係化用《太平廣記》〈卷八十二〉〈呂翁〉和沈既濟《枕中記》一
則。盧生在邯鄲旅店遇道士呂翁，盧生自嘆窮困，呂翁便取枕，使盧
生枕睡，時店主正蒸煮黃粱。之後，盧生從享盡榮華富貴之夢境中醒
來，黃粱尚未蒸熟。比喻富貴榮華如夢一般，短促而虛幻；亦比喻希
望落空。

　　以夢境剪裁六四天安門事件的歷史，將歷史濃縮在一個場景之
中，詞人不書寫事件的歷程與結果，僅以鬼魅的含冤之語為焦點，雖
然看似輕描淡寫，卻是沉痛怨憤的表徵。裁剪的目的，一方面表達對
於事件的遺憾與傷感，另一方面也是突出了作者當下寂寞惆悵的情
懷。或者說，「夢裡不知身是客」的「一晌貪歡」難以獲得，反而在
夢境與現實中都讓人引起對於歷史、人生的無常與悲涼感。

畢竟這是一闋詞，而不是現場報導。因此，詞作中創造一個全然的主觀情境，常識意義上的許多事物被刪除。取而代之的是與鬼魅的冷眼相對。

天安門在歷史時空的意義是漫長而嚴肅的，然而一個時空中局部與偶然的六四天安門事件，卻充滿著最深刻與沉痛的意義。勞先生採取了夢境與現實的交替，顯然不是運用報導式的抒寫方法，而是藉由在夢境中虛幻的幽靈，傳達社會戕害的殘暴與個人含冤的悲傷。夢境已是非真實，而非真實中的虛幻，更是凸顯著縈繞不去的、滌蕩不已的落寞。

若有似無、縹緲朦朧的審美情致，常具有不盡之意在於言外的意義。因而就夢境而言，跨越現實世界，不僅可以進入歷史，更可以錯置時空。

〈齊天樂〉說「問人間黃粱熟未？猛青燈照眼，此身何處？幾輩英豪，幾番成敗，都付大江東去。」看起來是勞先生自身對於「夢與現實」的疑問，實則又藉由歷史的分分合合與爭權奪利，書寫人類共有的感慨。

如真似幻的夢境是朦朧的、沒有秩序的，也因為這樣無可捉摸的時間與空間，可以強化人生的疏離與孤獨感受。

（二）以情境的開展，表現感傷的效果

許多事物被放置在一定的次序與關聯之中，具有特定指向的意義。文學中的起、承、轉、合，一直是意義組合中，最平穩的表現結構。勞先生的詞作中，對於意志的安排與開展，是一種思索組織後的呈現。

從勞先生六闋詞來看，三闋以環境景物為起（〈烏夜啼〉「閒庭曲檻流霞」、〈賀新郎〉「車馬芳洲道」、〈高陽臺〉「細雨侵簾」）、一闋言己之志向（〈臨江仙〉「明鏡鬚眉啣石願」）、兩闋表達自己當時所面對

的情境（〈浣溪沙〉「又積征塵上客襟」、〈齊天樂〉「佳辰不預笙歌會」）看似沒有相同的意義指向，然而，卻多具有語氣改變，造成情境逆轉的效果。

如〈臨江仙〉、〈烏夜啼〉、〈高陽臺〉均是以正面情緒為前奏，卻以負面傷感收尾：

〈臨江仙〉：明鏡鬚眉卿石願（正向的願望）→可憐千萬劫，弱水自成波。（負向的情緒）

〈烏夜啼〉：閒庭曲檻流霞（美好的景致，正面情緒）→一樣可憐顏色在天涯（感傷的情緒）

〈高陽臺〉：細雨侵簾→（現在的，看似書寫時景，然何以選擇下雨時書寫？又用一「侵」字，可見是負面情緒）平生意氣殢懷抱→（曾有的，偉大志向與豪氣，正面情緒）→論千秋、願已嫌奢。（現在的，心願落空的傷感）

而〈賀新郎〉、〈齊天樂〉則是進行「逆轉再逆轉」的情境轉換：

〈賀新郎〉：車馬芳洲道。又喧闐、千家爆竹，共迎春早。（美好春日街景，正向情緒）→誰竟免，此鄉老。（離鄉背井的悵然，負面情緒）→雲樹外，起啼鳥。（希望猶是美好，再轉為正向情緒）

〈齊天樂〉：佳辰不預笙歌會，高眠市樓寒雨。（未參與笙歌之會，選擇獨處。與〈高陽臺〉相同，選擇一個下雨的日子書寫此詞，負面情緒）→一笑推窗，看今年新曙。（正向的期許）

這樣的情境逆轉，產生對比與衝擊，除了造成詞作的張力之外，更會因此而感受勞先生所表達的真切情懷。

除此之外，勞先生的詞作亦呈顯一種「靜態悲劇」。[21]

中國詩歌裡的典型「靜態悲劇」不見得是激情的呼喊，而是用靜默的景象來展示。一般來說，以詩歌的齊言或短小的五絕、七絕來表達靜態悲劇，所能達到的平和與沉思意味最為深遠。例如杜甫的〈八陣圖〉[22]展示的是一個逆轉的情境，人（諸葛亮）、事（功、名、遺恨之事）、物（八陣圖）在時空流動的變化，造成詩意的深邃與衝突，以「遺恨失吞吳」收束全詩，正是運用靜默的方式，引導情境的完成。

雖然勞先生詞作中的相反情境並非在五絕或七絕的短小形式中呈現，然而，仍具有戲劇性的展示。所謂的戲劇性是詞人隱於詞作背後，讓事物本身作直接的呈現和演出，而不以主觀的說明表現。以〈高陽臺・甲戌冬，作於香港海桐閣寓所〉來說：

> 細雨侵簾，彤雲如幕，曉寒暗透窗紗。徙倚回廊，嫣紅猶見山花。霓裳翠羽匆匆過，又匆匆、夢向天涯。漫咨嗟，百劫悲歡，幾度蟲沙。　　平生意氣矜懷抱，枉目驅豺虎，手搏龍蛇。老臥南疆，一身破國亡家。文章解惑非誇世，論千秋、願已嫌奢。悵啼鴉，謝傳箏弦，白傅琵琶。

許多人的生命歷程中，總會有歡愉、傷感的相異情境，而此詞以「匆匆」為引子，展現時間意涵，藉由「細雨侵簾」、「彤雲如幕」開展出

---

21 陳世驤於〈中國詩之分析與鑑賞示例〉一文中，引用十九世紀末歐洲文藝理論家梅特林克（Maurice Maeterinck）所提出的「靜態悲劇」觀念，指出「生命裡面真的悲劇成分之開始，要在所謂一切驚險、悲哀和危難都消失過後，只要純粹完全的由赤裸裸的個人孤獨的面對著無窮的大宇宙，才是悲劇的最高興趣。」

22 參考同註22一文，對於杜甫〈八陣圖〉之分析。收錄在呂正惠編：《唐詩論文選集》一書（臺北市：長安出版社，1985年4月），頁234-248。

空間的孤寂情調，意味著「平生意氣」和現實生命的嚴重落差，「老臥南疆，一身破國亡家。」更是從兩重情境的對峙衝擊中所激發出來的傷感情意。而「匆匆、夢向天涯。」、「百劫悲歡」、「平生意氣……，枉目驅豺虎。」、「老臥南疆，一身破國亡家。」、「願已嫌奢」層層重疊在一起的落空，將過去與現在的悲哀串連，遂覺更加悲傷。

若沒有前文的烘托與加倍的書寫，也不易襯出後面的感傷。自傷衰遲的主旨與無窮的感喟，是此闋詞的基調。情緒的層面（悲歡、枉、悵）與知性的層面（對於生命的思索），超越時空的限制，雖然詞作中並未具體言說作者在真實世界所遭遇的困頓，但是，卻呈顯著個人存在中的覺醒意義。

「鳥」本來應該是自由活潑的生命象徵，無礙地飛翔在廣域之際，飄逸且悠閒。然而文學意象，一但獲得了普遍性的認同意義，具有約定俗成的意味，便無法輕易更改。「鴉」[23]是具有隱喻性的傳達感情媒介，透顯著民族心靈的意義延續，也因此鴉之「啼」在詞人聽來具有悵然之感，一種失落的情緒便凝結成傷。

詞作以「謝傅箏弦，白傅琵琶。」為結，孤獨的情緒十分明顯，隔絕與心理的流放，便是詞人的心境表白。音樂本來應該具有讓抑鬱心情獲得抒解與宣洩的功能，但是在詞作中卻恰巧相反，引出更深沉的悲慨。因而可以說此闋詞的呈現，同時也是展示著一齣靜態悲劇。

除此之外，勞先生詞作中，多以具有傾訴式抒情意味的字詞，表現其傷感的情緒。

〈臨江仙〉由「恁是……，依然……。誰參密意……。可

---

23 自從庾信〈烏夜啼〉之後，「烏鴉」的意象產生變化。烏鴉意象從「吉兆」變成「凶兆」，從此，只要是書寫烏鴉，一種悵然若失的情緒便會瀰漫開來。庾信〈烏夜啼〉一詩云：「促柱繁弦非子夜，歌聲舞態異前溪。御史府中何處宿，洛陽城頭那得棲。彈琴蜀郡卓家女，織錦秦川竇氏妻。詎不自驚長淚落，到頭啼烏恆夜啼。」

憐……。」字眼串成，表達的是知識份子在現實的華燈藝界裡「銷磨」志氣，因而無法在時代具有危機之時開展懷抱、承擔使命的遺憾。興廢是什麼？情恨又是什麼？設問的技巧，讓詞作中文化人的失落感更顯凝重。

〈烏夜啼〉所言，表現的即是落花飄零，感嘆生命來自於外在摧折的遺憾。詞作所描寫的固然是兒時的情景，卻藉由「紅羊劫，青衫客。」的字眼引領出「一樣可憐」的情態，將舊日的落花與當下的落花縮合，更進而隱含著自我流寓的傷感。

〈賀新郎〉一詞中，由：「我已……，負多少……。北望……南望……，漫紛綸……。誰竟免，……最嗟予……，愧絕……，且相伴……。」等字眼串成，表現強烈的抒情力量。從字串中發現，「流離」是最被凸顯的情境，「縱橫懷抱」難以實現，「北望」與「南望」的游移（亦可說是猶疑）與「漫紛綸」的世局恰巧構成了心靈情緒的苦悶傾吐。

〈高陽臺〉以低迴的情調，用雨中的幽景開端，喚起黯然心緒，為平生意義氣銷磨的感慨抒懷鋪墊。「又匆匆……。漫咨嗟……。枉……。悵……。」就詩作而言，若加入一個「又」的虛詞，不僅不夠精煉，更會破壞詩歌的呈現性。然而，在詞作中，一個「又」字，卻帶出了感慨意味，將時光的流逝與豪氣的銷磨殆盡一筆帶出，因而「漫咨嗟」、「枉」、「悵」等字的主觀傾訴，無疑是表示豪情壯志的最大挫傷與知音無覓的傷感。

〈齊天樂〉由「向冷月……。問人間……？猛……，幾輩……，幾番……，都付……。且……。」等字串組成。「向」、「且」等領調字眼，看似無甚實際意義，實則有渲染的作用，使詞作意味深長。領調字的技巧增添了主觀情緒的引導，使得原本即是抒情的字句中，又有更深切的「悲」感。除此之外，並以詰問的形式，表現感傷的思考：「問人間黃粱熟未？」的設問方式，表達對生命的疑問與現實情

緒的低落更潛藏著不可言說的傷感，使詞作具有波瀾生起之效果；而
「幾輩英豪」、「幾番成敗」的看似疑惑中，卻具有悵然若失的意味。

由此可知，勞先生詞作中以設問、虛詞、領調等方式表現情緒，
這種具有傾訴式的抒情意味，讓「傷感」的情緒表現，更加深透有力。

四　韋齋詞的感傷意義

季節風候與山水風色，影響著作者的心靈世界，引出感傷的意
緒。沉浸在這樣的氛圍裡，自我解脫的方式便是書寫。書寫可以示情
緒的抒發，也可以視為注意力的轉移。這其中如果「解脫困境」是自
我的意識，便是一種覺醒。事實上，積鬱的念頭與情緒並非一時的頓
悟或山水景物可以消除，然而，如若可以成功，便是在抒發、寄託中
放下現實，超越自我；但是，如果憂傷的心靈急於掙脫桎梏卻得不到
撫慰或回應，反而更加沉浸在悲傷的情緒中，而生命與文化的本質問
題，伴隨其生。

心靈創傷來自於特定的歷史背景。由於時空的變化，產生無可言
欲的沉重感，深刻、廣泛地、長久地斲傷詞人的心靈。其深刻的意義
在於這種時代的轉變、沉淪，讓知識份子感受到所堅持的理想與價值
崩毀；而其長久的意義在於憂傷的心靈被揮之不去的情節纏繞，無能
解脫。

然而，心靈的感傷，卻又會因為覺醒而創造出一種挫敗之後的豐
富心靈。一般來說，文學家總是多愁而善感，如李煜、柳永、秦觀，
顯達與失意的錯落，對於情緒的波動與志氣的消長有極大關係；然
而，多愁是善感，善感卻未必是多愁，勞先生的感傷，是感傷，卻又
不只是感傷，看似矛盾，其實不然。勞先生因感而傷，雖然藉由詞作
傾吐，情感的表現卻不是憤怒與徹底的絕望，正如田崇雪所說：「感
傷……是情感真正走向成熟、深沈、博大和穩定的人生的中年、老

年，就文學藝術家來說感傷成了他的生活方式無實無處不在，融於血肉，深入骨髓，滲透靈魂。」[24]感傷的情愫積累的結果，使感傷不只是單一的事件造成的短暫心緒轉變，而具有綿長持久的深刻意義。也正因為如此，並非文學作品中的感傷境界都是相同的。個人的感傷程度不同、事件亦有差異，有人因著愛情的糾葛而感傷、有人因著自我的仕途遭受無情打擊而憂，感觸與情調雖然不同，但是眷戀的往往是自我的信仰。然而，卻也有人在書寫文學的當下，為敏感的心靈指引情感趨向，用生命的意識思考侷限與超越的意義。因而這種創傷性體驗呈顯的不是瞬間外放的憤怒、呼喊，而是在感傷中透顯著關懷、反省、與承擔的內蘊。勞先生的詞作，即是如此。

勞先生的孤獨表現於外在的孤獨（個人的獨居——必須遠離鄉園進學、因著時代亂離至臺、堅持自由的理想赴港）、內在的孤獨（建構學術的案牘勞形、思索文化斲傷的困境解決），然而最重要的意義是凸顯著一種超越的孤獨——尋找文化的皈依，不僅是個人價值的體現，更具有承載憂患意識、創造思潮的意涵。勞先生以其先覺而理性的敏銳度，在精神、意識與思想等面向，均具有突出而卓越的觀點，故能對於中國哲學的理想型態建構具有貢獻。

勞先生以其孤獨而高遠的情懷，造就哲學的高峰，這是學人選擇的生命表現方式。而文學創作正可以填補這種學術理性之外的心靈感受的抒發，「孤獨」又恰巧避開了外在的干擾與刺激，更能傾聽心靈的律動，對於生命本質與意義的探索，具有更深刻的意義。

五　結論

詩歌作為一種文學形式，亦具有體現個體生命的意義。當哲人以

---

24 田崇雪：〈感傷是文學藝術家心靈的最高境界〉，《文學與感傷》（北京市：新華書店，2006年9月），頁76-77。

知識份子進入詞的情意世界結構，身分也變成了演繹生命的個體。

　　勞先生出生成長於大陸，因為大時代的亂離，輾轉到了臺灣、香港，因懷抱著對於現實文化的關懷、反省傳統觀念的制度，成為知識份子學術的典範。勞先生具有坎坷的生命情境，在深刻的學問累積、哲學思考的碰撞之外，更有敏銳的情感、銳利的視角，因而其思想內蘊深刻而豐富，其詞作感傷而深刻。

　　詩歌是直抒胸臆、自我意識的表達。以勞先生書寫作品之後即隨手置放，可知其創作詩詞並無「應世」之功利思想，亦沒有表現「名世」之企圖；只是，在無「立言」意識的情況下，文學創作被意外蒐集整理，因而流傳下來，讓讀者可以目睹一種最真實的情感流露。亦即：勞先生並不以抒發自己內心最真摯感受的詩詞創作，換取「不朽」的歌讚，詩詞創作對於勞先生而言，不是炫耀與輝煌的表徵，而是人生經歷的過程，有所感而隨手記之，能否流傳顯世，本非重要意義。

　　在勞先生筆下，詩歌與生活有最真實與自然的聯繫，尤其是詞作，更是透顯勞先生幽微的情懷，可以說，勞先生詞作中的語境，都十分強調自身對於生命過程的參與以及在生命活動中的自我呈現。這些詞作儼然是有機體，真實而深刻地記錄哲人心靈的詩人情懷。

　　勞先生以他追求自由心境與長期關懷學術、客觀品評價值的理想，為哲學的闡釋開展豐沛的道路；另一方面，勞先生亦在審美感知的藝術成分裡，尋求邏輯論理之外的另一種傳達其對於社會的深刻觀察。在勞先生的詞作中，展現了哲學家少有的感性吐露，亦即勞先生的詞作並不執意於論證社會的價值觀，而是在文字間留下空白，讓人思索反省的可能。

　　游子思鄉、嘆老感傷，是詩詞創作中永恆的母題吟調，勞先生的詞作，表現的亦是游子心情及嘆老的傷感，然而，這都只是文字表象所訴說的情意呈顯，精神力量的挺拔才是凸顯作者生命情態的最終意

義。再者，文學家藉由作品書寫感傷情緒，表達對於現實的憂慮，亦即擔荷著人類在面對社會變化中沉鬱所引致的思考與痛苦的超越。身為知識份子，在文化的衝突中反省，因反省而與現實衝突，因衝突而帶來痛苦，卻終究將痛苦轉化為書寫的能量與自我超越的動力，這不就具有一種療癒的深刻意義嗎？

勞先生詞作的感傷，表現其生命情懷，更是彰顯著一種對生命的的終極關懷，吾以為即是所謂的超越與承擔。如果只是停留在「淚濕欄杆」、「暗淚滴」的低訴與悲哀，只會落入無法自拔的情感深淵，故而悲觀感傷中的清醒，就顯得意義重大了。在勞先生的詞作中，「感傷」帶有體悟的意義，同時也具有具體關懷的成分。因此，雖然〈臨江仙〉、〈烏夜啼〉、〈高陽臺〉以惆悵的心緒為結，卻帶引我們進行對於生命的思索；而〈賀新郎〉、〈齊天樂〉雖然亦具有感傷成分，但是卻也透露猶有希望可能的訊息。

因而可以說：勞先生詞中的感傷，並非是價值追求不到的壓抑，而是對於終極關懷的失落，作品浸潤著人生憂患，表現出孤獨與失落感，宣洩的意義在於實現情感的超越。超越的方式是在時空的變異中，調整心態，告別過去、迎接未來。

吾以為，勞先生的詞作雖具有「感傷」成分，然而「感傷」的成分中卻也深具兩個意義：

一、勞先生以貼近社會現實，書寫生命的成敗悲歡，在個體生命與總體社會間交會吟詠，形成了個別與普遍生命相容的情態，因而讓詞作的意蘊有了更深刻的開拓。

二、勞先生的傷感不等於悲泣或幻滅，而是敏感於生命的失落——一種對於生命真相的發現，亦即生命的真實處境，而因為敏感於失落的困境探求，實是反省與療癒的開始。

感傷與否並非是衡量文學作品等第的準則，然而，勞先生詞作中的感傷成分源自於生命底蘊最熱切的奔流，亦是對於生命的終極關

懷。閱讀勞先生詞中的感傷情懷，吾人可以發現其生命情懷是精神的、心靈的，而非只是肉體的；其內涵是個人的，卻也是世界的。

是故，勞先生詞作中的普遍感傷，是一種排遣愁苦的表現手法，無可消解卻又無可避免的傷感，讓文本的情感顯得負荷而沉重。然而，在追求理想與失意隱遁間的徬徨嘆息，也正引領著心靈棲居的詩意追尋，從複雜而沉鬱的內心世界中，呼喚最通透澄淨的清醒，詞中所展現的主體意識與生命情懷，燦然而動人。

　　──原發表於「哲學詮釋、文化批判與詩藝探索：勞思光教授八十大壽學術會議」，香港中文大學，2007年10月25日；又刊登於《萬戶千門任卷舒：勞思光先生八十華誕祝壽論文集》，香港中文大學，2010年10月

試論韋齋詞的文化心靈與意涵[1]

摘要

文學是人生的一種形式，亦是人生體驗的延伸，故而從文學創作中，可以探索作者對於生命個體的價值選擇，並從中獲得意義。本文旨在探討勞思光先生詞作中的文化心靈。討論進程為：一、前言，概述勞思光先生作為一個在文化建構中的學者，亦有其詞情的呈現；二、從「困惑」中「清醒」、在「禁錮」中「自由」探討勞思光先生內在生命的價值取向；三、從意志的銷磨與情感的悵然，討論韋齋詞的感悟——生命之痛與文化之悲：四、探討韋齋詞的文化心靈及意涵；五、總結論文成果。

關鍵詞：勞思光、韋齋詞、文化心靈、生命價值

1　感謝兩位審查委員為本文進行審查並提供寶貴意見。筆者已針對審查建議進行修改，唯礙於時間緊迫，無法進行深入修改，在此表示歉意。日後將對於此一論題持續進行關懷與論述。

一　前言

　　文學是人生的一種形式，亦是人生體驗的延伸；文學作品之所以使人感動與永恆的原因，最重要的是作家以深刻而飽含的態度，對於生命記憶與經驗累積，進行書寫。

　　對於一個哲學家而言，當吟詩賦詞已成為生活的一部分，且面對滄桑巨變、有著無可告語的感賦，造成文人的失落感，一種生命力的呼喚便流向詩詞。

　　作為抒情主體的詞人，其生命遭際與性情學養之間，有極大關係。以溫庭筠為主的花間詞人，作品多屬應歌之作，男子而為閨音，兒女氣多，表現的多是除了抒情主體之外的他人世界。到了馮延巳、李煜之際，詞的內容已經逐漸擴大，也開始走向自我，對於自身的生命感受，融於詞作之中，詞也因為主體性的萌生與高揚，成為有我之詞。因而，一闋具有自我生命感的創作，一方面是緣事而書，有感而作；另一方面，也能從中領略作者的情感是否具有托寓比興的意義，進而認識詞人的情操。

　　作為一個在文化建構中希冀奮飛的學者，勞思光先生的人生體驗，無疑是豐富的；同時，勞先生在學術情節之外，猶有文學的殿堂可入。筆者曾撰寫〈文化人的情意與詞心——論韋齋詞的生命情境與懷抱〉[2]、〈試論韋齋詞的生命情懷——以感傷為基調的呈現〉[3]等論文，探討勞先生的詞作，指出其作品時而有憂憤之氣，時而有溫婉之情，或有時意緒跌宕，或有時風調閒雅；同時，展現的氣度與胸襟、

2　本文發表於「彰化師範大學詩學會議」（彰化縣：彰化師範大學國文學系，2006年5月27日），並刊登於《彰化師大國文學誌》第12期（2006年7月）。

3　本文發表於香港中文大學哲學系、華梵大學哲學系合辦，「哲學詮釋、文化批判與詩藝探索——勞思光教授八十大壽學術會議」（香港：香港中文大學哲學系，2007年10月24日至26日）。

自我期許與社會關涉意義，亦十分深刻。

本文擬進一步從文化心靈[4]、才識學養等面向，探討勞先生韋齋詞的意義。

二　勞先生內在生命的價值取向

（一）生命的價值取向

詩歌是掌握世界的一種方式，當面對自然景物，以詩歌方式呈現，必然是被主體世界所認識的事物，以感受為基礎，強調內心世界的表現，注重主觀情意的抒發。

雖然曹丕《典論》〈論文〉說「詩賦欲麗」，將詩歌界定為表現華美的文類，而陸機《文賦》說：「詩緣情而綺靡。」提出對於文學基本特徵的認識，建立「詩緣情」的文學觀念；然而，緣情只是言志理論在發展過程中的因著歷史時空的條件而發展的，因而可以說「在情志一體的角度，陸機的『緣情』說仍是在『言志』的系統下，只是凸顯情感因素在詩歌中的重大意義而已。」[5]況且，陸機在言情（「信情貌之不差，故每變而在顏。思涉樂其必笑，方言哀而已歎。」）與言志（「悲落葉於勁秋，喜柔條於芳春，心懍懍以懷霜，志眇眇而臨雲。」）或言志並舉（「佇中區以玄覽，頤情志於典墳。」）的使用上，都是指向人的思想感情，在意義上都是相近的。因此，表現在詩歌中的，不是以道理服人，而是以情動人。

由此看來，詩歌所謂的美感或情志，實是來自於真摯的情懷。而真誠的情懷，即是出自於肺腑。明代薛瑄的《讀書錄》云：「凡詩人

4　本文所謂「文化心靈」的意義，容於第四部分「韋齋詞的文化心靈與意涵」說明。

5　蕭麗華：〈從儒佛交涉的角度看嚴羽《滄浪詩話》的詩學觀念〉，《佛學研究中心學報》第5期（2000年7月），頁253。

出於真情則工，昔人所謂出於肺腑者也。……凡作詩文皆以真情為主。」而葉燮《原詩》〈內篇〉說：「詩者，詩人之胸襟也。有胸襟，然後能載其性情智慧、聰明才辨以出，隨遇發生，隨生即盛。……有是胸襟以為基，而後可以為詩文。……故每詩以人見，人又以詩見。……（杜甫）其詩隨所遇之人之境之事之物，無處不發其思君王、憂禍亂、悲時日、念朋友、悼古人、懷遠道，凡歡愉、憂愁、離合、今昔之感，一一觸類而起，因遇得題，因題達情，因情敷句，皆因甫有其胸襟以為基。」強調作者之情感與作品之情感是一致的；如果說才、膽、識、力是與創作直接相關的審美心理品格、寫作的題材元素是創作的誘發與內涵，「胸襟」就是間接作用的倫理品格。因此，如果沒有人品的支撐，審美品格也就成了無根之木。因而葉燮稱胸襟為作詩之基礎，是性情智慧與心靈品格之載體，換句話說，一個真摯剴切的創作，都是由才、膽、識、力的抒發，最終會體現創作者的人品風格。[6]

　　誠然，在時空背景中，文學作者會因為時代環境的影響而於作品中有群體意識的表現，然而，真正影響作品的風格或表現手法、內涵，仍是存在人生理想和價值觀念。因此，時代的文藝氣氛固然構成某一種基調，但個人的人格心境，更是主宰創作的情調。這樣的說法，並非是排除時事政局或社會風尚的影響，而是強調處外與內省兩兩相加的情緒，共同構成騷動心靈的外顯。

　　抑鬱沉痛或喜樂歡愉，都是創作的重要心理態勢，而人文環境與個體情感對於創作都有深刻之影響；只是，即使是相同遭遇的作家，因不同的年歲或心理構成，會彰顯不一樣的文化性格。以魏晉名士竹林七賢為例，面對世局變化因而表現憤世嫉俗的態度，並且選擇放浪

6　除此之外，劉熙載《藝概》〈詩概〉亦說「詩品出於人品」，沈德潛《說詩晬語》亦說「有第一等襟抱，斯有第一等真詩。」均屬同意。

形骸、孤傲任情，這或許是看似痛快而瀟灑的自覺，但背後所隱藏的卻是過度膨脹自我意識、唯我獨尊的價值觀。而陶淵明面對世局，以質性純真自然、平淡和諧的心靈，卻塑造出「一語天然萬古新，豪華落盡見真淳。」[7]的詩風，展現風骨。

而勞先生在詞作中所展現的，正是「一以貫之的生命感——面對家國大變的靈敏感受，表達知識份子在亂世中對於戕傷文化的悵憾憂苦，並且透顯哲人的生命襟抱與孤懷」[8]，讓詞人的經歷與生命體驗，在語言中結晶，形成一種屬於個人主體生命的意義世界。

以歌詩合為事而作的意義來看，勞先生的作品具有時代感，更具有強烈的憂患意識。歷史的腳步經過曲折，時空早已變異，每一個不同的時空看似擁有不同的課題，卻又讓人驚心地醒悟：當權者重蹈覆轍地戕傷文化，無異是精神狀態與道德的沉淪，如果一個國家民族不斷在進行混亂荒謬的否定與爭鬥中，未來的希望在哪裡？

對於勞先生而言，其生命的價值取向，包含著一個身為平凡人的價值取向——透過自我奮鬥，獲取一個平穩而安定的自由生活空間；除此之外，亦包含一個不凡文化人的價值取向——關懷民族歷史的發展與變遷，為困惑與錯亂的時代創造理想價值、尋找出口。在「困惑」中「清醒」、在「禁錮」中「自由」。

以〈立秋日即事〉：「一天碎葉作秋聲，庭院燈寒夜氣清。積病易傷年不再，偶閒方悟學無成。人間毀譽看梟嚇，枕上恩仇聽劍鳴。憐絕飛花頻撲鬢，那堪頑石久忘情。」為例，此詩作於丁酉年（1957），先生三十歲。諺語云：「立秋之日涼風至。」季節變異，先生對景有感，因賦此詩。

大暑之後，時序為立秋。曆書載：「斗指西南維為立秋，陰意出

---

7 元好問：《遺山先生文集》（《四庫叢刊》本），卷11，〈論詩絕句三十首之四〉。

8 「彰化師範大學詩學會議」（彰化縣：彰化師範大學國文學系，2006年5月27日），並刊登於《彰化師大國文學誌》第12期（2006年7月）。

地始殺萬物，按秋訓示，穀熟也。」從這天始，天高氣爽，月明風清，氣溫逐漸下降。由於盛夏餘熱未消，秋陽肆虐，故素有「秋老虎」之稱。《管子》曰：「秋者陰氣始下，故萬物收。」立秋約在國曆八月七、八日。（案：勞先生生日為農曆8月8日）

即事，即眼前之事物。陶淵明〈癸卯歲始懷古田舍〉詩說：「雖未量事功，即事多所欣。」後多用為詩題。即事，即是「感事」，因觸事而有所感。季節嬗變，最易惹人情緒。秋意上心頭，寒氣亦相侵，製造淒清感受的同時，也讓心情與靈魂跰傷。立秋之日，佇立的瞬間，人情、自然物色、學問……所有的情狀都集中地進入先生的心靈卻又發散開來。

首句破空而言說，見秋景、聞秋聲，而感秋意之冷冽慘澹──「一天碎葉作秋聲」，既有秋來之「象」，亦有秋近之「神」，「立秋」的整體意象，就此概括。次句言「庭院燈寒夜氣清」，庭院的物景，不是先生掌握與著墨的對象，而是追求時間（季節與晝夜）推移中的「夜」色氣氛，亦構成一個清冷寒寂的意境。葉落燈寒的遺憾，轉而為「積病易傷年不再」的傷老情緒，啃蝕著一個文化人的心靈，對於三十歲的年輕人來說，是巨大的負荷，也太沉重了！

生命的天秤，必須取得平衡。「人間毀譽」和「枕上恩仇」聒噪之音甚囂塵上，如此的文化氛圍是容易引致沮喪情緒的。然而，光明與黑暗相碰撞的當下，所激起的火花，總是震撼人心。當傳統的信仰受到質疑與挑戰，是必須有獨當一面的知識份子挺身而出的。「那堪頑石久忘情」或許是無法放下的迷戀，但卻終究是不可避免、捨我其誰的勇敢承擔。悲壯而非雄壯、激昂而非軒昂。老境可歎，然壯志不可磨、理想不可拋，從「偶閒方悟學無成」的謙卑裡，從「那堪頑石久忘情」的懷抱中，可以看到一個延續文明火炬的身影。

有時候，生命的課題才是文學表現的根本。將創作片段重疊的結果，常帶來對於生命清醒的意義。

　　嘯歌傷懷，寤寐獨語，是文人的生活方式，透顯著出路抉擇的焦慮。價值世界和現實的遭際難以尋得一處自然的連結點，更無法獲得心靈的慰藉。

　　勞先生的詞作重視次第安排的鋪陳，並時而有幽咽之音。在勞先生心中，應該有兩種力量相互激盪，其中一種力量源自於勞先生本身對於家國與故園的依戀情懷，另一種力量則是來自外在現實世界對於勞先生情志無法理解的傷感，因而「沉鬱」、「感傷」成為勞先生詞作中的普遍風格。

　　從作品的藝術價值立論，兼及人格之評述，應是探討勞先生詞作之方式。畢竟，作者對於詞作的創發是最主要的動力，若是純粹對文本進行爬梳，總是無法完全契合作者的想法與安排的意義。因此，若以泯除作者個性（Inpersonality）之理論探討勞先生作品，對於勞先生詞作之作意，總是無法貼近。

（二）才識的表現與人格

　　嚴羽《滄浪詩話》說：「詩有別材，非關書也；詩有別趣，非關理也。」詩歌不是將知識加以堆砌，也不是道理的探索，而是性情吟詠的妙趣與興感的書寫。由此看來，詩歌強調的是心性的、感受的。然而「非多讀書，多窮理，則不能極其至。」詩人以感性的心理結構進行文字書寫活動時，如果沒有理性關注的成分，或許無法讓詩作的宏遠意義更為彰顯。

　　童慶炳說：

> 人作為主體在面對客體時，已有一個格局（schema），一個有先天條件和後天環境所形成的格局。……劉勰講「目既往還，心亦吐納」，實際上也就是講詩人面對外物時的同化與順化作用。所謂「吐」，就是「同化」，即詩人以原有的格局（才、

膽、識、力等）去整合給定的對象，使對象嫁接到詩人前此就以生成的格局上。這是詩人向對象的投贈，對象因為有了這種投贈而充滿了詩情畫意。……所謂「納」，就是「順化」，即詩人的格局是開放的，他在「吐」、「贈」的同時，也接受對象的酬答，從而豐富和改變了自己。[9]

就儒家觀念而言，詩源自於德性，因而詩品即是人品的表徵。朱熹〈答楊宗卿〉曾說：「然則詩者，豈復有工拙哉？亦視其志之所向者高下如何耳。」葉燮說：「詩之基，其人之胸襟是也。」沈德潛云：「有第一等襟抱，第一等學識，斯有第一等真詩。」袁枚亦曰：「人必先具芬芳悱惻之懷，而後有沉鬱頓挫之作。」

以勞先生〈感懷〉為例：「蓬島燕城共夕陽，江山霸氣日消亡。偏安世謾譏夷甫，公論人知薄贊皇。屈問費辭天久死，莽廷陳頌國同狂。前宵一枕連明雨，悵絕昌黎感鬢霜。」此詩作於己酉（1969）年，先生四十二歲。此詩題為感懷，抒發對於兩岸時局之感慨。

首聯云「蓬島燕城共夕陽，江山霸氣日消亡。」是對於時局。不論是臺灣或是大陸，都是政局混亂，千古江山的豪情壯志，早已灰飛煙滅。面對這樣的世局，是最能體會李商隱〈登樂遊原〉：「夕陽無限好，只是近黃昏。」的嘆息的。在大陸方面，從一九六六年以來的文化大革命，以破壞性的活動，揚棄舊文明與文化形式，進行奪權鬥爭，造成舊的倒了，新的卻未建立，造成傳統的古籍文物受到破壞，千年的豐富遺產遭到浩劫。在一九六六年六月至一九六九年間，是第一階段情勢越演越烈之時，先生已強烈感受到民族命運正在迅速衰微的情狀。

9　童慶炳：〈有所「吐」才能有所《「納」──「才、膽、識、力」作為詩人的心理結構〉〉《中國古代心理詩學與美學》（臺北市：萬卷樓圖書股份有限公司，1994年8月），頁29-30。

在臺灣方面，一九六五年六月三十日，美國停止經濟援助，代表臺灣經濟正迎向發展的年代，然而在政治「建設」，卻未必理想。一九六七年十月十日，當時蔣中正總統曾言反攻大陸是「以時間換取空間」、「三分政治，七分軍事。」說明了必須遷就環境現實，即使大陸處於文革，卻也無法完成建國復國之希冀；除此之外，一九六〇年雷震被捕，說明臺灣仍處於政治封閉的立場。一九六八年尼克森贏得美國總統寶座，重用季辛吉，以現實主義的外交取向，推動與中共「關係正常化」，亦使臺灣處於飄搖地位。因之大陸與臺灣正處於「共夕陽」之時，民族大氣日漸衰敗。

次聯云：「偏安世謾譏夷甫，公論人知薄贊皇。」言王夷甫與李德裕兩個歷史人物。既是偏安，即表示當政者未能做好國事。王衍去世前曾感嘆若年輕時不尚空談，努力治理天下，或許不至淪為罪人。而李德裕貶崖州，得意翻成失意人。雖然李德裕本人不見得是惡人，但是與他相關的牛李黨爭，因觀念歧義而衍生的意氣之爭，卻對唐朝之政治有嚴重影響。當時朝廷之陳非附李即隨牛，文宗甚且曾有「去河北賊（藩鎮）非難，去此朋黨實難。」之歎！而唐亦因外有藩鎮跋扈、異族邊擾，內有宦官朋黨之禍，加速走向滅亡。此聯說明夷甫因偏安不經國事，而為世人所譏；贊皇因身陷黨爭而為人所薄，主要表達的，恐怕是一種遺憾——人世間總是不乏像夷甫清談誤國、贊皇黨爭肇禍的人，卻少有懷抱理想卻又能治理國事的賢者吧！對臺灣而言，以為經濟建設得甚好而自得；對大陸而言，當時有李富春掌管經濟，甚得稱讚，然在民間之公論認為他徒有虛名。因而此二句有兩岸情況封閉，仍自以為高之歎。

腹聯云「屈問費辭天久死，莽庭陳頌國同狂。」屈原被流放，感慨楚國混亂，故書寫〈天問〉，以滿腹問題，對天地提出質疑。全篇提出一百七十多個問題，在疑問中，有著試圖理解世界原本面貌的精神。然而，屈原問天，費了那麼多詞彙，但天卻沒有給回應。這是否

也代表了先生的心境？所謂的文化，是以關懷人文文中心的，然而這種關懷人的文化，卻與專制政權的統治者利益相衝突，對於自由主義與文化理想沒有被認同，不正是最讓先生深感遺憾的嗎？有些人的良心建言，不為有權者重視，然而，更讓人心痛的是「權力使人腐化，絕對的權力使人絕對地腐化。」卻也有些掌權者，圖謀一己之利，運用掌控的權勢，讓盲目的生民隨之起舞，白居易〈放言五首〉其三：「周公恐懼流言日，王莽謙恭未篡時。向使當時身便死，一生真偽復誰知。」正說明王莽未篡的謙恭是虛假的，故而他的「揭竿而起」形成舉國「同狂」的氛圍。正確的理想無人聞問，惑眾的言論卻形成瘋狂的崇拜，也許這正是先生對於當時的政治情勢看透的最大感觸吧！

尾聯以「前宵一枕連明雨，悵絕昌黎感鬢霜。」作結，表達的是憾恨之情。蔣捷〈虞美人〉說：「悲歡離合總無情，一任階前、點滴到天明。」用聽雨的意象，概括著少年、壯年與暮年的人生流轉。在靜夜聽雨之中，是否能夠參透生命的玄機？「一枕連明雨」所代表的不只是失眠的情態，更是承載著一個知識份子無法擁抱文化的失意傷感。昌黎南貶，長途跋涉，藍關險境的困頓，讓內心滿是痛苦；一個去國的游子，又如何在民族衰亡墮落的時代中，不會生起一股寂寞的憂傷？

詩品與人品之關係由此可見。

然而，詩人的高尚品格或淡泊的心靈，呈現於詩作之中固然有其意義，但是，並非全部。劉勰《文心雕龍・事類》說：「屬意立文，心與筆謀，才為盟主，學以輔佐，主佐合德，文采必霸，才學偏狹，雖美少功。」劉勰認為先天條件猶重於後天學習的看法雖然仍可討論，但是，卻也說明了詩人心理結構不應只是品格，而是飽含了內在涵養與外在薰習兩部分。

因而，勞先生以其生活周遭的景物與事件，作為創作元素，進而從孤立的意象或語象中營造豐富的情境，進行詩作的結構組織。而豐

厚的智識學養和人文精神的關懷，創造神韻或是意在言外的悠遠感，讓詞作的生命感有了最極致的發揮。

三　感悟──生命之痛與文化之悲

（一）意志的銷磨

　　歷來許多中國知識份子，在生存的世界中，與時代政治產生的衝突與緊張狀態，已成為一種常態。這種狀態，造成無數的知識份子現實生命的困頓與人格的焦慮。然而，沉淪於自我營造的狂傲世界是一種方式、以詩詞為宣洩渠道，成為排解與安頓修養的功夫，又是另一種方式。呂正惠曾說：「一個詩人不斷地、直接地在他的作品中，表現他對現實政治的看法與感情，……，那麼，他已在無形中呈現了最積極的政治心態。」[10]將這段文字轉換，也可以說，一個創作者，在其作品中，如果不斷地表達相似的情境或意象時，便表示其生命在此情境或意象中沉浸流轉。勞先生於詞作[11]中，恆常地表現著「辜負」、「銷磨」、「壯志已逝」的情境：

　　　　明鏡鬚眉啣石願，浮生長物無多。華燈玉管**浪銷磨**。文章聊復爾，興廢竟如何。　　　恁是非情非恨際，依然牽惹絲蘿。誰參密意病維摩。可憐千萬劫，弱水自成波。（〈臨江仙‧紀懷〉，

10　呂正惠：〈中國詩人與政治〉，《抒情傳統與政治現實》（臺北市：大安出版社，1989年9月），頁230。

11　勞先生之詞作，於《思光詩選》中收錄三首，分別為〈臨江仙〉、〈烏夜啼〉、〈賀新郎〉。除此三闋詞外，餘〈浣溪紗〉、〈高陽臺〉、〈齊天樂〉三闋詞，均為勞先生於敝人與林碧玲教授主持之「華梵大學現當代古典詩研究室」舉行之「思光詩選讀書會」中告知。

《思光詩選》，頁129）[12]

閒庭曲檻流霞，舊時家，記得雨中親拾玉蘭花。　　紅羊劫，
青衫客，負瓊葩，一樣可憐顏色在天涯。（〈烏夜啼‧兒時居故
都，庭中玉蘭經雨零落，輒親拾之，不忍見其委泥沙也。戊戌
流寓香島，忽於友人處見玉蘭滿枝，感而譜此。〉，《思光詩
選》，頁130）[13]

車馬芳洲道。又喧闐、千家爆竹，共迎春早。我已中年翁七
十，相顧樽前一笑，負多少縱橫懷抱。北望中原南望海，漫紛
綸棋局何時了。誰竟免，此鄉老。　　佳辰歡趣頻年少。最嗟
予、詩腸多澀，酒腸偏小。講舌徒為從眾語，愧絕囊中舊稿，
且相伴今宵醉倒。盧雉一呼行樂耳，看青陽破夜邊城曉。雲樹
外，起啼鳥。（〈賀新郎‧乙巳除夕，夜宴於伯謙先生私宅，賦
此乞正，調寄賀新郎〉，《思光詩選》，頁131）[14]

又積征塵上客襟，相逢翻覺別痕深，青萍雪絮總浮沉。　　夜氣

12　此詞以紀懷為題，抒發壯年意氣銷磨之傷感，表現對現實境遇之慨歎。詞作開頭言
　　「明鏡鬚眉啣石願，浮生長物無多。」「明鏡鬚眉」，指先生自己的樣子；「啣石
　　願」，則指先生懷藏在心中，年少擁抱的崇高理想。言先生攬鏡自照，感慨甚深，
　　自覺許多東西都已失去，唯有自己的模樣及志氣猶在。身為一個文化人，先生清楚
　　自己所懷抱的文化意識，故以「明鏡鬚眉啣石願」表達文化關懷的豪氣，並用「浮
　　生長物無多」彰顯文化理想。

13　先生於香港友人徐訏家，見玉蘭滿枝，因思故園零落玉蘭，今昔對比，牽引出滄桑
　　之感，故有此作。青衫之客，遭遇浩劫，縱有滿滿豪情，亦有流離游子的淪落之
　　感。

14　此詞作於乙巳年（1965），先生三十八歲。先生赴李璜先生家，參與除夕夜宴，抒
　　發對大陸與臺灣的世局變化之憂，然亦呼盧行樂，頗似歡娛，實則樂中寄傷，感慨
　　無限。

正催秋似酒，天涯會見綠成陰，不須龜筮費搜尋。(〈浣溪沙〉) [15]

細雨侵簾，彤雲如幕，曉寒暗透窗紗。徙倚回廊，嫣紅猶見山花。霓裳翠羽匆匆過，又匆匆、夢向天涯。漫咨嗟，百劫悲歡，幾度蟲沙。　　**平生意氣矜懷抱**，**枉目驅豺虎**，手搏龍蛇。老臥南疆，一身破國亡家。文章解惑非誇世，論千秋、**願已嫌奢**。悵啼鴉，謝傅箏弦，白傅琵琶。(〈高陽臺・甲戌冬，作於香港海桐閣寓所〉) [16]

佳辰不預笙歌會，高眠市樓寒雨。嚼蠟世情，凝霜詩筆，靜夜茫茫無緒。蝶飛栩栩。向冷月昏時，劫灰深處。似有幽靈，兩三相向含冤語。　　問人間黃粱熟未？猛青燈照眼，此身何處？幾輩英豪，幾番成敗，**都付大江東去**。悲歡何據？且手拂雲箋，漫題長句。一笑推窗，看今年新曙。(〈齊天樂・1999年除夕〉) [17]

雖然是「辜負」、「銷磨」、「壯志已逝」，但勞先生之詞，已不是詞人

---

15 此詞約作於壬申年（1992），先生六十五歲。此詞詞意甚具歧義性。馮耀明以為此詞具有離騷傳統與時代感，全篇就政治而言，有興亡治亂之感；蔡美麗則認為此詞言綠葉成蔭子滿枝，通篇寫女子。

16 此詞作於甲戌年（1994），先生六十七歲。先生於冬日攬景言情，傷老亦傷國，故有此作。從「願已嫌奢」之語，彷彿閱讀到一個胸懷文化理想，卻少人理解的坎坷心靈。

17 此詞作於己卯年（1999），先生七十二歲。先生感新歲將至，故有此作。當晚有人邀請聚會，先生因心情不好早早入睡，夢中恍若到達舊時之天安門，鬼影幢幢，便被驚醒，故賦此詞，以夢前夢後之態抒懷，全詞籠罩一夢。「天安門事件」導火線是學生悼念於四月十五日逝世的中國共產黨前總書記胡耀邦，但卻演變成反對官僚、反對腐敗，爭取民主、自由的抗爭。長期抗爭的結果，致使民間與政府之衝突不斷，政府更於六月四日凌晨，在天安門廣場進行武力鎮壓。

之詞的悲哀，而是哲人之詞憂傷，其意義在於：同樣是傷春悲秋、同樣是感時傷逝、同樣是詠歎人生，勞先生卻將其傷感的意義放置在歷史文化的廣大背景與前途命脈中，對民族文化的興亡盛衰真切留語！懷抱的文化理想越深刻，在反差越大的同時，也就更會斲傷心靈。千家爆竹、笙歌宴會，是無法澆熄生命困頓的塊壘的，而懷抱的辜負、志氣的銷磨，卻是慨然爽直地切出詞人的生命之痛。這已然不是一種以具體的事件表現苦難的書寫模式，而是一種對於「文化神州」[18]的傷悼之嘆！這樣的傷懷，何人可識？因而可以說，在勞先生詞作的文字背後，具有生命存在的豐沛意義，一個傷痛的靈魂，具有偉大的孤懷，卻也有無盡的憾恨。

勞先生作為一個睿智的哲學家與善感的詞人，因著民族爭鬥導致的流離，加上無法在現實社會中實現文化理想，因而懷抱傷感，卻也因著這樣的遭遇，提供了更多感悟生命的可能。

（二）情感的悵然

許多人以為具有理性思考的勞先生，即使是詩詞作品也會具有說理成分。然而，勞先生具有詩人般的敏感氣質與豐沛情感，在詞作中表露無遺。在勞先生的哲學大世界中，並不妨礙詞作精緻而溫婉的世界存在。

勞先生的憂懷成分，並非是茶餘飯後、觀景賞時的人生感嘆，而是具有憂患意識的自覺成分。看似是生活體驗，卻是觸及人生意義的深層意涵；愁緒積累甚深，卻不是採取激切的呼喊方式，而是藉助物象引發讀者的想法。

以〈浣溪沙〉為例，勞先生藉由詞作中描寫的景物，表現出詞人

---

18 「文化神州」一詞，出自陳寅恪於一九二七年為紀念王國維逝世而寫的〈輓王靜安先生〉一詩：「敢將私誼哭斯人，文化神州喪一身。越甲未應公獨恥，湘纍寧與俗同塵。吾儕所學關天意，並世相知妒道真。贏得大清乾淨水，年年嗚咽說靈均。」

心靈思緒的流動性：

> 又積征塵上客襟，相逢翻覺別痕深，青萍雪絮總浮沉。　夜
> 氣正催秋似酒，天涯會見綠成陰，不須龜筮費搜尋。（〈浣溪
> 沙〉）

「青萍」是植物名，是浮水的小草，葉狀體呈扁平倒卵形，綠色無柄，只有一條細根。萍的特性是隨水而流，蹤跡難料，在文學中多除了是現實的景物之外，更多具有比喻人四處漂泊，行蹤不定的意義。如明朝楊柔勝《玉環記》第十四齣：「萍蹤浪跡，此生無所依。」明朝梅鼎祚《玉合記》第二十三齣：「想歸海樓船未有期，夢與飄風會，似斷梗飄萍誰可繫。」均是如此。而「絮」，則是附在植物上的茸毛。絮多用於「飄絮」、「柳絮」等詞，亦有飄飛的意義。因而，看似「青萍」、「雪絮」的寫景，實是表現「征」、「客」的漂泊意味。

　　勞先生詞中所表達的多是身世之感，生活中長期的實際體驗，讓生命意識在詞作中發酵。具體的描寫與心靈深處感發是相關的，故而從〈齊天樂・1999年除夕〉作品便能看出：

> 佳辰不預笙歌會，高眠市樓寒雨。嚼蠟世情，凝霜詩筆，靜夜
> 茫茫無緒。蝶飛栩栩。向冷月昏時，劫灰深處。似有幽靈，兩
> 三相向含冤語。　　問人間黃粱熟未？猛青燈照眼，此身何
> 處？幾輩英豪，幾番成敗，都付大江東去。悲歡何據？且手拂
> 雲箋，漫題長句。一笑推窗，看今年新曙。

　　詞作中所呈現的地點與時間，旨在突出蕭瑟淒涼的場景，以表現詞人無限悵然之情緒。此詞即是以外在物象的書寫，透露出寒雨樓中獨眠的失落與迷惘。

　　時空場景可以感染讀者，亦是催化詩人情緒敏感的重要因素。除夕是一年將盡之夜。一年將盡，代表一個舊階段的結束與新時空的開始。從現實的愁緒，延伸至夢境，營造一個疏冷迷離的氛圍，逼出一句「此身何處」之感慨，而這個「似有幽靈，兩三相向含冤語」，竟是發生六四事件的天安門。繼而孤魂怨鬼群聚，傾吐冤屈，被驚醒的勞先生，一片悵然若失之感。

　　「問人間黃粱熟未」，是夢醒之後的抒感。現實的境地是落空的；而在除夕之夜的時空，更代表著傷感的情緒從去年年尾，連接進入年頭。一句「大江東去」的慨歎，更是滿懷著滄桑意味。

　　有的作品有具體的指陳事件（〈齊天樂〉「六四事件」），有的作品並無確切的事件（〈高陽臺〉「百劫悲歡，幾度蟲沙」），場面的書寫只是在鋪陳一種情緒，其目的在讓作者失志的抑鬱充分展現。然而卻也不可忽略的是，藉由物象與時空場景的渲染，反而詞人的意緒可以含蓄地表達。亦即詞人自覺地將景物納入自我的主體心態，使之成為情感的載體。

　　詞作中表現往日的人生情境，一方面必然感動著作者故發而為作品，同時也讓讀者因之而生起普遍的情感。之所以如此，原因在於人生回憶拉開了與現實的距離，因著距離便產生美感；而時間的距離往往讓人想起「一江春水向東流」的時間流逝是無可挽回的事實，從而也喚醒了悠悠往事的惆悵之憾，自然也就對於作品有了認同。除此之外，卻也可以如此看待：人生回憶固然拉開與現實的距離，但是如若作者因著此刻的生命情境而與舊日的回憶連結，充滿懷古（此處的懷古指的是懷想舊日情事，而非一般詠懷古蹟之意）傷今的情懷。

　　詞作成了勞先生吐露心事的重要方式，因而在詞作中亦可以一窺其隱密於內心的情感。〈高陽臺〉云：

　　細雨侵簾，彤雲如幕，曉寒暗透窗紗。徙倚回廊，嫣紅猶見山

花。霓裳翠羽匆匆過，又匆匆、夢向天涯。漫咨嗟，百劫悲歡，幾度蟲沙。　　平生意氣矜懷抱，枉目驅豺虎，手搏龍蛇。老臥南疆，一身破國亡家。文章解惑非誇世，論千秋、願已嫌奢。悵啼鴉，謝傅箏弦，白傅琵琶。(〈高陽臺·甲戌冬，作於香港海桐閣寓所〉)

　　許多文人面對時代潮流，總是順應著時代的趨勢而生存。於是，當出仕意願高漲的時候，便以政治仕途作為人生的重要成就；當失意落魄時，便轉以隱逸為尚。功名利祿固然是從古至今文人追尋的目標，但是，隱逸生活卻似乎是一種重要的人格修養必然的修煉。「終南捷徑」不只是故事而已，許多文人因著隱遁養晦而名顯於世，提供出仕的最佳條件，「飛詔下林丘」(岑參〈宿關西客舍寄東山嚴許二山人時天寶初七月初三日在內學見有高道舉徵〉)的情狀，成為先隱後仕、獲取功名的尋常手法。然而勞先生選擇離臺居港，並非如同歷史上多數的文人歸隱，——將「隱逸和從政」從「相反」關係變為「相成」關係，——而是選擇遠離政治的漩渦、敝屣於名位，埋首於文化關懷與學術的建構。只是，不參與政治的爭權奪利，勞先生對於中華文化的發展猶是憂心忡忡。大陸的肅殺氛圍與臺灣的偏安，讓中華文化處於衰歇碎裂的狀態，而自己身處仍為英國治理之下的港島，猶如被摒棄於邊緣，縱有恆常的文化情感和熱切的愛國情操，卻因為被壓抑的鬱悶與痛苦的孤絕感，讓此闋詞呈現一種以「謝、白」為結的、具有焦慮感的壓縮性結果。

　　勞先生從歷史文化的探索中來深化個人的生命體驗，亦由於身為一個哲學家，除了經驗感受的成分之外，更多了屬於理性的思考。因而，所獲致的人生意義也就會更為深刻，從經驗走向智慧，從純粹的書寫個人生命處境的抒情成分著手，卻能深化成為一種帶有歷史反省意識的文化思索。

四 韋齋詞的文化心靈[19]與意涵

（一）深刻的文化心靈

胡曉明曾說：「文化心靈，即在代代相承的文學傳統中養成的、具有悠久深厚文化內涵、具有深刻的華夏民族特點的藝術心靈。」[20]

勞先生以其學思歷程與近代中國文化的發展與改變相關，故而從勞先生的作品中可看見其對於時代變化的真切感受，而其作品中亦具有時代的歷史情懷與詩人心靈的潤澤。也就是說，勞先生的作品，不僅具有文化與歷史的影像，也有自我主體意識的昂揚，因之從中形塑了一個豐沛的文化心靈。

勞先生的「感發」，具有豐富的文化心靈意味。以〈烏夜啼〉為例：

閒庭曲檻流霞，舊時家，記得雨中親拾玉蘭花。　　紅羊劫，

---

19 西方哲學家泰勒（Tylor）將文化（Culture、Civilization）定義為「一種複雜叢結之全體。這種複雜叢結之全體包括知識、信仰、藝術、法律、道德、風俗、以及任何其他的人所獲得的才能和習慣。這裡所說的人，是指社會的每一個份子而言。」而殷海光在《中國文化的展望》列舉西方學者對「文化」的四十六種意義界定。事實上，沒有任何定義能包容「文化」的所有內容，每個定義都只觸及到文化的某個或部分層面，但綜合這些說法，便可理解為：文化是人類一切知識的總集。只是，如此的界定仍是模糊而籠統的。從「文化」一詞在中國文化觀中進行解讀，《易經‧賁卦‧象傳》說：「賁亨。柔來而文剛，故亨；分剛上而文柔，故小利有攸往：天文也。文明以止，人文也。觀乎天文以察時變，觀乎人文以化成天下。」強調的是教化之功，亦表示一種實踐價值的活動。而勞先生在《中國文化路向問題的新檢討》一書將文化解釋為人類因自覺參與而產生創造性之活動，與自然（已給與的存在，是不自覺地被創造的）相對。因而可以說，所謂文化是具有自覺及實踐的意義。而「心靈」（Spirit）是藉由思想、感受、行為表現出的某種精神，心靈的本質來自於內心的自我，透過人生經驗過程而成長。

20 胡曉明：〈從幾首桃花詩看中國詩的文化心靈〉，《詩與文化心靈》（北京市：中華書局，2006年12月），頁452。

青衫客，負瓊葩，一樣可憐顏色在天涯。（〈烏夜啼・兒時居故
都，庭中玉蘭經雨零落，輒親拾之，不忍見其委泥沙也。戊戌
流寓香島，忽於友人處見玉蘭滿枝，感而譜此。〉，《思光詩
選》，頁130）

詞人覷見玉蘭，受自然之物感動興發，進而以生命相感進行情意的流
轉。當生命與生命的接觸成形，具有生命意蘊的深度接觸也就生發了。
　　面對的是花開的欣然或是花落的傷感，意義大不相同。原本只是
在被限制的時空中接觸的事物，瞬間讓詩人開啟了記憶圖像。生命流
轉、好景殞落於無常，悲劇性於焉完成。這是屬於勞先生的睹物生
情，卻也是屬於所有受傷心靈的情懷。試看──玉蘭是「經雨」而零
落的，而我「親」拾之，不假他人之手，其因在於「不忍」其「委
地」也。──這透露了什麼訊息？玉蘭為花中之聖潔者，卻被外在的
雨所侵襲，因而落難。面對此景，詞人是不吝於伸出支援之手的，即
使花落無法復原，一種憐惜之情卻油然而生。兒時的玉蘭凋落，已是
過去式，而今日的玉蘭，卻是花顏滿枝，看似一種無與有、衰與盛
的對比，實則是暗示：現實情境中的玉蘭終會如兒時玉蘭一般，天涯
凋零。
　　此闋詞中，玉蘭是一種具有意味的意象。雖然，玉蘭經雨零落是
必然之姿，然而，天地寬闊，此落亦有它開，展現一種頑強的生命
力；只是，在「紅羊劫」造就的「青衫客」眼中，天涯淪落的傷感，
實是人生之大痛！
　　然而，吾以為將「玉蘭」視為焦點之外，更重要的是「兒時居故
都」與「流寓香島」所透顯的文化意識。王維〈渭城曲〉曾說：「渭城
朝雨浥輕塵，客舍青青柳色新。勸君更盡一杯酒，西出陽關無故人。」
「陽關」不只是單純的地名意象而已，所包含的是歷史意義。雖然，
在唐代的疆界來看，陽關仍屬大唐統領之地，然而，陽關一出，便是

塞外，與中原民族生活的文化環境有極大的差異。回到此詞來看，兒時的玉蘭是凋落的，卻是勞先生在回憶中深刻而無法忘懷的情懷；現實的玉蘭是飽滿的，卻是勞先生在流離之際的場景。同是華人的世界，在勞先生來看，卻是像極了「異域」，那麼，飽滿的豈止是花？更多隱藏的，是對於異質文化的漂泊傷感，也是無盡的天涯憂傷。

　　詞人想得很深，內心是痛苦的，但又透顯著一個思考而巍峨的心靈，一個憂患卻圓融的心靈，因而可以說勞先生的心靈不是破碎而封閉的，這也就是吾以為從勞先生的詞作中，可以充分領受其文化心靈。

（二）文化意涵——用典及衍義的詮釋

　　徐復觀說：「用典用得好，便可成為文學上最經濟的一種手段，……一個典故的自身，即是一個完整的小小世界。」[21]用典是一種修辭方法，但其意義卻不僅於此。除了帶有典故原有語境的因素之外，其中所寄寓的意義或許有著豐富的文化意涵。杜甫說：「讀書破萬卷，下筆如有神。」破者，即是指將原有的知識意義消化之後，成為自己所擁有的內蘊生命意涵；而運用典故，即具有「破」舊「造」新的意義。

　　以〈臨江仙〉為例：

　　　　誰參密意病維摩，可憐千萬劫，弱水自成波。（〈臨江仙〉）

勞先生以佛教的「劫」來表示中華民族的離亂時代[22]；又以《紅樓

21　徐復觀：〈詩詞的創作過程及其表現效果〉，《中國文學精神》（上海市：上海書店，2004年6月），頁44。

22　《維摩經》云：「維摩詰言：『從癡有愛，則我病生；以一切眾生病，是故我病；若一切眾生得不病者，則我病滅。』」而「劫」則是梵語音譯「劫波」（kalpa）的略稱，指的是一個極為長久的時間單位。佛教以世界經歷若干萬年即毀滅一次，再重新開始為一劫。劫亦可指災難、災禍，此處或指中共破壞文化，亦可指整個中華民

夢》的「任憑弱水三千，我只取一瓢飲。」[23]代表其因文化困頓而有終身之憂；另一方面，亦表示其堅持不悔之精神。如果不是具有深厚的智識基礎，實在難以將「劫」、「弱水三千，只取一瓢」等典故化用入詞。

又如〈高陽臺〉云：

謝傅箏弦，白傅琵琶。（〈高陽臺〉）

音樂的作用，在於傳遞情感的訊息，或者引起主體心靈的感受。特定的音響在某些時空中，產生的效應極大，尤其是在最為孤獨敏感的當下，情緒最易被渲染而悠長。勞先生以聽聞「啼鴉」之聲為起，繼而用謝安及白居易的典故，傾吐「家」、「國」、自身與文化淪落的鄉愁。一般而言，白居易的〈琵琶行〉最普遍地被運用在思鄉、懷才不遇等去國或貶謫情境，以暗示「同是天涯淪落人」的感慨；然而，勞先生又以「謝傅箏弦」[24]之故事，慨歎「老臥南疆，一身破國亡

族之正處於離亂時代之「劫」。勞先生感於文化心靈無人知曉，故云「誰參密意病維摩」。

23 「弱水自成波。」則出自於《紅樓夢》〈第九十一回‧縱淫心寶 蟾工設計，布疑陣寶玉妄談禪〉之典故：「任憑弱水三千，我只取一瓢飲。」弱水三千，是客觀存在；只取一瓢，是主觀需求。此處勞先生取其精神意義，人生之一瓢可澆灌將枯之草亦可使污水線出一點清白，一方面代表勞先生因文化困頓而有終身之憂；另一方面亦表示執著不悔之精神。

24 「謝傅箏弦」指的是《晉書》〈桓伊傳〉之故事。謝安女婿王國寶離間帝與謝安。某日孝武召桓伊飲宴，謝安陪席。桓伊撫箏，並請家奴為笛，「而歌〈怨詩〉曰：『為君既不易，為臣良獨難。忠信事不顯，乃有見疑患，周旦佐文、武，〈金縢〉功不刊，推心輔王政，二叔反流言。』聲節慷慨俯仰可觀。安泣下沾襟，……帝甚有愧色。」謝傅即謝安。傳說東晉時，桓伊嘗撫箏而歌，諷諫孝武帝不應猜疑有功之臣宰相謝安。「白傅琵琶」出自於〔唐〕白居易的〈琵琶行〉。白居易聞琵琶女之音聲，慨歎「同是天涯淪落人」，而有貶謫意，故作〈琵琶行〉。勞先生由聽聞「啼鴉」之聲，惹起飽含「家」、「國」、自身與文化淪落的鄉愁。多數人的今作多以白

家。」表現無人知曉其憂患情懷之苦。音響重疊的結果，造成的沉鬱感自不待言。

　　傳統的言說方式，其目的在於以明白曉暢的文字，讓閱聽人瞭解其意義。然而，可傳達的多是表面的，真正的本質或深刻的，則是不可傳達。也因為不可傳達、言不盡意，故而詩歌的張力就大了。而詩歌文字所構成的文本，在表達上具有豐富的暗示性，具有意在言外的特徵，即如梅堯臣所云：「狀難寫之景如在目前，含不盡之意見於言外，然後為致矣。」[25]

　　王國維《人間詞話》云：「詞之為體，要眇宜修，能言詩之所不能言，而不能盡言詩之所能言，詩之境闊，詞之言長。」標舉詞作要眇宜修、表現深刻幽微感發的特點，比起詩歌明顯言志的表現更足以引起讀者的感發與聯想。而勞先生以其學問為基礎，將典故融於今事之中，以含蓄不露表現，因而，對於典故的詮釋與情意的連結，也就有更多衍義（Significance）的可能。

　　以〈浣溪沙〉來看：

　　　　又積征塵上客襟，相逢翻覺別痕深，青萍雪絮總浮沉。　　　夜氣正催秋似酒，天涯會見綠成陰，不須龜筮費搜尋。

此詞詞意具有歧義性。[26]馮耀明以為此詞具有政治意涵，是就時代的

居易的〈琵琶行〉暗示同是天涯淪落人的感慨，可以說，用白居易的文本表現「懷才不遇」，是一種常態的模式，而勞先生把謝安聽箏、樂天聞琴並寫，加上「悵啼鴉」的哀音，更透顯出困境中深刻的痛楚。吾人可以看到此處藉由典故，把積累的鬱悶宣洩，壯志即使銷磨殆盡，生命的本質依然存在。

25 歐陽修《六一詩話》引《歷代詩話》（中華書局：1981年），上冊，頁267。而司馬光亦言：「古人為詩，貴於意在言外。」見《歷代詩話》《溫公續詩話》（中華書局：1981年），上冊，頁277。

26 二○○六年三月二十五日舉行「華梵大學人文暨藝術設計類研究室補助‧現當代古

局勢而言；蔡美麗則認為此詞言綠葉成蔭子滿枝，書寫的是女子之情。[27]

勞先生結束美國會議，回港途中停留臺灣，因而有作。詞作以「征塵」、「客襟」為起，既是寫實，亦呈顯去國懷鄉的失落。勞先生早年從大陸流離至臺，又從臺灣轉赴香港。離臺甚久，對於臺灣的政局隔閡，顯然許多。而此次過境臺灣，不禁有「青萍雪絮總浮沉」的慨嘆，這是第一層的詞意；除此之外，更深一層的慨歎，應該是對於臺灣政局的演變吧！

下半闋為勞先生之感慨。雖然看似有遺憾之意，卻也有遺憾之後的看淡與領悟。然而，成蔭之綠究竟指的是政治的？還是愛情的？

之所以會有這種歧異的產生，原因在於臺灣社會當時正處於政治對立的局面，而其中之一的政黨代表色便是綠色，因而有如此聯想，不論是「無心插柳柳成蔭」代表著無意間的舉動，竟產生意想不到的結果，或是「有心而為」，總而言之，氣候已成，因而有此「預言」式的詞意。

另一方面，蔡美麗則認為此詞言綠葉成陰子滿枝，通篇寫女子。而吳師彩娥亦認為勞先生或有杜牧〈嘆花〉：「自恨尋芳到已遲，往年曾見未開時。如今風擺花狼藉，綠葉成陰子滿枝。」之詩意。[28]

典詩研究室」之第二次讀書會，筆者進行述解報告時，先生告知馮耀明（香港中文大學哲學博士，現任香港科技大學人文學部講座教授及署理學部主任，研究領域為新儒學、中國語言的邏輯、比較哲學。）與蔡美麗（加拿大渥太華大學哲學博士，現任政治大學哲學系教授、現象學文化中心主任，研究領域為現象、西方當代哲學。）對於此詞之看法。

27 蔡美麗於二〇〇七年十月二十八日，在香港舉行之「哲學詮釋、文化批判與詩藝探索——勞思光教授八十大壽學術會議」後，曾向筆者說明與馮耀明向勞先生拜年時，勞先生將此詞作示之，因而引發「政治」與「愛情」的不同詮釋觀點。

28 吳師彩娥，政治大學國文研究所博士，現為彰化師範大學國文學系教授。吳師於第十五屆詩學會議（2006年5月27日）擔任筆者〈文化人的情意與詞心——論韋齋詞的生命情境與懷抱〉一文之特約討論。會後提供筆者本闋詞論釋觀點之意見。《唐

另一說法，或可說是人事變化的傷感嘆息。一如杜詩所言，以「嘆花」寄寓情懷，當「天涯會見綠成陰」之時，總有惆悵之失意之慨。因而此詞或是懊悔時間無情，有歲月催人、人事已非的無奈感傷。

詩無達詁，此詞筆者以為可以有兩種含義：一指臺灣政局、一指人生情感。不論如何，此詞表現的是──事在人為，然而懊悔總來自於未及掌握之心念與行動，若要歸因於「龜筮」之「搜尋」的命定，何不省察自身當初的決定？（或者說，時局已成，無法變異。）[29]

雖然「衍義」已非作者本意，可容有或多或少的讀者創造成分，然而，貼近作者本意，仍是十分重要的。筆者以為，若從「典故」與「衍義」等兩個面向連結來討論此作，或許更能接近作者本意。

此闋詞的「爭論」在於「政治」或「愛情」。

馮耀明以其研究哲學的背景，強調儒學現代化等問題，並且曾提出「黑金政治」、「富人當『官』不理政」[30]等觀點，因而由其學術背景所關懷的面向，「理性探討」與「管理眾人之事」的政治面有貼合之處，自然對於勞先生的「天涯會見綠成陰」有臺灣政治情勢的解讀。同時，以當今政權多為男性掌握的現狀來看，「男性」所具有的「理性」觀點，將詞意引向政治，是十分自然的事。

而蔡美麗討論現象學，《紅樓夢》、「情慾解放」、「愛情觀」均是

詩紀事》〈卷五十六〉〈杜牧〉一條，記載唐代杜牧遊湖州時，曾與一位十餘歲少女相遇，並與其母相約十年內將前來迎娶。十四年後，杜牧為湖州刺史，而此女已嫁，並育有二子因作〈歎花詩〉之事。之後便以綠葉成陰比喻女子嫁人生子。

29 就「時局已成，無法變異。」的政治觀點來看，當時正處於政黨形勢及氣候消長之關鍵年代，故先生此言似可指為是政治環境之影射。本論文審查學者曾提供意見「『天涯會見綠成陰』似指台獨勢力已成氣候。「天際」暗指台灣，「會」者「行將」之意，預測之詞。此詞作於1992，時間正合。」提供筆者詮釋此詞之觀點。

30 馮耀明於二〇〇二年十月三十一日於學習時報曾發表〈資源型地區村民自治中的一個問題〉論文，討論政治問題，見〈http://big5.china.com.cn/chinese/zhuanti/xxsb/914229.htm〉。

探討的材料或觀點[31]，在哲學的討論中，亦觸及「情感」面向，因而由其學術背景所關懷的面向，「在理性探討中亦有感性成分」與「永恆的愛情主題」有貼合之處，自然對於勞先生的「天涯會見綠成陰」有愛情觀點的解讀。同時，以「女性」的「情感」特質來看，將詞意引向愛情，亦是十分自然的事。

以上嘗試說明了筆者以為馮蔡二人以其學術背景及性別意識，分別對於此詞的意涵進行不同詮釋的可能。

其次，就「典故」來看，勞先生的詩詞作品共有的特色便是大量運用典故。筆者曾於〈文化人的情意與詞心——論韋齋詞的生命情境與懷抱〉一文中提到：「先生對於詩歌意在言外的審美特性是有相當自覺的，故而先生運用典故，除了是自如的運用之外，重要的是表現隱曲委婉的意義，具有暗示性的效果，『不盡之意，見於言外。』」[32] 勞先生運用典故，信手拈來，未見有刻意或蹇澀之感，同時，因其家學傳承與自身好學之故，用典之精準與允當，自然沒有罅漏。那麼「天涯會見綠成陰」之典故既然來自於杜牧的〈嘆花詩〉，而嘆花詩又是杜牧與女子邂逅之事，當然此詞書寫「愛情」的可能性也就比「政治」大了。

五 結論

韓作榮說：「社會與文化，精神與情感，是詩的底蘊，但詩作為語言藝術，其動人處更在於其鮮活、靈動中所呈現的詩性意義。詩所

---

31 蔡美麗於二〇〇四年二月一日曾發表〈中國古典生活世界之多重架構——《紅樓夢》之現象學式解讀〉於當代雜誌；一九九七年十二月發表〈從資本主義的文化特質談「情慾解放」的雙面性〉於當代雜誌。並曾於自由時報發表〈海狸善營巢——論西蒙‧德‧波瓦的愛情觀〉。

32 「彰化師範大學詩學會議」（彰化縣：彰化師範大學國文學系，2006年5月27日），並刊登於《彰化師大國文學誌》第12期（2006年7月），頁371。

需要的不是理念,而是意趣;……不是哲思,而是洞悟。」[33]勞先生
雖以哲學名世,卻有別於理性思致的詞作,讓哲學的勞思光之外,亦
呈現一個感情豐沛的、文學心靈的勞思光。

從記憶出發,有助於作者從個人過去生命過程的還原中,尋找心
靈震顫。藉由與現實的連結,構成一種新的認識與領悟,在過去、現
在與未來之間,進行生命情感的書寫。因而,勞先生的詞作取材方
向,多從記憶出發,原因在於自我的生命體驗是作真摯而深刻的,包
含了文化、地域、人物、風情以及生存價值等,都是勞先生主體精神
選擇的結果,所體現的創作意志,也就更為深刻。

因為時代造成敵對,地理上的分割所導致的孤獨,和一帆風順的
人生情境相較,對於生命存在的反省具有更大的意義。疏離的時空勢
必要藉由心理的時空重新構建與連結,因而,當勞先生必須孤寂地在
港島為文化的振興付出心力的同時,雖然不能免於家國何在的傷感情
懷,卻也呈顯著孤寂背後的追尋意義──因為孤單,因而可以不受到
太多功利紛擾與世俗意見的牽絆;因為獨我,才能讓自我絕對的存在
意識通透而完整,對於追求自由主義的意識會更為堅定而自在。

勞先生在詞作中表現人性的深度和廣度,所展示的情感世界,小
到花之開落、進而是個人的思鄉情懷,大到對於人生短暫永恆、變與
不變的制約或真理。故而可說,勞先生的詞作,展示的不僅是個人豐
富的情意世界,更能引發讀者對於人生情感的體悟與共鳴;同時,勞
先生以講求邏輯論理的學者身分,書寫盡是凝聚人情的詞作,非但無
妨其哲學大師的地位與形象,反而是凸顯勞先生的文人氣質與風度。
進一步說,當「哲學」的理智與「文學」的感性共存於勞先生的文化
個體中時,一個專注於文化發展與前途的碩儒之士和表現人生真實情
態的性情文人於焉呈顯。

---

33 韓作榮:《詩歌講稿》(北京市:昆侖出版社,2007年1月),頁339。

　　在勞先生的心靈深處，一方面雖然因為感受和意識到生命的遺憾而憂傷；另一方面，卻又不願使自身在面對缺憾只能空自嘆惜，因而將悲傷轉化為對未來的期許。因著使命感，在憂傷之後，卻又能超越、平靜。

　　勞先生的詞作，超越了個人的情感侷限，展示了對於文化斷傷的憂慮，呈顯深度的生命意識，這是一種藝術的實踐，也是一種生命的實踐，從詞意中尋找勞先生的生命方式與人生理想，領受個體生命力的超越。

——刊登於《華梵人文學報》第九期（2008年1月）

勞思光韋齋詞的寫作手法與生命情調再探

摘要

　　本論文以勞思光先生的詞作為研究對象，其目的在探討勞思光詞作中所呈現的寫作手法與生命情調。

　　筆者已發表三篇論文，就勞先生詞作進行討論，唯尚未能對其詞作有透澈理解，故而有再探之動機。本論文討論進程為：一、前言，概述勞先生之生平，介紹「文學勞思光」，並概述勞先生詞作之研究現況；二、從「透過錯位的現象，表達黯傷的憂苦」與「藉由物色的書寫，傳遞失落的傷感」等面向，探討韋齋詞展現之生命情調；三、從「憑藉領調字，展現感情的推衍」、「藉由時空跳越，增強情感力度」與「透過對比疊映，展現生命意識」等方向，探討韋齋詞之寫作手法。四、總結論文，並透顯勞先生一生漂泊、孤高情懷之昂揚生命。

關鍵詞：勞思光、韋齋詞、寫作手法、生命情調

一 前言

　　勞思光（1927[1]-）出身翰林世家，是湖南長沙人，本名勞榮瑋，字仲瓊，號韋齋。勞先生於一九五〇年〈從文化史上看國家價值〉[2]一文中，以「思光」為筆名，自此即以「思光」之名著世。勞先生曾於北京大學哲學系就讀，因戰亂輾轉至臺，進入臺灣大學哲學系就讀。其後赴香港居住，曾擔任香港珠海書院講師（1955-1964）、香港中文大學崇基書院哲學系講師、高級講師及教授（1964-1985）、文化研究所高級研究員（1985-1989），並先後於哈佛大學及普林斯頓大學進行學術研究及訪問，於一九八九年回臺，擔任清華大學客座教授（1989-1992）、政治大學客座教授（1992-1993）、東吳大學哲學系客座教授（1999-2000），期間曾於二〇〇〇年返港擔任香港中文大學哲學系訪問教授（2000-2001）一年，之後再度回臺，擔任華梵大學哲學系講座教授（1994-）[3]迄今。

　　勞先生學貫中西，著作豐富，文、史、哲及考證、數術等方面，均有研究。勞先生具有傳統知識份子懷抱理想的特質，治學之餘，對於家國社會及文化問題亦十分關心，以其遠大志向及理性判斷，對於時代有沉重的責任感。勞先生對於中國學術思想之研究十分透澈與精

1　二〇〇四年筆者與敝系林碧玲教授申請國科會人文學研究中心補助《思光詩選讀書會》，林氏告知先生曾於二〇〇二年六月六日表示：一九四九年初至臺灣時，身分證誤載為民國十一年（1922）生，實則為民國十六年（1927）生。

2　見勞思光：〈從文化史上看國家價值〉，《民主潮》第1卷第4期（1950年11月25日），收入《哲學與政治——思光少作集（三）》，頁9-13。亦可參考劉國英、黎漢基編：〈勞思光先生著述繫年重編〉，《無涯理境——勞思光先生的學問與思想》（香港：中文大學出版社，2003年），頁288。

3　勞先生曾獲中華民國斐陶斐榮譽學會傑出成就獎（2000）、行政院文化獎（2001），並於二〇〇二年獲選中央研究院院士。

深，足堪稱為哲學家，而自幼即雅好賦詩[4]，在港時期並曾參加過「芳洲詩社」[5]，每有感懷，便有即興吟詠之作。如果說，吟詠詩歌是士人文化生命發皇的傳統力量與模式，亦是認識生命存在的重要依據，那麼，從勞先生的文學作品中，便可體察其情意面向之開展及生命情調。

勞先生是一位哲學家，也可以稱為是一位「古典詩人」（即是一位哲學家詩人），正是文學心靈與哲學智慧融貫的典範。職是之故，筆者嘗試探討勞先生之文學創作，一方面藉此將筆者對於古典詩詞研究之觸角，從先秦兩漢、乃至唐宋，延伸下貫至現代領域，以探究其風格、主題、表現手法之差異或承繼關係；另一方面，可藉由勞先生文學創作之文本閱讀及解析過程，深掘勞先生「哲學生命」中的「情意我」面向，從而體悟其人格形象與生命情懷，並透過勞先生哲學家詩人詩詞創作的特殊性，廣開學術視域，闡明其文學風格、主題與境界，探索其文學創作在現代中國古典詩（詞）學發展中的意義及定位。

勞先生以其崇尚自由的滿懷抱負為使命，企圖建構中國哲學體系，實是近現代華人思想學界的典型代表。而屬於「哲學勞思光」之外，是否亦有「文學勞思光」的呈顯？

文學的表現並非純粹以展示知識為要，其意義在於文字與文字的綰合及生命與社會碰撞而產生的張力。因而，探索「文學勞思光」將是閱讀到屬於勞先生學術之外的另一個觸點。

筆者自二〇〇四年起，與敝系林碧玲教授曾申請國科會人文學研究中心補助「思光詩選讀書會」，進行勞先生《思光詩選》（三民書局

---

4 勞先生第一首開筆詩〈聞雷〉，為甲戌年（民國23年）七歲所作。其詩云：「鬱暢原多變，休嗟寂寞春。長空來霹靂，一震便驚人。」

5 勞先生參與芳洲詩社活動相關事宜，為二〇〇四年三月六日筆者與林碧玲教授主持「國科會人文研究中心補助九十三至九十四年度《思光詩選》讀書會」第一次讀書會，勞先生主講「《思光詩選》的形成與路數」告知。

出版）一書之研讀；九十五年起，並由「華梵大學人文藝術類研究室」經費補助，主持「現當代古典詩研究室」，進行「韋齋詩存述解與研究」的研究工作。這段期間，筆者曾針對勞先生之詞作[6]，發表

6　勞先生詞作，收錄在《思光詩選》一書之附錄，原僅〈臨江仙・紀懷〉、〈乙巳除夕，夜宴於伯謙先生私宅，賦此乞正，調寄賀新郎〉、〈烏夜啼・兒時居故都，庭中玉蘭經雨零落，輒親拾之，不忍見其委泥沙也。戊戌流寓香島，忽於友人處見玉蘭滿枝，感而譜此。〉三首；另勞先生於「思光詩選讀書會」、「現當代古典詩研究室──韋齋詩存述解與研究」中，補入三首。預計於今年十一月由萬卷樓圖書股份有限公司出版之《勞思光韋齋詩存述解新編》中，收錄之勞先生詞作有六首。是故本論文討論即以此六闋詞為文本。此六闋詞文本及創作年代如下：
（1）戊戌年（1958，31歲）〈烏夜啼・兒時居故都，庭中玉蘭經雨零落，輒親拾之，不忍見其委泥沙也。戊戌流寓香島，忽於友人處見玉蘭滿枝，感而譜此。〉：「閒庭曲檻流霞，舊時家，記得雨中親拾玉蘭花。　紅羊劫，青衫客，負瓊葩，一樣可憐顏色在天涯。」
（2）戊戌年（1958，31歲）〈臨江仙・紀懷〉：「明鏡鬢眉啣石願，浮生長物無多。華燈玉管浪銷磨。文章聊復爾，興廢竟如何。怎是非情非恨際，依然牽惹絲蘿。誰參密意病維摩。可憐千萬劫，弱水自成波。」
（3）乙巳年（1965，38歲）〈乙巳除夕，夜宴於伯謙先生私宅，賦此乞正，調寄賀新郎〉：「車馬芳洲道。又喧闐、千家爆竹，共迎春早。我已中年翁七十，相顧樽前一笑，負多少縱橫懷抱。北望中原南望海，漫紛綸棋局何時了。誰竟免，此鄉老。　佳辰歡趣頻年少。最嗟予、詩腸多澀，酒腸偏小。講舌徒為從眾語，愧絕囊中舊稿，且相伴今宵醉倒。盧雉一呼行樂耳，看青陽破夜邊城曉。雲樹外，起啼鳥。」
（4）約在壬申年（1992，62歲）〈浣溪沙〉：「又積征塵上客襟，相逢翻覺別痕深，青萍雪絮總浮沉。　夜氣正催秋似酒，天涯會見綠成陰，不須龜筮費搜尋。」
（5）甲戌年（1994，67歲）〈高陽臺・甲戌冬，作於香港海桐閣寓所〉：「細雨侵簾，彤雲如幕，曉寒暗透窗紗。徙倚回廊，嫣紅猶見山花。霓裳翠羽匆匆過，又匆匆、夢向天涯。漫咨嗟，百劫悲歡，幾度蟲沙。　平生意氣矜懷抱，枉目驅豺虎，手搏龍蛇。老臥南疆，一身破國亡家。文章解惑非誇世，論千秋、願已嫌奢。悵啼鴉，謝傅箏弦，白傅琵琶。」
（6）己卯年（1999，72歲）〈齊天樂・1999年除夕〉：「佳辰不預笙歌會，高眠市樓寒雨。嚼蠟世情，凝霜詩筆，靜夜茫茫無緒。蝶飛栩栩。向冷月昏時，劫灰深處。似有幽靈，兩三相向含冤語。　問人間黃粱熟未？猛青燈照眼，此身何處？幾輩英豪，幾番成敗，都付大江東去。悲歡何據？且手拂雲箋，漫題長句。一笑推窗，看今年新曙。」

三篇論文：

其一為〈文化人的情意與詞心──論韋齋詞的生命情境與懷抱〉，曾於二○○六年五月發表於彰化師範大學國文學系主辦之第十五屆詩學會議，據審查意見修改後，發表於二○○六年七月出版之《彰化師大國文學誌》第十二期，（頁347-374）。此論文以勞先生詞作為研究對象，其目的在彰顯勞先生文化哲學之外的情意生命面向及開展之心靈境界。主要探討內容先就思光詞之研究緣起、範疇及價值進行說明；其次進行韋齋詞文本之詮釋；再就韋齋詞之風格、主題與特色探討；並以韋齋詞透顯的情意生命與襟抱為結。

其二為〈試論韋齋詞的生命情懷──以感傷為基調的呈現〉，發表於二○○七年十月二十五日，由香港中文大學與華梵大學主辦之「哲學詮釋、文化批判與詩藝探索──勞思光教授八十大壽學術會議」。此論文從勞先生詞作文本著手，探討其詞作中的感傷基調，藉以呈顯其生命情懷。論文首先說明韋齋詞與宋詞之差異及論文寫作意義；其次從游子意識與時空意識，探討韋齋詞之感傷基調；復從時空跨越與情境開展，探討韋齋詞之感傷表現手法；末了呈顯韋齋詞之感傷意義，並以韋齋詞具有深刻的意蘊為結。

其三為〈試論韋齋詞的文化心靈與意涵〉，發表於二○○八年一月《華梵人文學報》第九期，（頁1-31）。此論文旨在探討勞先生詞作中的文化心靈。首先概述勞先生作為一個在文化建構中的學者，亦有其詞情的呈現；其次從「困惑」中「清醒」、在「禁錮」中「自由」探討勞先生內在生命的價值取向：復從意志的銷磨與情感的悵然，討論韋齋詞的感悟──生命之痛與文化之悲：進而探討韋齋詞的文化心靈及意涵。

筆者原以為：針對六闋詞作，已書寫三篇論文進行討論，似難有新意發想。唯於近日閱讀中，覺有部分詞意或寫作風格，尚可深入探究，因而擬藉由此文進行再討論。

二 韋齋詞展現之生命情調

（一）從韋齋詩到韋齋詞

　　蘇珊朗格說：「詩的思維實質上不是邏輯思維的推演，……這是一種體驗的深度，而不是智力的深度。」[7]以詩詞創作對自身所進行的情緒宣洩或理智思維，雖然可以涵容或反省事件的理路，基本上並不是環環相扣的邏輯推理，而是藉由這些反省，重製當時的肅穆、氣氛與發展，亦即重製經驗。對於勞先生而言，其詩主宋詩風格，而其詞亦具有宋詩特色，透過文字的媒介與詞體的表述，勞先生書寫外在景物，其意義不在討論或辯證哲學意義，而是在傳達內在的自我情懷，自然景象已經成為詞人情感的象徵性延伸。這表示，身為哲學家的主體生命，亦具有豐沛感情，並且，在藉由文字書寫文學的同時，亦可看出其深厚的哲學思維。

　　誠如筆者在〈試論韋齋詞的生命情懷──以感傷為基調的呈現〉一文中曾云：

> 勞思光先生的文學創作來看，其詩不屬性靈之派，而是以宋詩苦吟為表現風格。猶如同光體的學人，呈現縱橫淋漓、雄偉博瞻的詩風。同光詩人陳衍曾提出「學人之言與詩人之言合」的論點，強調學人重學問而詩人重性情，若能二者為一，方為最勝。
>
> 以學人之詩界定勞先生的詩歌風格（類別）應屬公論。勞先生的詩作，顯然具有學人之詩的特性，即是以紮實的學問為根基，講求「證據精確」（《石遺室詩話卷十四》）的理性基調，

7　見蘇珊・朗格（Susanne K.Langer），《情感與形式・詩歌》（臺北市：商鼎文化出版社，1991年），頁250-251。

以古代之事典為線索，引出對於今事的思致。而勞先生之詞
作，除了以豐富智識為根基外，更具有突出其性情根柢於學問
的特徵。

勞先生詩歌固然展現著學問與人格風範，亦時有情感的流露，
然而，其詞作所呈現的，比起詩作有更生活化的、更細緻而敏
感的情愫在其中。

道德功業屬於為「善」，而詞之為體的審美意識則側重在呈現「真」
情與書寫「美」文，也就是說，詞作主於情而不必然重於德之表現。
然而，從勞先生的詞作中鮮明地出現士人精神的挺立，其原因應來自
於傳承家學，有深厚的學術背景；加上受其堂兄勞榦之影響，認為唐
詩多主性靈，較無法看出一個人的胸襟懷抱，因而偏好力主理智思維
的宋詩；而在為詞的同時，亦是以學問為基礎，並就事典為線索，引
領對於現實感的思索。除此之外，勞先生之詞作更透顯其幽微的人生
情懷。

　　歷來評論或從事詞之創作者（如歐陽修、李清照等人），多從
「文體分工」的觀念來看「詩」與「詞」，亦即詩所表現的是言志，
而詞所表現的是抒情。宋詩確實是以理智取勝，以具有哲學思維的背
景來議論時事，當是對於社會情態的理性鳴放，而勞先生的詩歌創作
則是間接反映對於政治困境憂心之外的精神寄託。偏好以宋詩的苦吟
路數所書寫的「詩」作，具有理性基調，而從其「詞」作中，是否可
以看出「文體分工」的現象？勞先生雖然以宋詩苦吟作為表現其情志
的一種重要形式，且從中可見其開展世界哲學的理智形象，這固然與
勞先生的學思歷程與哲學研究所強調的理性思維相契，但並非可據此
判斷勞先生詩歌之中沒有性情的呈顯，而是說勞先生的詩作中蘊含著
具有擔當時代責任與批判社會之理想懷抱的真性情。

　　就詞作來說，勞先生曾自謂其詞之風格接近北宋後期及南宋，體

現社會責任的意義，對於國家興亡、飄零身世之感歎，頗似陸游、辛棄疾。[8]也就是說，以勞先生身為一個參與社會的文化知識人，即使是在進行以「溫婉秀約」為主流表現的詞作時，亦不免透顯對於社會高度的責任感與使命感。這使得勞先生的詞作，看來似是一種「長短詩」。

若說勞先生詞作是一種長短詩，似乎代表勞先生「以詩為詞」的創作態度，然而筆者以為，「以詩為詞」具有詞境的擴大與內容無事不可入的意義，這在現有的勞先生六闋詞作中，無法看出其效果（況且六闋詞作的風格及內涵，還頗有一致性）。應該說，除了從勞先生的詩作中可以感受其使命及責任感，在詞作中亦可感知其風範與社會良知，亦即勞先生在詞作中亦充分發揮「言志」的功能。

在「言志」的功能之外，詞亦為情感提供了一種極佳的傾吐方式，呂正惠曾提到，以外在世界為中心的詩歌：

> 當然比較容易透入世界的本質，比較富於沉思性，甚至比較有哲理意味……更重要的是感情，如何把中國文學的抒情成分表現在某種形式之中，而不致流於氾濫無歸的傷感，或者是感官似的感覺，換句話說，如何把感情表現得「本質化」，使感情具有本體意義，成為人生之中最重要的（甚至唯一重要的）「實體」……[9]

伴隨景物而來的情感，具備自我的情感生命，從而建構一個屬於物我交融的情感世界，亦即詞人的生命世界與生命本體。

8　二〇〇六年三月二十五日「華梵大學人文暨藝術設計類研究室補助‧現當代古典詩研究室」之第二次讀書會，筆者進行述解報告時，勞先生曾云其詞之風格。

9　見呂正惠：《抒情傳統與政治現實‧中國文學形式與抒情傳統》（臺北市：大安出版社，1989年），頁176。

　　勞先生的詞作確如《漢書》〈藝文志〉所說的「哀樂之心感而歌詠之聲發」，而從勞先生為詩及為詞之態度來看，其〈退居吟〉八首之八所詠：「唐音漢骨費才思，豈必雕蟲後世知。詩稿半生隨手棄，退居方錄遣懷詞。」[10]即可知其為詩只是有感而發，發抒之後即隨手棄置。之所以有後來的出版，實是因香港嶺南大學哲學系黃慧英教授對勞先生詩稿進行整理[11]，而這些詩稿多是留港時期之創作，至於二十七、八歲時創作高峰期的作品，早已散失。由此可見，勞先生原意並無意公諸於世，因此這只是對於國事關懷的一時發抒，而非具有政治目的的訴求。總而言之，勞先生因其受到客觀環境的限制所滋生的痛苦，僅能在內心中湧動，故而發諸文學創作。因此，勞先生之詞並非是歌詞之詞，而是士人之詞，書寫讀書人個體生命的情志與襟抱，亦即是呈顯一個憂傷的知識份子尋找安身立命的所在。

（二）透過錯位的現象，表達斲傷的憂苦

　　比起詩作，在勞先生的詞作中更值得注意的是更幽微細膩的「詞心」起伏，憂傷的知識份子尋找安身立命的所在，其過程往往異常艱辛。藉由詞作的呈現，欲安而未安、該在彼而卻在此的錯位現象，正是代表人生傷感。以〈臨江仙・紀懷〉詞來說：

　　　　華燈玉管浪銷磨。文章聊復爾，興廢竟如何。

---

10 見《思光詩選》丁卯年（1987，60歲），頁116。

11 勞先生退休後，師母曾將原先隨置於抽屜之中的詩稿收於一袋。六十二歲（己巳年，1989）再度赴臺執教清華大學前，當時任教香港嶺南大學哲學系之黃慧英，拜訪勞先生，建議重新整理詩稿，遂取得勞先生詩作稿重新謄錄，所錄詩作即師母陸續收存於袋中之作品。至庚午年（1990）勞先生返港時，已完成謄錄。翌年辛未年（1991）秋日，勞先生攜稿來臺，就黃慧英蒐錄者，又增加庚午作品。此段本於二〇〇四年三月六日筆者與林碧玲教授主持「國科會人文學研究中心補助九十三至九十四年度《思光詩選》第一次讀書會」，勞先生主講「《思光詩選》的形成與路數」之內容。

身為知識份子，本該昂揚自我堅持的文化意識，卻被錯置在影劇界擔任影劇界之顧問及香港文化工作協會書記工作。照理說，此一責任正可藉由其豐富的學理背景來改變演藝界之文化氣質，然而，對於一個懷抱理想的文人而言，本應開展學術生命或是在危機時代抒其懷抱、承擔使命，卻必須書寫與大局變化毫無關係的文章，是深有遺憾的。簡單來說，因角色錯位而無法盡展其用，一種幽微的情緒，在文字中流洩，成為勞先生詞作的常態現象。

〈烏夜啼‧兒時居故都，庭中玉蘭經雨零落，輒親拾之，不忍見其委泥沙也。戊戌流寓香島，忽於友人處見玉蘭滿枝，感而譜此。〉一詞，亦具有角色錯置的遺憾：

> 紅羊劫，青衫客，負瓊葩，一樣可憐顏色在天涯。

「青衫客」出自於白居易之〈琵琶行〉：「座中泣下誰最多？江州司馬青衫濕。」青衫即青色衣服，多為低階的官服或卑賤者的衣服。勞先生自謂為青衫客，感今傷昔，有白居易同是天涯淪落人之嘆，實則這是「瓊葩」之高尚被錯置淪落的遺憾，亦是因著特定的時空環境與勞先生個人的人生際遇所交疊而成的唏噓之言。青衫之客，遭遇浩劫，縱有滿滿豪情，壯志猶未消盡，豪情卻已蒼老。

而〈賀新郎‧乙巳除夕，夜宴於伯謙先生私宅，賦此乞正，調寄賀新郎〉一詞，又何嘗不是展現一種錯置的傷懷：

> 負多少縱橫懷抱。……。誰竟免，此鄉老。

應在彼而卻在此，該是壯年情懷，卻擁有垂老情態，不僅是藉由空間的錯置，展示漂泊的人生況味，更是以時間的差距，流露憔悴衰老的痛楚。而〈高陽臺‧甲戌冬，作於香港海桐閣寓所〉一詞所說的：

「平生意氣矜懷抱，……老臥南疆，……」表達的亦是相同的情境。
〈浣溪沙〉詞云：

> 又積征塵上客襟，相逢翻覺別痕深，……

「相逢」、「離別」是一種普遍的生命現象，卻都可以撼人心弦。本來「相逢」應是快樂的，該在相逢裡品嚐溫馨，然而勞先生卻在久別的重逢裡領受離別的意味，那麼，究竟是「相逢」好？抑或是「不相逢」好？該快樂卻感傷，豈不是將自己錯置在不相襯的時空之中？其原因應是藉由錯位的反差與矛盾，表達「別」意的深與痛。
〈齊天樂・1999年除夕〉一詞云：

> 問人間黃粱熟未？猛青燈照眼，此身何處？……

「此身何處？」呈現兩個訊息。其一是不知夢境中所處何方，其二是藉此表達身為游子，對於自己所處時空與鄉園差異的遺憾。

歡愉之聲少，而傷感之成分多。然而勞先生所表達的傷感不是個人的窮通，而是心繫家國命運的關切憂患之思，亦即對於民族命脈的延續擔憂。

無法言說之愁緒傷感，雖由個人挫折的生命情境而來，卻可以超越個人的孤絕情態，化為普遍的人生傷感。因而可以說，勞先生在詞作中展現的生命感，即是以其對於現實的感受，將其心性外化，呈顯其人生問題。面對其角色錯位的情狀，引致情緒波動，因而藉詞作表達對於文化受到斲傷的悵憾憂苦，透顯其生命襟抱與孤懷，形成屬於勞先生自我生命的意義世界。

（三）藉由物色的書寫，傳遞失落的傷感

生命的苦短引發詞人的感嘆與憂患意識，或許只是士大夫在觀景賞花之時，為賦新詞強說愁的暫時唱嘆。然而，當文人在失國悵然與精神自由受到束縛之時，憂患感受更深，因而從一己的心緒出發，以自覺的思考，從自我生命的內省到負載社會的超我意識。

「詠花」與「賞花」的生活情趣，來自於文人仰慕清雅的心理需求。楊无咎〈柳梢青・梅〉一詞之跋語曾云：「端伯奕世勛臣之家，了無膏粱氣味，而胸次灑落，筆端敏捷。觀其好尚如許，不問可知其人也。」[12]楊无咎稱許范端伯雖出身官僚之家，卻無富貴之氣，其推論來自於范氏雅好梅花，故其人格猶如君子。此段話說明了喜好某種名花，似即是其人格的表徵。陶淵明愛菊，「采菊東籬下，悠然見南山。」菊花在花卉盡凋的秋日，猶然不畏風霜，展現強韌的生命力，為蕭瑟幽冷的季節，增添縷縷香氣。而菊花所代表的則是隱逸之士，具有高潔品格的象徵，因而愛菊，即是比喻自己堅貞不屈的高潔情操。周敦頤愛蓮，〈愛蓮說〉一文即是以蓮比喻君子，其意義即是表明自我人格，猶如蓮花一般高潔。「出淤泥而不染」、「濯清漣而不妖」即是彰顯君子的美德，而蓮既是花之君子，亦期許愛蓮的「我」也是謙謙君子。

孟子曰：「伯夷，聖之清者也。」而張潮《幽夢影》云：「玉蘭，花中之伯夷也。」孟子強調的是伯夷的人格風範，而張潮則以伯夷之耿介比擬玉蘭，可見「玉蘭」亦有其具有人格象徵之特殊意義。而勞先生以其生命中兩見玉蘭為引子，是否亦代表「玉蘭」即自我人格展現之意義？其〈烏夜啼・兒時居故都，庭中玉蘭經雨零落，輒親拾之，不忍見其委泥沙也。戊戌流寓香島，忽於友人處見玉蘭滿枝，感

---

12 楊无咎〈柳梢青・梅〉一詞之跋語見唐圭璋編纂，《全宋詞》（北京市：中華書局，2005年），冊2，頁1564。

而譜此。〉一詞說：

> 閒庭曲檻流霞，舊時家，記得雨中親拾玉蘭花。　　紅羊劫，
> 青衫客，負瓊葩，一樣可憐顏色在天涯。

單純來說，人生中所遭遇的景物情事無法數清，因而勞先生與玉蘭的
邂逅不過是生命中的偶然遇合，不必過度詮釋。然而，勞先生於其詞
序中已說明，其因見玉蘭而有「感」，因有「感」而譜詞，則對於
「玉蘭」自不可僅以普通景物看待。而詞作雖未對玉蘭花本身的姿態
進行精心描繪，卻是以玉蘭為引，開展為勞先生生命狀態的表徵。

　　此詞序極有意思。就時間來看，詞序是以順序為文書寫的，先進
行回憶的鋪陳，再書寫今日面對的景象，有感於昔今之對比，因而有
此詞的創作：

> （回憶　場景：故鄉　年紀：年少　玉蘭：委地拾撿）
> ⇨　場景：香港　年紀：年長　玉蘭：滿枝
> ⇨　有感而為詞

然而，真實世界卻應該是勞先生因偶然「忽」見滿枝盛開的玉蘭花，
因而尋得童年記憶裡的墜地玉蘭，在經過一番心靈思索與情感糾葛之
後，方而有作：

> 場景：香港　年紀：年長　玉蘭：滿枝
> ⇨　（回憶　場景：故鄉　年紀：年幼　玉蘭：委地親拾）
> ⇨　有感而為詞

筆者以為這似乎意味著：

1. 此詞是勞先生有意而為（或稱之為有感而發、具有特殊意義）的創作。

2. 選擇書寫或不書寫，實則均透顯某些訊息。而此詞以「玉蘭」為中心，必然有其重要意義。

那麼，勞先生對於玉蘭的書寫，當並非只是孤立專注於感覺世界的美麗，而是將人事世界的關注融入於物象之中。如此一來，便可以說，作者對於世界加諸以心靈化，並給予具有情意的意義。因此，玉蘭花不只是玉蘭花，更是自我主體孤立的展現。

明明景致的描寫可以是美麗的、豐富的，而花開的描述，更應是詞人最青睞的。但是，作者卻在面對花開滿枝的現實中，關注曾經失落的美麗，一種「狼藉殘紅，飛絮濛濛。」[13]的「美麗」。當所有人似乎應關注於滿開繁花的當下，勞先生卻注意曾有困境的美。而「鄉園」、「香江」具體的土地相異，是否也讓具體而真切的看花之情有著對比的傷感？

或許亦因為如此書寫，正可以說明此詞具有表達「黍離之悲」與「思鄉」的雙重意義。思鄉所表現的無非是亟欲重現舊日的美好，表達對於故園親友的依戀與想望，因而藉由空間的跨越，企圖圓滿其企願，同時，也藉由現狀的漂泊，表達自我的孤寂感；而黍離之悲是對於昔日的無法復返深感痛悼，因而即使是眼前美景，亦被詞人之眼轉化為凋敝色彩。無論是著眼於昔日的失落或今日的美好，都是表達個體在現實生命中失落的傷感。畢竟現實生活中，姿勢或行動，常具有表達某種期待或意欲的訊息。

從舊有的經驗描寫出發，時刻無法重複，昔日是玉蘭委地，今日是花開滿枝，照理說古老的場景是凋零的畫面，現實的花開是一幅熱鬧的景象，昔落今開，理應是歡喜之情事，畢竟：

---

13 歐陽修〈采桑子〉其四，《全宋詞》（北京市：中華書局，2005年），冊1，頁154。

昔日花墜×　今日花盛○　⇨情境較美滿○

昔日花盛○　今日花盛○　⇨情境最美滿◎

昔日花墜×　今日花墜×　⇨情境最不堪××

昔日花盛○　今日花墜×　⇨情境較低落×

然而，勞先生用生命中最是難忘的花墜昔日，與今日的繁意並陳，在詞作中的情意卻呈現與「美滿」相反的效果，其原因在於加入了「故鄉」與「他鄉」的元素：

昔日花墜×但是在故鄉○　今日花盛○卻是在異鄉×　⇨情境不堪×

換句話說，故鄉的花墜是一種憾恨，然而，他鄉的繁花盛開，亦無法填補游子的空虛。花墜是玉蘭，猶有我記憶中的曾有美好顏色；花開亦是玉蘭，卻引起我天涯流離的感傷。一樣可憐的是昔日與今日的玉蘭，卻也可能是昔日的玉蘭與今日的我。那麼，是否意味著：凋零的玉蘭狀態即是代表自我生命的狀態？

　　玉蘭的書寫雖不如梅花、菊花、海棠一般，成為文學家吟詠的常客並具有深刻意義。然而，季節流轉的變遷，枯萎與繁盛是眾花的共象，風雨中的花顏必受催折，而風雨常是人生苦難的象徵。勞先生所說的花容幼時委地，有否透過此說埋下日後流離去國的伏筆，難以知曉，然而，何以今日嘉秀的生命力，卻會與昔日的破敗連結，成為一樣具有可憐意義的傷感載體？盛衰如榮辱一般，是人生不變的道理，但是，當社會無序、人生有憾的時候，即便是最該讓自我欣然的景致，亦最易招致天涯淪落之感。

　　當詞人面對當下的物色時，亦想到過往的時間與遙遠的空間景物，因而可以說，當勞先生意識到自我面對玉蘭之時觸動情緒，也就

同時意識到一種阻隔的距離與鴻溝，猶如面對無法克服的障礙。當情感難以平復、歷史無法回溯，「可憐」「天涯」的淪落感，近乎悲劇。

三　韋齋詞之寫作手法

（一）憑藉領調字，展現感情的推衍

　　領調字可以為動詞、副詞或是連接詞，在描寫上，具有關節似的作用。柳永首開風氣，後來的詞人多運用在慢詞。從勞先生的六首詞作來看，有三首屬於長調。而這三首長調，均出現了領調字。

　　事實上，就符合格律來說，詞的創作比起詩創較為困難，畢竟詩律是固定的，只要掌握格律，便可為詩；然而，創作一闋詞需先瞭解詞調的聲情，方才不會產生擇一高亢之詞調書寫婉約之姿、抑或擇一柔韻之調書寫豪放之慨。因而擇調是創作之第一要務，之後方是依格律創作。

　　詞的格律十分複雜，選擇慢詞書寫自是比起小令及中調為難，而在鋪陳之際，若加入較多的虛詞，對於維繫長篇通暢具有重要意義。再者，慢詞的字群詞群（line segments）比起小令為多，藉由領調字的穿插，總結上文、貫串下文的功能也就明顯易現。

　　話說回來，對於勞先生詞作領調字的探討，具有何種意義？

　　首先，目前收錄的勞先生長調詞作僅有三闋，這三闋恰均有領調字，且共出現十一個（次）領調字。這樣的比例極高，原因何在？難道如上文所說，只是因應長調文字的敷衍鋪陳，故而使用領調字嗎？事實恐非如此，並非所有的長調創作均使用領調字，甚至絕大多數的長調並未使用領調字；換句話說，沒有領調字的長調才是常態。那麼，勞先生選擇可以善用領調字的詞牌創作，或許有其考量或意義，亦即，勞先生選擇書寫長調，均使用領調字，具有特殊性，而這樣的

特殊性正可試圖於其中發現意義。

其次，領調字可以發揮其構成句與句之間的流暢功能，然而，其基本條件是能掌握詞牌的領字結構方式，再以此為基準，填寫文字。先不論使用領調字所表現之詞作意境，單就寫作技巧來說，必須瞭解字詞的基本意義，並能充分運用以銜接文句，之後，方能呈現詞作意境。而從勞先生的詞創中，正表現其對於慢詞這種運用領調字的傳統技巧充分掌握。

再者，勞先生詞作中的領調字實對於詞作整體美感具有關鍵意義。針對勞先生詞作中的領調字探討可以發現，彷彿作者的動作（act）猶如鏡頭般呈現在讀者面前。藉由領調字的引領，把詞人的猶疑、期待與想像，充分凝聚成一個完整的步驟或行為，例如「負多少縱橫懷抱」的否定、「看青陽破夜邊城曉」的凝視，把詞人與自然進行聯繫、「枉目驅豺虎，手搏龍蛇。」寫盡了一種滄桑感，彷若詞人一生的豪氣就此殆盡、「問人間黃粱熟未？」把疑慮的情態表露無遺、「猛青燈照眼，此身何處？」則是強調驀然回首的驚醒與失落心情。這都說明了勞先生詞作中的領調字，實具有加深意義、強調情境的功能，並且綰合勞先生為詞時的複雜情緒。對於進行深入詮釋勞先生的詞作意義及情感來說，領調字的大量出現，實是重要關鍵。

以〈高陽臺・甲戌冬，作於香港海桐閣寓所〉來說：

平生意氣矜懷抱，枉目驅豺虎，手搏龍蛇。

詞　　　　　　句	詞　性	意　　　義
枉目驅豺虎，手搏龍蛇。	副詞	白費之意。

「平生意氣矜懷抱」本是豪揚的態度和人生哲學的燦然呈現，而「目驅豺虎，手搏龍蛇。」亦具有快意豪俠的壯懷之氣。然而，一個「枉」字出現，卻賦予否定的意義，代表著勞先生豪情壯志的最大挫

傷，亦代表參與文化運動志氣與理想的銷磨。

而〈齊天樂‧1999年除夕〉一詞，以四個領調字，寫出一個不安的生命、銷磨的志氣，終究有希望的微光。以對於來歲的企盼，取代「劫灰深處」的幽冷，讓缺憾之後，猶有生命開展的希望：

向冷月昏時，劫灰深處。……問人間黃粱熟未？猛青燈照眼，此身何處？……且手拂雲箋，漫題長句。

詞　　　　　句	詞　性	意　　　義
向冷月昏時，劫灰深處。	動詞	對著之意。
問人間黃粱熟未？	動詞	向人請教。在此是對自己發出之疑惑。
猛青燈照眼，此身何處？	副詞	突然之意。
且手拂雲箋，漫題長句。	副詞	暫時之意。

時空場景可以感染讀者，亦是催化詩人敏感情緒的重要因素，而「向」的是幽暗深邃的時空，未知的迷茫，一種疏冷而迷離的氛圍；「問」的是人生似幻的情境，表現榮華富貴如夢一般，短促而虛幻的意義；「猛」覺的是脫離現實的尋夢，是曾被怨鬼群聚傾吐冤屈的天安門；「且」為的是，用文字宣洩凝聚的情感。

更特別的是，勞先生的〈賀新郎‧乙巳除夕，夜宴於伯謙先生私宅，賦此乞正，調寄賀新郎〉實可說是以領調字貫串期間，表現一種傳遞心態的技巧，同時，也把時間性的進程（progression），猶如拍攝效果般，以時空畫面的連續鏡頭（the progression of the view）呈現：

車馬芳洲道。又喧闐、千家爆竹，共迎春早。我已中年翁七十，相顧樽前一笑，負多少縱橫懷抱。北望中原南望海，漫紛綸棋局何時了。

誰竟免，此鄉老。　　佳辰歡趣頻年少。最嗟予、詩腸多澀，酒腸偏小。講舌徒為從眾語，愧絕囊中舊稿，且相伴今宵醉倒。盧雉一呼行樂耳，看青陽破夜邊城曉。雲樹外，起啼鳥。

詞　　　　　句	詞　性	意　　義
又喧闐、千家爆竹，	副詞	表示重複或反覆、加強語氣。
負多少縱橫懷抱。	動詞	遺棄、違背、虧欠之意。
漫紛綸棋局何時了。	副詞	突然、枉費、空之意。
	動詞	覆蓋、瀰漫之意。
最嗟予、詩腸多澀，酒腸偏小。	副詞	至極之意。
且相伴今宵醉倒。	副詞	暫時之意。
看青陽破夜邊城曉。	動詞	視見之意。

「又」字代表了並非第一次，而是時間再次的到來。「春花秋月何時了」是現實的循環不已，卻也勾起往事不堪的傷情；「負」字所代表的意義，讓正面的「懷抱」所構築的理想世界瞬間崩解；「漫」的不是幸福與理想，而是歷史紛綸的糾葛；「最」感嘆的是無法藉酒消愁、卻又無法藉由文字傾吐胸中塊壘；「且」相伴的原因，導致於現實的困境與悲涼，必須藉由短暫的依偎來消解；「看」字所營造的視覺效應，終將詞境反轉，免於落入憾恨的意味之中。

　　由此可知，勞先生詞作中的領調字不僅帶領該句的詞意，更帶領著整闋詞的意義，猶如鏡頭的推移，展現感情的推衍，最終將詞人心靈呈現。

（二）藉由時空跳越，增強情感力度

　　詩歌是心靈的表徵，而從歷史事件出發，牽引出靈魂深處的悸動。孔子說：「詩可以怨。」利用史事本身的內涵進行對於社會現實

的批判，並寄託主體之觀念及情感，實可說是表現儒家詩歌觀念的實踐。而勞先生詞作中所表現的情境，正是以具體的史事或非具體的（一種瀰漫的時代亂離感）方式託詞意以表達詞人之「怨」。換句話說，藉由古人的吟歌書寫自我的抑鬱，一方面可以藉此讓熟知舊事的閱讀者獲得普遍的認同與共鳴，亦可有含蓄而言未盡意、餘味猶存的效果。

　　一般來說，文學創作者運用事典的目的在於藉由古（舊）事以表今事，然而，作者對於歷史知識或本事的接受不應是簡單或機械的記憶與陳述，而是必須以智慧與自我的情感進行跨越時空的揣摩，除了對於古人當時的情境與生命狀態進行理解之外，更應依據自我的價值觀念與創作的實際需要，對歷史事典進行思考與判斷。

　　詩歌運用事典，即是詩歌具有歷史事件之影子。既是歷史，則真實、理性與客觀、準確，是必要的條件；而詩詞的創作，雖是汲取真實的本事以為藍本，然而卻可以在形象或意義上，進行變化的敷衍或鋪陳。況且，後代的創作，未必以最原始的歷史事件為根本，進行意義的詮釋或變形；又或者後代的創作，是將某個對歷史事件進行評判的詩歌創作，再進行意義的詮釋或變形。亦即：

　　　歷史本事（客觀）⇨作者 X 以歷史本事為本，進行詩詞創作
　　　（已含有作者情感）
　　　歷史本事（客觀）⇨作者 X 以歷史本事為本，進行詩詞創作
　　　（已含有作者情感）⇨作者 Y 以作者 X 的詩詞創作為本創作
　　　新作品

　　然而，「選擇」無疑是呈現創作者主觀意念的結果。亦即選擇某一事件作為此篇創作的表現主題或重心，其實已然在主觀事實上賦予特殊意義，亦即呈現作者的思想傾向或情感。這也就是說，夢境出現

在睡眠中也許是一種無法選擇的結果，但是，夢醒之後，卻從這個夢境出發，鋪陳出一闋對於「歷史事件」的感懷之作，可見這樣的「選擇」本身，蘊含著一定的意味。

勞先生詞作中的畫面，常是跨越時空的流動性存在。〈齊天樂・1999年除夕〉作於己卯年（1999），勞先生七十二歲之時。勞先生感新歲將至，故有此作。人生之夢是文學中常見的表現主題，亦具有生命之喻。當夜夢中恍若造訪天安門，勞先生因夢中之鬼影幢幢而被驚醒，故賦此詞。[14]詞云：

> 佳辰不預笙歌會，高眠市樓寒雨。嚼蠟世情，凝霜詩筆，靜夜茫茫無緒。蝶飛栩栩。向冷月昏時，劫灰深處。似有幽靈，兩三相向含冤語。
>
> 問人間黃粱熟未？猛青燈照眼，此身何處？幾輩英豪，幾番成敗，都付大江東去。悲歡何據？且手拂雲箋，漫題長句。一笑推窗，看今年新曙。

在高舉文化改革的羅網中，文人的生命被灼傷，甚至消耗殆盡。一種愁迫、焦灼下沉的感情基調，開展強大的情感張力。真實的再現不是勞先生所要表達的詞作重心，而是藉由「夢境中的真實」抒發感慨。曾經到訪的景致因著時空與人文的印記，構成了一種特殊的環境氛圍與空間，藉由「夢見歷史」的機緣，表現詞人對於現實的社會關懷，也訴說著作者對於現實的失望，並因著失望而對於生存意義的思索有著悵嘆之情。

---

14 二〇〇五年十一月三十日舉行「國科會人文學研究中心補助《思光詩選》讀書會（三）」第五次讀書會，勞先生曾概述此詞寫作背景。二〇〇六年三月二十五日舉行「華梵大學人文暨藝術設計類研究室補助・現當代古典詩研究室」之第二次讀書會，筆者進行述解報告時，勞先生復言此詞寫作時空。

　　一個具有鮮明或深刻意義的歷史場景，往往具有點醒與提示的作用。閱讀這樣的作品，其意義在於把閱讀者直接帶入特殊的情境。在一個生物必須暫時休息的時空裡，卻有一個生命意識正在進行複雜的流動。勞先生的夢中場景是天安門，而出現在天安門中的卻是鬼魅之影。

　　事件非常簡單，然而詩人的敏銳心靈，卻創造出特有的韻味。這一夜只是許多黑夜中的渺小瞬間，卻具有藉由感官印象的書寫自我的感情與感受，引領對於生命本質思索的意義。

　　任何否定文化的行為，仍然需要文化人的自覺與清醒來破除與拯救。天安門是一個巨大的廣場，也似應是文明的表徵──畢竟，耀眼的紫禁城故宮就在咫尺──，理應容下眾多的人群、容下無限的心靈或接納差異的想法。然而脆弱的是蘊含著的卻是強悍與狂暴的抑制。

　　在勞先生筆下，一個震撼世界的事件並未被過度與瑣細描繪，而曾是許多年輕學子所承擔的掙扎之路，卻在數年後成為哲學家夢境尋訪的道路。一個虛幻的空間營造，訴說生命被衝撞變異的傷痕。

　　在勞先生的詞作中，雖然呈現許多時空跨越的現象，然而，勞先生多未針對具體的舊日事件進行批判與詮釋，或者說，勞先生有意淡化對於具體舊事的鋪陳。這樣的選擇與呈現的結果，反而凸顯了勞先生對於時空變化與人生榮辱具有深邃的情感底蘊；也可以說，這種表現手法，超越純粹的景物描寫或意象的捕捉，透顯著瀰漫於今昔之間的普遍情懷，表現著一種類似悲劇與傷感的生命體驗。

　　在勞先生的詞作中，不在以特定的事件來凸顯滄桑感，而是藉由某一種時空氛圍或情境，進行增強詞作的情感力度。例如〈臨江仙‧紀懷〉詞以昔日「明鏡鬢眉啣石願」的豪氣對照今日「華燈玉管浪銷磨」的失落，而成「興廢竟如何」慨嘆；〈賀新郎‧乙巳除夕，夜宴於伯謙先生私宅，賦此乞正，調寄賀新郎〉一詞，以現實「相顧樽前一笑」的瞬間，飽含昔日曾有的「多少縱橫懷抱」，喚出樂中寄傷的

無限感慨；〈浣溪沙〉詞則以「青萍雪絮總浮沉」道盡人生滄桑意味；〈高陽臺·甲戌冬，作於香港海桐閣寓所〉則是以「謝傅箏弦，白傅琵琶。」的失意與天涯淪落，表達其傷老亦傷國的感傷。

　　雖然在書寫的背後，常是隱含著對於時勢的感喟，然而，若只是呈現此單一或特定事件的現實感，則只是呈顯作者創作該詞作當時的心境；如若詞作雖是因感於某事而發，卻由於具有典型意義，引發閱讀者對於詞人生命情態之綜觀，從部分舉隅而見人生全貌，則其詞作之意義與價值更大。再者，即使作者並未特指某一歷史事件，但卻明顯呈現其創作意圖，表達作者本身的意念或思想，並使讀者受到感動或啟發，亦具有深刻價值。

（三）透過對比疊映，展現生命意識

　　勞先生在處理詞作中的時空關係時，是透過古今情境對比疊映的方式，展現深刻的歷史意識。昔日的繁盛似乎應該對照的是現今的蒼涼，然而勞先生在〈烏夜啼〉詞作中，卻意外地以昔日的落花墜土與今日的碩果滿開對比：

> 閒庭曲檻流霞，舊時家，記得雨中親拾玉蘭花。　　紅羊劫，青衫客，負瓊葩，一樣可憐顏色在天涯。（〈烏夜啼·兒時居故都，庭中玉蘭經雨零落，輒親拾之，不忍見其委泥沙也。戊戌流寓香島，忽於友人處見玉蘭滿枝，感而譜此。〉）

看起來，詞中的古今變化並非要表現時間的無情流逝，而是藉由疊映畫面的背景差異與流動，進行深沈的思索：

> 畫面一　家·舊時的·落地的玉蘭·少年的舊時畫面
> 畫面二　非家·現實的·滿枝的玉蘭花·中年的現實畫面

和昔日家中落地的玉蘭相比,顯然現實非家的滿開玉蘭,並不因此顯得芳姿盛美,原因在於主體的漂泊與歲月增長的情意作祟,儘管面對著的是鮮明的花容,卻透顯悵嘆的心理烙印。甚至,「一樣可憐」的不僅是今昔的玉蘭,更是現實的游子。也就是說,堪憐的不只是過往凋零的玉蘭,不只是現在表面所看見的飽滿玉蘭,更是一個猶如滄桑老者的失國青年。

而勞先生的知遇意識,包含強烈的時間概念,畢竟,相遇相知都是在時間意識中開展,故而當時間的有限性被凸顯之時,傷感氣息必然被逼惹出來。而短暫的知遇若又以「年齡差距」的形式表現,更是透顯歲月無情、甚至是前途憂懼的意義。

〈賀新郎・乙巳除夕,夜宴於伯謙先生私宅,賦此乞正,調寄賀新郎〉一詞云:「我已中年翁七十」即是最好的例證。季節是早春,一個胸懷大志的壯年文士與一個年逾七十的老翁進行忘年的樽酒之約,互表襟懷。雖然是「相顧樽前一笑」,然而這一笑之中,實則早已飽含逝去的青春與懷抱的理想。而「講舌徒為從眾語,愧絕囊中舊稿。」則是書寫香港中文大學尚未成立之際,勞先生於崇基學院開課講學。當時學術風氣猶待建立,勞先生認為僅能講授基本哲學及文化問題,故而自謙未能將真正的學術授予學生,因此有些許遺憾。想給予的無法給予,即是透顯著師生之間猶有等待跨越的溝渠,而這道溝渠是年齡的落差?時代的觀念落差?抑或是價值觀的落差?

勞先生的詞作現實意義,不在於政治,而在於生命的意義。雖然現實有著「興廢竟如何」、「悲歡何據」的傷感;有「千萬劫」、「紅羊劫」的失意;有「浪銷磨」、「負多少縱橫懷抱」的遺憾;有「此鄉老」、「征塵上客襟」、「老臥南疆,一身破國亡家」、「猛青燈照眼,此身何處」的天涯淪落與游子思鄉之懷;有「願已嫌奢」的衰寂……,看似疏離而無所依歸,無法讓人對於生命價值的意義探索加以肯定,然而:

看青陽破夜邊城曉。雲樹外，起啼鳥。(〈賀新郎‧乙巳除夕，
夜宴於伯謙先生私宅，賦此乞正，調寄賀新郎〉)

一笑推窗，看今年新曙。(〈齊天樂‧1999年除夕〉)

「看青陽破夜邊城曉」、「一笑推窗，看今年新曙」，藉助新陽初起、
表現自然不朽的永恆意義，因而在不安與衰悵瀰漫的文字之中，一方
面呈現自然是生命價值的承載者，另一方面亦彰顯生命不是短暫的存
在，而是一種永恆而審美的存在。

人生有了現實關懷，便能嘗試通透認識並開展彼我之間差異或共
相，也能對於人生存在與情感流注（親情、友情、愛情）有更真切的
理解。而越是艱難的人生，越能展現其堅毅的剛健精神。因此，勞先
生以詩詞織成自我的生命世界，所展現的生命意識，對於生命的終極
關懷，亦是對於現實關懷，亦即是：以一己之心承擔文化失落、空談
自由的時代。在勞先生憂國傷時的漂泊人生背後，有著恢弘文化理想
的堅持。而這種現實關懷，正是從詩詞創作中透顯出來的心靈真實。

四　結論——一生的漂泊，孤高的情懷

曹丕《典論》〈論文〉說「蓋文章，經國之大業，不朽之盛事。
年壽有時而盡，榮辱止乎其身，二者必至之常期，未若文章之無
窮。」對於文章的意義自覺，實是由於對人生的哀感而來，而這種自
覺，除了肯定文章的獨特價值之外，更具有知識份子藉由文章的表
現，把本心與生命的存在透顯之意義。

知識人將詩詞創作當成安定落魄不安靈魂生命、拯救精神價值的
方式，亦即詩歌具有張揚文化生命的意義。勞先生的詞作，或時而理
性勝於情感，或許是主宋詩的寫作風格影響或移植，縱使面對大自然
的變化深有所感，卻不會讓自己落入深深的情感，而是抒發自我的哲

思。因而勞先生的詞作有自我情緒,卻也具有客觀的意義,正如孫康宜所說:「詞中每句話或每個意象都具雙重功能,一則為其抒情聲音的自然迴響,二則為此一聲音的客觀傳遞。」[15]而勞先生「詞作詩化」的傾向十分明顯,破體的結果,使勞先生詞作更具個人化、更貼近現實生命狀態,也更具有自覺的意義。

以古代文人為例,無論是王維、蘇軾,都是在為官的當下,生起歸隱的念頭。蘇軾在仕宦的起步即說「君知此意不可忘,慎勿苦愛高官職。」[16]在貶謫黃州時期亦興「小舟從此逝,江海寄餘生。」[17]之念。一個真正的儒者,總是將致君堯舜列為第一要務,必須在人間完成「事業」或「使命」,方能抽身而出,將生命寄於山林,才是生命最高理想。換句話說,「抱持仕途理想」進而「為國家或民族文化盡力」再而「功成身退」或「隱於自然之間」,方是文人生命的最佳典範。

而勞先生藉由詞作表達的,無疑便是對於生命理想的追求。如若沒有對於自由的追尋,即沒有勞先生的人生問題──「明鏡鬢眉唧石願」、「多少縱橫懷抱」即是有我的呈現,而「浪銷磨」、「負瓊葩」、「此身何處」、「一生破國亡家」更是對於人生追尋所遭際的困境。然而,也因為有問題的呈現與思索,因而凸顯了與社會的對立,常是因為要尋索生命的和諧。正如劉士林所言:

---

15 孫康宜著,李奭學譯:《晚唐迄北宋詞體演進與詞人風格・蘇軾與詞體地位的提升》(臺北市:聯經出版事業公司,1994年),頁238。

16 蘇軾〈辛丑十一月十九日既與子由別於鄭州西門之外馬上賦詩一篇寄之〉詩:「不飲胡為醉兀兀,此心已逐歸鞍發。歸人猶自念庭闈,今我何以慰寂寞。登高回首坡壟隔,但見烏帽出復沒。苦寒念爾衣裘薄,獨騎瘦馬踏殘月。亦知人生要有別,但恐歲月去飄忽。寒燈相對記疇昔,夜雨何時聽蕭瑟。君知此意不可忘,慎勿苦愛高官職。」見王文誥:《蘇文忠公詩編著集成》(臺北市:臺灣學生書局,1987年),冊3,卷3,頁1627-1628。

17 蘇軾〈臨江仙〉詞:「夜飲東坡醒復醉,歸來彷彿三更。家僮鼻息已雷鳴,敲門都不應,倚杖聽江聲。長恨此身非我有,何時忘卻營營?夜闌風靜縠紋平,小舟從此逝,江海寄餘生。」見龍榆生校箋:《東坡樂府箋》(臺北市:華正書局,1990年),卷2,頁157。

似乎是表現自身無力回應現實的人生困境，卻也因此可以將自我的慾念降低到最低限度，因而形成從激烈的矛盾人生中，產生中國詩歌中一個最動人的主題……這正是一個在精神與情感上高度發展的個體生命，面對銅牆鐵壁的現實恢恢天網，無可逃避又無法加入的悲劇性寫真。[18]

　　沒有生命共感的創作，只能流於個人情緒的抒發，自然不具有生命力。人生總有智慧暫時乾涸的季節，但在勞先生的生命思索中卻擁有沛然充實的流水。勞先生並非困守現實，也正因為勞先生有特殊的生命經驗（經歷家國巨變、嚐盡流離人生），加上個人的學養與敏銳的感受，因而其詞作呈現失意感傷情懷。抒情心靈所展露的是游離漂泊所引起的孤寂感，雖然其生命的流動與情感意緒讓人低迴不已，然而，其詞作之抒情成分，不會流於氾濫無所歸依的傷感或僅只於感觀印象，而是具有生命自覺的基調，產生屬於勞先生獨特性的闡釋情感方式。

　　猶如胡曉明所說的：

屈、陶、杜、蘇的生命體驗都含有不同程度的悲劇性。屈、杜的詩歌創作與風格就體現了中國最濃厚的英雄失路的悲劇感。陶、蘇的詩歌境界，雖然超越了屈、杜的悲哀與痛苦，……但，就他們的整個人生而言，就他們所代表的士人文化理想而言，依然是悲劇性的。……屈、陶、杜、蘇的生命困境與悲劇體驗，不是個人性格的原因，……而是中國文化的根源性的悲劇。……士人憑道以抗諫無道政治，憑道以挺立人格尊嚴，……正是這種悲劇精神，證明了中國人文精神的崇高與偉大。[19]

---

18 劉士林：《中國詩性文化》（南京市：江蘇人民出版社，1999年），〈第三編　詩云子曰〉，頁422-423。

19 胡曉明：《詩與文化心靈》（北京市：中華書局，2006年），〈屈、陶、杜、蘇的相通境界〉，頁140-141。

　　勞先生的詞作，其生命情調，展示於文字之中，從中可以看出其人之主體思想及感情。從勞先生的詞作中尋繹其理念，一生漂泊，卻總是以清醒的心靈，特殊的生命體驗，持續找尋安身立命與政治理想，甚而是士人的文化理想，並建立起孤高的昂然情懷。

　　繆鉞云：

　　　　一人之詩，足以見一人之心，而一時代之詩，亦足以見一時代之心也。[20]

　　勞先生的創作，既可見其一人之心，亦可見時代之心；看似書寫勞先生個人的情感意志，實則泛指人類共有的情調。

　　從勞先生之文學創作，不僅可見其特殊的哲人情懷與其對於個體生命的理解，閱讀其作，亦可對於人生進行深刻思索。何謂勞先生之學人之詞？何謂人生？何謂生命？何謂生命自覺？何謂生命實踐？何謂哲學家人生？何謂文學家人生？何謂游子人生？何謂常作客之游子人生？

　　勞先生透過詞作表達文人普遍懷才不遇之心情，退避現實往往是在環境的無可變異與時間的漫長流逝中，體現的結果，亦在在顯示著詞人與社會的矛盾或格格不入。而在此孤絕的情狀中，卻能因而自賞與自覺、自尊與自愛，成就詞人堅持操守的昂揚。勞先生詞作的特質，從中可以見到勞先生的情感品質，特定的情感與意義指向。彷彿看見一種靈魂在蒼冥暮靄中孤絕，卻昂然獨立的精神。

　　　　──發表於「詩學會議」（新竹市：玄奘大學，2009年5月5日）

---

20 繆鉞：《詩詞散論》（西安市：陝西師範大學出版社，2008年），頁41。

試論勞思光韋齋詞的孤高意涵

摘要

　　本論文旨在以勞思光韋齋詞為文本，對其生命孤感進行探究。文學創作即是情性之表現，而勞先生的文學創作，具有文化意義與價值。文人再淪落困頓，其文人身分依然不變，而其孤高情懷，更因此透顯。勞先生具有個人得失或對時局的憤滿悲愴而發出牢騷的同時，應注意勞先生所追求的，不在於現實層面的不遇表象，而是在於人生安頓的問題。

　　本論文言及孤高意義，分為四點論述：其一，指勞先生詞作中的姿態、行為所透顯的孤高情狀；其二，以勞先生詞作的收結書寫進行討論，探其筆力所展現的孤寂而峭拔的形象；其三，指勞先生詞作常以提問筆法穿插其中，可探其溫潤卻勁健的情意特質；其四，總論勞先生詞作中呈現孤高之意義。

　　論文共分為六部分。一、前言；二、孤高形象的展現──凝望的姿態與行為；三、孤高主體的揭櫫──收結的傷感與豪氣；四、孤高情懷的透顯──形式的疑問與肯定；五、孤高生命的意義──自覺的放逐與回歸；六、結論。

關鍵詞：勞思光、韋齋、韋齋詞、孤高

一　前言

　　勞思光（1927[1]-），湖南長沙人，本名勞榮瑋，字仲瓊，號韋齋。勞先生生長於翰林世家，自幼即研習古籍經典，原就讀於北京大學哲學系，後因戰亂遷居臺灣，並畢業於臺灣大學哲學系。其後赴香港居住，於一九五〇年發表〈從文化史上看國家價值〉[2]一文，筆名為「思光」，自此即以「思光」之名著世。勞先生曾擔任香港珠海書院講師（1955-1964）、香港中文大學崇基書院哲學系講師、高級講師及教授（1964-1985）、擔任文化研究所高級研究員（1985-1989），並先後於哈佛大學及普林斯頓大學進行學術研究及訪問。一九八九年回臺，先後擔任清華大學客座教授（1989-1992）、政治大學客座教授（1992-1993）、東吳大學哲學系客座教授（1999-2000）；一九九四年起，並受聘為華梵大學哲學系講座教授（1994-）[3]，期間曾於二〇〇〇年返回香港，擔任香港中文大學哲學系訪問教授（2000-2001）一年，之後再度回臺，擔任華梵大學哲學系講座教授迄今。

　　勞先生的哲學論述在學術界中占有一席之地，並為世所知悉；除此之外，我們是否可以嘗試對於其存有的詩詞成果進行爬梳？由於勞先生的哲學成就極高，因而其文學作品往往為文學評論者所忽略，實則欲探究其性情與人生態度，便應閱覽其詩詞創作。

　　以勞先生浸淫中國哲學研究所耗費的功夫及心力，寫詩、寫詞實

1　二〇〇四年筆者與敝系林碧玲教授申請國科會人文學研究中心補助《思光詩選讀書會》，林氏告知先生曾於二〇〇二年六月六日表示：一九四九年初至臺灣時，身分證誤載為民國十一年（1922）生，實則為民國十六年（1927）生。

2　見勞思光：〈從文化史上看國家價值〉，《民主潮》第1卷第4期（1950年11月25日），收入《哲學與政治——思光少作集（三）》，頁9-13。亦可參考劉國英、黎漢基編：〈勞思光先生著述繫年重編〉，《無涯理境——勞思光先生的學問與思想》（香港：中文大學出版社，2003年），頁288。

3　勞先生曾獲中華民國斐陶斐榮譽學會傑出成就獎（2000）、行政院文化獎（2001），並於二〇〇二年獲選中央研究院院士。

已成為他生命中抒懷的需要，亦即在客觀而嚴謹的學術之外，不遇之士生命中的憂鬱、憤慨與寂寞，實皆藉由詩詞創作以為慰藉。當勞先生製詞填文之際，未必具有這些詞會被後輩進行閱讀與詮釋的目的；但反過來說，卻也因為如此，透過其詞作中的文字呈現，讀者將可一窺勞先生的情意面向。

就勞先生的文字來看，其一為哲學之學術語言、其二為詩詞創作之文學語言。哲學重在闡發系統的思想，著重脈絡及因果關係，故而從勞先生的探究中國哲學觀點，即是強調理性的思索語呈現；而勞先生的文學語言，則是一種學人之態、俯拾滄桑、流離困頓的生命感呈現。《文心雕龍》〈知音〉云：

> 夫綴文者情動而辭發，觀文者披文以入情，沿波討源，雖幽必顯。世遠莫見其面，覘文輒見其心，豈成篇之足深，患識照之自淺耳。

意思即是說作者欲表現情性或欲求作者的情性，其媒介便是文字。作者透過文辭之意義表達其性情，讀者透過文辭來了解作者之性情，因人於感發中創造其文學作品，並將其喜怒哀樂之情形諸筆墨，即成為文辭中的義理。透過文字的流露及傳達，即可知其性情。而勞先生詞作之文本，實為瞭解其性情之最好媒介。

筆者自二〇〇四年起，與敝系林碧玲教授曾獲國科會人文學研究中心補助「思光詩選讀書會」，進行勞先生《思光詩選》（三民書局出版）一書之研讀；二〇〇六年起，獲得「華梵大學人文藝術類研究室」經費補助，主持「現當代古典詩研究室」，進行「勞思光韋齋詩存述解與研究」的研究工作。這段期間，筆者除進行勞先生詩作之述解外，亦進行勞先生詞作[4]文本之詮釋，並發表四篇論文：

4　勞先生詞作，收錄在《思光詩選》一書之附錄，原僅〈臨江仙・紀懷〉、〈乙巳除

　　其一為〈文化人的情意與詞心——論韋齋詞的生命情境與懷抱〉，於九十五年五月發表於彰化師範大學國文學系主辦之第十五屆詩學會議，據審查意見修改後，發表於二〇〇五年七月出版之《彰化師大國文學誌》第十二期。[5]

夕，夜宴於伯謙先生私宅，賦此乞正，調寄賀新郎〉兩首；另勞先生於「思光詩選讀書會」、「現當代古典詩研究室——韋齋詩存述解與研究」中，補入四首。預計於今年十二月出版之《勞思光韋齋詩存述解新編》中，收錄之勞先生詞作有六首。是故本論文討論即以此六闋詞為文本。此六闋詞文本及創作年代如下：

（1）作年未確定。〈臨江仙・紀懷〉：「明鏡鬚眉喞石願，浮生長物無多。華燈玉管浪銷磨。文章聊復爾，興廢竟如何。恁是非情非恨際，依然牽惹絲蘿。誰參密意病維摩。可憐千萬劫，弱水自成波。」

（2）戊戌年（1958，31歲）〈烏夜啼・兒時居故都，庭中玉蘭經雨零落，輒親拾之，不忍見其委泥沙也。戊戌流寓香島，忽於友人處見玉蘭滿枝，感而譜此。〉：「閒庭曲檻流霞，舊時家，記得雨中親拾玉蘭花。　　紅羊劫，青衫客，負瓊葩，一樣可憐顏色在天涯。」

（3）乙巳年（1965，38歲）〈乙巳除夕，夜宴於伯謙先生私宅，賦此乞正，調寄賀新郎〉：「車馬芳洲道。又喧闐、千家爆竹，共迎春早。我已中年翁七十，相顧樽前一笑，負多少縱橫懷抱。北望中原南望海，漫紛綸棋局何時了。誰竟免，此鄉老。　　佳辰歡趣頻年少。最嗟予、詩腸多澀，酒腸偏小。講舌徒為從眾語，愧絕囊中舊稿，且相伴今宵醉倒。盧雉一呼行樂耳，看青陽破夜邊城曉。雲樹外，起啼鳥。」

（4）約在壬申年（1992，62歲）〈浣溪沙〉：「又積征塵上客襟，相逢翻覺別痕深，青萍雪絮總浮沉。　　夜氣正催秋似酒，天涯會見綠成陰，不須龜筮費搜尋。」

（5）甲戌年（1994，67歲）〈高陽臺・甲戌冬，作於香港海桐閣寓所〉：「細雨侵簾，彤雲如幕，曉寒暗透窗紗。徙倚回廊，嫣紅猶見山花。霓裳翠羽匆匆過，又匆匆、夢向天涯。漫咨嗟，百劫悲歡，幾度蟲沙。　　平生意氣矜懷抱，枉目驅豺虎，手搏龍蛇。老臥南疆，一身破國亡家。文章解惑非誇世，論千秋、願已嫌奢。悵啼鴉，謝傅箏弦，白傅琵琶。」

（6）己卯年（1999，72歲）〈齊天樂・1999年除夕〉：「佳辰不預笙歌會，高眠市樓寒雨。嚼蠟世情，凝霜筆管，靜夜茫茫無緒。蝶飛栩栩。向冷月昏時，劫灰深處。似有幽靈，兩三相向含冤語。　　問人間黃粱熟未？猛青燈照眼，此身何處？幾輩英豪，幾番成敗，都付大江東去。悲歡何據？且手拂雲箋，漫題長句。一笑推窗，看今年新曙。」

5　此論文以勞先生詞作為研究對象，其目的在彰顯勞先生文化哲學之外的情意生命面向及開展之心靈境界。主要探討內容先就思光詞之研究緣起、範疇及價值進行說

其二為〈試論韋齋詞的生命情懷——以感傷為基調的呈現〉，發表於二○○七年十月二十五日，由香港中文大學與華梵大學主辦之「哲學詮釋、文化批判與詩藝探索——勞思光教授八十大壽學術會議」。此論文並收錄於二○一○年香港中文大學出版《萬戶千門任卷舒：勞思光先生八十華誕祝壽論文集》[6]一書。

其三為〈試論韋齋詞的文化心靈與意涵〉，發表於二○○八年一月《華梵人文學報》第九期。[7]

其四為〈勞思光韋齋詞的寫作手法與生命情調再探〉，發表於九十八年五月玄奘大學詩學會議。[8]

此四篇論文的著重點在於進行文本的詮釋、探索感傷的基調、理解文化的心靈、析論寫作的手法。筆者以為尚可針對勞先生的生命孤感進行深入探究，因而藉由此文進行討論。

二 孤高形象的展現——凝望的姿態與行為

在討論古典詩學概念時，蔣寅曾將中國古典詩學的基本概念分為

明；其次進行韋齋詞文本之詮釋；再就韋齋詞之風格、主題與特色探討；並以韋齋詞透顯的情意生命與襟抱為結。

6 此論文從勞先生詞作文本著手，探討其詞作中的感傷基調，藉以呈顯其生命情懷。論文首先說明韋齋詞與宋詞之差異及論文寫作意義；其次從游子意識與時空意識，探討韋齋詞之感傷基調；復從時空跨越與情境開展，探討韋齋詞之感傷表現手法；末了呈顯韋齋詞之感傷意義，並以韋齋詞具有深刻的意蘊為結。

7 此論文旨在探討勞先生詞作中的文化心靈。首先概述勞先生作為一個在文化建構中的學者，亦有其情的呈現；其次從「困惑」中「清醒」、在「禁錮」中「自由」探討勞先生內在生命的價值取向；復從意志的銷磨與情感的悵然，討論韋齋詞的感悟——生命之痛與文化之悲；進而探討韋齋詞的文化心靈及意涵。

8 此論文從「透過錯位的現象，表達斷傷的憂苦」與「藉由物色的書寫，傳遞失落的傷感」等面向，探討韋齋詞展現之生命情調；並從「憑藉領調字，展現感情的推衍」、「藉由時空跳越，增強情感力度」與「透過對比疊映，展現生命意識」等方向，探討韋齋詞之寫作手法。

兩類，一類是形式構成的概念，如神韻、理氣、風骨、格調、體勢等；另一類是內涵的、審美性的，如雅俗、濃淡、厚薄、新陳等。這兩種概念，前者是構成本質論、創新論的基礎，後者則是構成風格論與鑑賞論的基礎。[9]然而「孤高」在詩詞的語境中，不僅是作品中構成篇章的概念、具有內涵風格的概念，更具有作品內涵、形式之外的，透顯作者人格形象的重要意義。

本論文孤高的意義，分為四點論述：其一，指勞先生詞作中的姿態、行為所透顯的孤高情狀；其二，以勞先生詞作的收結書寫進行討論，探其筆力所展現的孤寂而峭拔的形象；其三，指勞先生詞作常以提問筆法穿插其中，可探其溫潤卻勁健的情意特質；其四，總論勞先生詞作中呈現孤高之意義。

勞先生雖然為一研究哲學之學者，所從事的多為不具情意湧動的理性思辨活動，然其詞作中所呈現的情懷觸發，卻具有「要眇宜修」細膩深刻的感人特質。綜觀勞先生詞作，不屬於側艷之詞，而是將文人早已熟悉的言志與抒情的傳統揉合，將之表現於詞作中，呈現其襟懷志向，同時在書寫其志向中，亦表現具有感發力量的重要質素，與詞作具有曲折含蓄的美感，實是相契的。而最值得注意的是，在其詞作中所呈現的作者形象，常具有唯一、寂然的意義。陳世驤曾說：

> 說到姿態，我們響起動作。但是姿態與一般動作之不同，就是一則姿態之成形，必含實感的情意，而曲盡為其表現；再則一般動作，常是一過即逝，不留印象，而姿態則各自凝成不可磨滅的印象。[10]

---

9 參見蔣寅：《古典詩學的現代詮釋》〈清──古典詩美學的核心範疇〉（北京市：中華書局，1998年），頁58。

10 陳世驤：〈姿與GESTURE〉，《陳世驤文存》（瀋陽市：遼寧教育出版社，1998年），頁40。

這種凝成意味著姿態的殊性。眼波流動是一種動作更是一種姿態，而凝望亦是一種姿態，勞先生以凝望的「感官的現在」（sensuous present）呈現其凝望的動作與姿態，瞬間已凝聚出永恆的意義。

「登樓賞景」所具有的是一種遊歷的心情，然而因著「登高可以望遠，遠望可以當歸。」的詩歌傳統，卻引致出「登高望鄉」的傷離惆悵。〈賀新郎・乙巳除夕，夜宴於伯謙先生私宅，賦此乞正，調寄賀新郎〉一詞，作於乙巳年（1965），勞先生三十八歲。勞先生於除夕赴李璜先生家，參與夜宴，抒發對世局變化之憂慮。詞作以爆竹喧鬧為起，亦鋪陳有呼盧之樂，看似歡娛，然實於歡樂中寄寓傷感。其詞作中云：

北望中原南望海，漫紛綸棋局何時了？誰竟免，此鄉老。

「北望中原南望海」可說是一種凝望之姿。陳子昂〈登幽州臺歌〉云：「前不見古人，後不見來者。」的愴然之姿，彷彿重現；俯視式的悲天憫人氣息，亦頗具省思且傷感意味，彷若在橫向與縱向形成的座標中，作者即是中心交錯點。而這個歷史的縱線與空間的橫線交叉的結果，亦即是在巨大背景中安置一個渺小的生命主體，形成交錯之點站立著一個飽盡滄桑的詞人。勞先生在對中原及海洋的凝視，存有揮之不去的感傷，更有時局大變的唱嘆。而從記憶翻出的游子之眼，更是從眼前的樽酒逐漸向門外的世界移轉，現存的空間與記憶的空間（望不到的現實中原、抑或是望不到的、過去的中原）疊合。在北望與南望之際，看似以我為中心的姿態；然而，我是否真為中心？或者實際卻是身處邊緣？漫紛綸何時了的棋局，指的是現實凝望、無法到達的中原？或是指即使身在中原之外的我，亦被捲入紛擾的棋局之中？北望無盡頭、南望亦是無邊的海洋，空間的廣袤，形成厚重與無形的壓力，此時此刻，沒有圍籬與區隔的空間，比起狹小的空間所帶

來的壓力更大，負荷更難以承受！

　　此處的中原，實是文化地理學的地方（Place），同時亦具有家的
保護與遮蔽意義，實有別於「異域」的載體；加諸「海」單一色彩之
遼闊深邃，便被逼出傷時感遇的悲憤氣息。凝望不著邊際的空間、思
索沒有終結的棋局，俯仰之際，便呈現一個身不老心卻已老、獨具孤
高襟懷的形象。

　　勞先生的孤高之姿，亦呈現於〈烏夜啼・兒時居故都，庭中玉蘭
經雨零落，輒親拾之，不忍見其委泥沙也。戊戌流寓香島，忽於友人
處見玉蘭滿枝，感而譜此。〉一詞中。其詞云：

> 閒庭曲檻流霞，舊時家，記得雨中親拾玉蘭花。　　紅羊劫，
> 青衫客，負瓊葩，一樣可憐顏色在天涯。

詞作中出現的意象，往往與創作主體的情緒相涉。因而選擇的描寫景
物，往往是詞人意圖表現自己心境的方式。少年的勞先生不忍花容墜
地委泥，故而親手拾採，模樣應是十分可愛；同時，這樣的「姿
勢」，使一個少年「護生」的形象燦然表出。因而從詞中文字中，似
可推論出勞先生既不忍玉蘭之委地，應期待所見的玉蘭是綻放枝頭之
生意盎然飽滿狀態；然而，年方過三十[11]的勞先生，雖然正值盛年，
卻因其異域流離的生命情狀，睹物生情，反倒在詞作中揭櫫一個飽含
蒼老意味的形象。

　　花開花落，代表人世盛衰之理，亦可解為豐厚茂然與凋萎殘寂的
對比。玉蘭經雨「零落」與「滿枝」的映襯，不只是空間的差異，更
是時間的暗示，具有一種物與時遷、情景變化的動態歷程。而詞人在
此繁花盛開的時節追懷幽花委地的過往，並且在時間與空間交錯的情

---

11 此詞詞題中有「戊戌流寓」之語，故應為一九五八年所作，該年勞先生三十一歲。

境中，品嚐天涯離散的寂寞況味。

　　兒時的勞先生，面對柔弱的花顏，即已存有惻隱之心，實可凸顯其與眾不同的人格特質；而立之年的勞先生，面對繁鬱花影，卻有意反其道地抒發淪落悲感，並且把自我形象與凋零的玉蘭合而為一，營造出凝滯在蒼茫宇宙中的滄桑感。由此，其凝望之姿所透顯孤高的獨特性，顯而易見。

　　其次，勞先生云：「紅羊劫，青衫客。」以「劫」表山河變異之國難，強調時代之浩劫苦難；而勞先生自謂為「青衫客」，感今傷昔，實有白居易天涯淪落之感，亦是透顯失望寂寥、甚至悲涼之情！在傷感於時代的同時，勞先生亦同時寄寓了自我的孤懷──賢者流落於海外，對於鄉園豈無思懷之意？然而山河變異，即便是榮景在目，也無法改變抑鬱而凝滯的心緒，寂寞與無奈的志士形象，成為時空座標裡的孤高焦點。

三　孤高主體的揭櫫──收結的傷感與豪氣

　　勞先生的凝望之姿具有孤高的意義，同時，在勞先生六闋詞作中，有三闋詞是以負面的情緒收結，其一是〈臨江仙‧紀懷〉。其詞云：

> 誰參密意病維摩？可憐千萬劫，弱水自成波。

眾生之苦痛，猶如自我之苦痛。一個鑽研中國出路問題的智者，面對山河破碎的無情動盪，心中自有幽憤無法紓解。因而「誰參密意」即是文人失落、具有不為人瞭解的慨歎。承擔的是「我」、歷經「千萬劫」的是「我」，文人的承擔何其孤獨？即如柔弱之水亦可成波，劫數即使累積千萬，我亦承擔。詞作收結之際，看似雄渾蒼健卻暗藏悲涼；豪情且憂傷的寂寞卻飽滿的情緒，支撐著孤高的形象。

其次是〈烏夜啼‧兒時居故都，庭中玉蘭經雨零落，輒親拾之，不忍見其委泥沙也。戊戌流寓香島，忽於友人處見玉蘭滿枝，感而譜此。〉一詞。其結尾云：

　　紅羊劫，青衫客，負瓊葩，一樣可憐顏色在天涯。

詞至「一樣可憐顏色在天涯」戛然而止，卻引出天涯淪落的無垠憾恨。所謂天涯落花「負瓊葩」的遺憾，即是標誌著詞人的情緒。自我主體是一個飽受「紅羊」之「劫」的「青衫」之「客」；而「負瓊葩」的落花在此不是與自我的身世進行對照，而是呼應與契合，因而同樣「可憐」、同樣具有流離「天涯」的命運。如若是「作者」（人）與「他者」（人）的天涯憾恨，至少可以互相傾訴與慰藉，然而此處的情境，卻是「作者」（人）與「他者」（物）的傷感，如何不顯出其孤獨之傷？

　　另一首則是〈高陽臺‧甲戌冬，作於香港海桐閣寓所〉。其結尾云：

　　悵啼鴉，謝傅箏弦，白傅琵琶。

「鴉」啼的「悵」恨並非真正的悵恨，真正的悵然是天涯淪落、恨無知音的悵然。謝安對家國有功卻被質疑，樂天有功於朝廷卻深受貶謫之苦，而自我的憂懷苦思，卻造就出不堪慰藉之孤立感，因而謝安的「箏弦」，樂天的「琵琶」，幽怨淒楚的主旋律，琴弦音聲飽含豐富的情思，卻無疑是作者鬱悶心靈的哀鳴。

　　勞先生之詞作以時空的跨越，表現感傷的普遍存在；同時並以情境的開展，表現感傷的效果。然而並非所有的勞先生詞作都以負面情緒收結。〈賀新郎‧乙巳除夕，夜宴於伯謙先生私宅，賦此乞正，調

寄賀新郎〉一詞云：

> 盧雉一呼行樂耳，看青陽破夜邊城曉。雲樹外，起啼鳥。

勞先生詞句中的「啼鳥」，是杜牧〈金谷園〉詩「繁華事散逐香塵，流水無情草自春。日暮東風怨啼鳥，落花猶似墜樓人。」的具有幽怨情懷的啼鳥？或是歐陽修〈啼鳥〉詩「窮山候至陽氣生，百物如與時節爭。官居荒涼草樹密，撩亂紅紫開繁英。花深葉暗耀朝日，日暖眾鳥皆嚶鳴。鳥言我豈解爾意？綿蠻但愛聲可聽。」的應時鳥鳴之態？筆者以為從詞作上文的「行樂」、「青陽『破夜』邊城『曉』」，推測應具有清朗之正向意義，亦即蘇軾〈歸宜興留題竹西寺三首其三〉云：「此生已覺都無事，今歲仍逢大有年。山寺歸來聞好語，野花啼鳥亦欣然。」之啼鳥欣然意。將時間由除夕至新歲的過渡，由內而外的空間書寫，將人為的行樂移轉至自然的可賞之景與可喜之聲，即意味著生命主體從內在封閉的過去，開啟與外在事物的相逢。

〈齊天樂·1999年除夕〉一詞，作於己卯年（1999），勞先生七十二歲。新歲將至，除夜夢中恍若到達記憶中的天安門，並為鬼影幢幢所驚醒，故賦此詞。詞作雖然以負面情緒為起，收結卻是從暗中生明，推窗的形象也就代表著從幽邈而落寞的情境中回神，笑看未來：

> 一笑推窗，看今年新曙。

即使是冷漠的境域中，依然存有不變的堅持與理想。夢醒固然拉回現實，卻也是契機的開始。「推」窗「看」新曙的動作與姿態，出現在漫漫憂傷之後。一笑推窗的舉動，除了是記實，更隱含有對於生命的感悟：即使生命在不安中流轉、志氣在歲月中銷磨，只要有新生的微光，亦有希望的可能。因而對於新來的一年，以企盼取代看似「劫灰

深處」的幽暗，讓缺憾的存在，猶有生命拓展的可能。從倉皇中醒
轉，體認與承擔之情，即是勞先生所呈顯的孤高自覺之態。

〈浣溪沙〉一詞，勞先生亦由征客書寫，開啟浮沉人生的喟嘆。
然而其結尾云：

> 夜氣正催秋似酒，天涯會見綠成陰，不須龜筮費搜尋。

代表的是遺憾之後的看淡與領悟。不論此詞具有「政治」或「愛情」
之意涵[12]，其所表達之意義是對於生命的理解與釋懷，當透過自我實踐
而透顯，不在尋求外在的占卜而成就；故而在參贊天地的同時，即已
將人世之理了然於胸。由此看來，勞先生的詞作中，以「不須」的堅
定語氣，摒除蒐探龜筮的協助，不正更彰顯一個孤高的智者形象嗎？

勞先生六闋詞作的收結，正面情緒與負面情緒均為三闋。以負向
情緒而言，對生命的追尋引致的現實挫折感，實則飽容上下求索、孤
高力竭之遺憾失落之慨：以正向情緒而言，則具有精神昇華，莊嚴神
聖的美感形象。

四　孤高情懷的透顯——形式的疑問與肯定

勞先生的詞作是就眼前情事、景物之感觸而創作，即是因實有其
事及其感情而為之作賦。然而，在直抒其事其情的同時，勞先生常以
提問的筆法穿插於文字的直述之中。其詞作採用疑問的形式頗多，是
否具有特殊意義呢？

王建元曾說：「人一定要透過詰問而成為一個歷史存在，才能建

---

12 參見拙著〈試論韋齋詞的文化心靈與意涵〉一文，《華梵人文學報》第9期（2008年
　1月）。

立自己。」[13]而侯迺慧亦云：

> 人在面對負性[14]時，有時會將這負性以一「質問」的形式表現
> 出來。……「詰問行動」本身是通往存在對事物開放的根本之
> 道。一個真純的疑問不只指向人生「正存在這世界」的特性，
> 它更是基原的歷史本身。[15]

歷史可以激發「詰問行動」（act of questioning），而現實的不堪情
境，亦可使詞人急欲解脫困頓的心靈，對於疑惑尋求解答。勞先生之
六首詞作中，有四首出現問句。其問句如下：

> 誰參密意病維摩？（〈臨江仙・紀懷〉）
> 負多少縱橫懷抱？（〈賀新郎・乙巳除夕，夜宴於伯謙先生私
> 宅，賦此乞正，調寄賀新郎〉）
> 漫紛綸棋局何時了？（〈賀新郎・乙巳除夕，夜宴於伯謙先生
> 私宅，賦此乞正，調寄賀新郎〉）
> 百劫悲歡，幾度蟲沙？（〈高陽臺・甲戌冬，作於香港海桐閣
> 寓所〉）
> 問人間黃粱熟未？（〈齊天樂・1999年除夕〉）
> 猛青燈照眼，此身何處？（〈齊天樂・1999年除夕〉）
> 悲歡何據？（〈齊天樂・1999年除夕〉）

---

13 王建元：《現象詮釋學與中西雄渾觀》（臺北市：東大圖書公司，1992年2月），頁144。

14 所謂負性（negativity），或可稱為負向，即是一種世人面對自然雄渾崇高的對象，
在產生震驚的同時，一種帶有美感但同時又不愉快的感覺。包含痛苦、恐怖或顫
慄。這種經驗在西方視為一個美學觀念，及視負性或反面性是雄渾經驗的核心。可
參考王建元：《現象詮釋學與中西雄渾觀》（臺北市：東大圖書公司，1992年2月），
頁20。

15 侯迺慧：《唐詩主題與心靈療養》（臺北市：三民書局，2005年7月），頁245。

疑問的形式包含了疑問筆法──未可知曉的答案、激問筆法──所呈現的意義往往在問題的反面、提問筆法──提出問題而進行自我剖解。然而值得注意的是，勞先生的疑問筆法未可拘於其中之一，而是呈顯既有此、亦有彼的設問意義。

「誰參密意病維摩？」表示的是：「有誰能瞭解自我戮力於文化的承擔？」這當然是透顯一種疑問的態度；然而，「誰參」所帶出的疑問，卻又儼然具有肯定的意義──肯定於對於自我瞭然的認知、肯定於他者不識我之遺憾。這一來，問題已不是問題、不參實是參透，兩面之間，正透顯勞先生如此之設問筆法，實亦將其情懷之獨特性呈現。

「負多少縱橫懷抱？」表示的是：「辜負多少昂揚的胸懷襟抱？」問句是表象，實則是自我清楚地瞭解──就是「負」了，而且所負的並非疑惑是「多」或「少」，而是確切地指向「多」。故而此問句所引致出的是一個自憐卻又自負的形象，孤高的形象亦是鮮明。

「漫紛綸棋局何時了？」表示的是：「攪擾多變的世局，何時可以平靜？」人世無常、世局詭譎多端，沒有停歇的跡象，故而有「何時了」的哀傷沉痛之疑問。表面看來，此疑問似是沒有答案的，但反過來說，以往持續至今的，從今亦將持續至未來，這不表示「何時了」的真正意義不在對於棋局寧好的一天有所期待，而是透顯一個對於混亂無法抑遏、無能為力的志士傷痛之情嗎？

〈齊天樂・1999年除夕〉可說是充滿問句之作。此詞藉夢境的書寫，構成一幅似幻似真的空靈情態。倒不是因為勞先生不甘落入前人的窠臼，因而創發出屬於自己的夢境，而是確實面對人生困頓與傷感時，詞人的想像跨越舊境，形成與眾不同的景象。尤其以「問人間黃粱熟未？」、「猛青燈照眼，此身何處？」與「悲歡何據？」貫串於詞作，更顯特出。黃粱熟？未熟？看似勞先生的疑問，卻不是詞意凝聚的重點，而是透過現實與夢境兩端，表達人生為過客之心境，所有的一切，因緣散時，終歸化為塵土。而「猛青燈照眼，此身何處？」是

驚恐之後的疑惑，也就表示經歷夢境中的滄桑，過渡到現實，誰能不著痕跡的即刻釋懷？誰能知曉夢境中的憾恨不會在現實世界中發生？因而詞意鋪陳至「幾輩英豪，幾番成敗，都付大江東去。」的失落迷茫，發出「悲歡何據？」的悲鳴。

因而可以如此理解上述問句：「誰參密意病維摩？」訴說自我具有文化心靈及參透世局的豪氣，然卻也具有亂世孤獨的乏力感與無人參透的遺憾、「負多少縱橫懷抱？」凸顯凌雲縱橫的豪氣之慨，是對於自我意義的貞定，亦是主體挺立的理想堅持，然而卻乘載漂泊的失落感、「漫紛綸棋局何時了？」呈現的是自我對於紛綸事局的清晰掌握，然而卻也對於前途堪憂，發出關懷的憂慮情態、「百劫悲歡，幾度蟲沙？」所說的是對於榮悴悲歡、得失聚散道理的理解，然而卻也不禁疑問：人生總是被細微的事物紛擾，何時是徹？「問人間黃粱熟未？」是藉由夢境的比擬，彰顯現實與迷離的錯亂，同時亦比喻希望的落空、「猛青燈照眼，此身何處？」是將自我從夢境中倏忽抽離，還原於現實，其意義在表達對於身處場域的疑惑與不安、「悲歡何據？」則是面對滄桑變化、亂世飄零、現實艱苦委頓之際，所發出的無奈之感。

除此之外，從這些問句的關鍵詞進行分析：

> 誰參密意病維摩？——強調「人」
>
> 負多少縱橫懷抱？——強調「數量」
>
> 漫紛綸棋局何時了？——強調「時間」，亦有「空間」意義百劫悲歡，幾度蟲沙？——強調「情意」、「數量」，亦有「時間」與「空間」意味問人間黃粱熟未？——強調「夢」與「現實」，是「時間」亦是「空間」猛青燈照眼，此身何處？——強調「空間」
>
> 悲歡何據？——強調「情意」

「何時了」、「何處」、「何據」包含了對於漫長世變民劫的憂慮，包含
客身所處位置的惶惶不安，亦包含禁受悲喜的人生磨練。而「多少」
與「幾度」均強調「多」。「懷抱」多，則意氣風發，然一「負」字，
並非是收斂起鋒芒而潛學窮理，而是潛藏沉鬱的孤恨。「幾度」扣緊
「悲歡」，興亡歷史，恫瘝在抱，孤獨而困阨的道路，豈是世俗所能
瞭解？至於「熟」與「不熟」、「夢境」與「現實」，恍惚迷離之際，
人生猶如夢幻，會使人興起歸隱念頭？落入自傷的情緒？抑或是帶來
澈悟清醒的自覺？

　　以上問句中的關鍵詞，都有相似的感情（情意）指向，即是一個
羈旅游子（空間），長期（時間）以清高堅毅與孤懷獨往的昂然挺立
之姿，在世俗亂離中踽踽前行。這期間不免遭遇困惑不明，以致發出
多具有傷感的疑問。而「誰參密意病維摩？」實可說是最深刻的問句
了。古今文人的遺憾在於無人知曉的失落感，人的定位何其困難，縱
有一生奉獻、苦思中華文化之出路，為學術研究與自由主義運動投注
心力，這種苦志孤懷，卻終究無法挽回傾圮的世局，悲哀只能藏於內
心，反而平添「恨無知音賞」的悵然。

　　從以上的分析可以發現：用理性來理解勞先生詞作中的問句，固
然可得其意義，然而，以情意感受進行思索，更可探得其疑問之句，
實皆具有深刻的言外之意。亦即詞人思索後所組成的文句，既是經過
選擇的，一種潛藏的類同性便有可能被凸顯。將勞先生詞作的問句並
置，進行討論，除了可對於作者想說而未說的空白進行思索，更可發
現其在發抒疑惑之際所透顯的孤獨感，實是鮮明而深刻。

五　孤高生命的意義──自覺的放逐與回歸

　　文學活動可以說是生命型態的一種借喻。作者對於現實世界的掌
握，除了用眼睛與其它的多重感官之外，最重要的是用心靈書寫。宗

白華在〈中國詩畫中所表現的空間意識〉[16]中提到中國詩人及畫家是以「心靈的俯視眼睛來看空間萬象」的，因而，在進行文本的闡釋與梳理的同時，勞先生所觸及的景物及發抒的情感，鋪述其苦志憂懷，似亦建構起其孤高卓然的志士形象。

以勞先生而言，對於世俗的應酬往來，具有厭倦與退避之態度，因而凸顯其卓犖不群的孤單感。而長期浸淫哲學研究的孤獨感，更使其藉由詩詞以抒其志向及苦懷的意念更加深刻，或可說其文學創作，實是對於窮理的哲學思維之外，一種自我省視生命的療癒之作。

英國評論家里德（Herbert Read）說：

> 每件藝術品都遵循一定的形式法則或整體結構法則。但我不想過多強調這一因素，因為愈研究那些具有直接性和本能性魅力的藝術品結構，愈難以將其分解為簡明易懂的結構形式。[17]

普遍性的規範是存在的，然而卻又並非必然。勞先生為詞，當具有完整的構思和意在筆先的理智操作，依此進行完整的敘述框架。然而，從其詞作中，又可發覺其是由意脈流動的意義群體所構成，因而不同的創作亦呈現相異的主題，並且比喻性地展示作者獨特的內在感悟；雖然如此，一種放逐與回歸的意識所呈顯的孤高形象，卻都十分鮮明。

其〈臨江仙·紀懷〉云：

> 明鏡鬚眉嘲石願，浮生長物無多。華燈玉管浪銷磨。文章聊復爾，興廢竟如何。怎是非情非恨際，依然牽惹絲蘿。誰參密意

---

16 宗白華：〈中國詩畫中所表現的空間意識〉，《藝境》（北京市：北京大學出版社，1999年），頁186。

17 里德（Herbert Read）著，王柯平譯：《藝術的真諦》（瀋陽市：遼寧人民出版社，1987年），頁6。

病維摩？可憐千萬劫，弱水自成波。

「放逐」自我於五光十色的斑斕紅塵之中，興盛或廢絕？非情或有情？「浪」銷模是懺悔亦是一種清醒的自覺，也必須是自我參透生命的境界，方能理解他者無法知曉我的遺憾。黃庭堅〈病起荊江亭即事〉云：「翰墨場中老伏波，菩提坊里病維摩。」伏波將軍馬援即使已年過六十，依然在戰場裡奮鬥；維摩詰得道之時，恰是纏綿病榻，猶有弟子問道於病榻之前。懷才不遇，看似仍有揮灑空間，然而世道不存，無人解我，實具蒼涼意味。此詞不以抒情見長，卻又具情緒宣洩的意義，同時，孤單、寂寞的形象便已萌生。

〈臨江仙・紀懷〉運用「興廢」如何之語，表現遭遇的困頓與心靈的苦悶；而其〈烏夜啼・兒時居故都，庭中玉蘭經雨零落，輒親拾之，不忍見其委泥沙也。戊戌流寓香島，忽於友人處見玉蘭滿枝，感而譜此。〉則是以「盛衰」表現回首前塵的苦況。其詞云：

閒庭曲檻流霞，舊時家，記得雨中親拾玉蘭花。　　　紅羊劫，青衫客，負瓊葩，一樣可憐顏色在天涯。

時間作為存在體驗，觸景卻引致出不和諧的衝突。香花凋落，是否意味著自己不趁於時的零落之傷？花開是美麗的意象，凋零是傷嘆的意象；惜花之落，是否是對於生命企求的一種反轉形式？在空間裡，詞人被瀰漫的玉蘭開啟心靈的震顫，卻造成焦慮而迫切的沉重壓抑。而時間之流形成巨大的衝擊，更聚積在心靈深處。故而引發的思考是：生命被沖積的當下，如何安頓？何以不忍委地之記憶，歷歷在目？昔日的憔悴落寞、今日的燦爛繁茂，「昔衰今盛」的對比竟然較「昔盛今衰」的對比更加讓人觸目驚心，同時更映襯出主人公的謫居孤單。

謫居孤單最易引惹情緒波瀾，並且運用重筆抒懷。有「興廢」之

理、「盛衰」之慨，生命的迂迴輾轉，又在懷抱「多少」、望極「南北」的相反情境中形成嚴肅傷感的課題。其〈賀新郎・乙巳除夕，夜宴於伯謙先生私宅，賦此乞正，調寄賀新郎〉云：

> 車馬芳洲道。又喧闐、千家爆竹，共迎春早。我已中年翁七十，相顧樽前一笑，負多少縱橫懷抱？北望中原南望海，漫紛綸棋局何時了？誰竟免，此鄉老。　　佳辰歡趣頻年少。最嗟予、詩腸多澀，酒腸偏小。講舌徒為從眾語，愧絕囊中舊稿，且相伴今宵醉倒。盧雉一呼行樂耳，看青陽破夜邊城曉。雲樹外，起啼鳥。

登望原不以單純的審美眺景為目的，而是一種知識份子普遍性的心理模式或行為。詞作中出現凝望的「中原」，是否是一個「樂園」[18]意象或具有「樂園」意義？儘管樂園的界定分歧，然其所蘊含的意義相似。歐麗娟曾說，「樂園」的性質有四，其一是不易到達、可能是遠離現實生活的陌生之地、其二是豐饒而愉悅的、其三是封閉而具有選擇性的小世界、其四是抽離時間性使死亡的憂怖消泯不存。[19]就勞先生的「中原」來看，實具有歐氏所言其一、其二的意義，遠離的時間與空間，所代表的內涵即是無可企及的平靜。

　　「獨立蒼茫自詠詩」。對勞先生來說，中原是一個代稱，亦即具有家國的意義。　然而中原是一個亂象天地抑或是一個豐饒嚮往之地，概不可就當日而語。然而，即使當時的亂破，亦無法抑遏勞先生對於記憶故國的懷思之情。

　　這種懷思之慨，亦見其〈浣溪沙〉一詞中。此詞云：

---

18 樂園的義含有多種說法，西方相應之詞為paradise，多指幸福的場域，或為烏托邦；在中國或可稱為大同世界或桃花源。

19 參考歐麗娟：《唐詩的樂園意識》（臺北市：里仁書局，2000年2月）一書，頁7-9。

又積征塵上客襟，相逢翻覺別痕深，青萍雪絮總浮沉。　　夜
氣正催秋似酒，天涯會見綠成陰，不須龜筮費搜尋。

相聚是偶然，離散是必然。誠如余秋雨於《鄉關何處》中所言，人生
況味中非常重要的一項，就是異鄉體驗與故鄉意識的深刻交揉，漂泊
欲念與回歸意識的相輔相成。尋找家園的情節，究竟是無家可歸或是
有家難歸？但不管如何，就如同生離或是死別，孰為痛苦？實則傷感
終是一致。勞先生的漂泊，是自覺的流浪？或者被迫的漂泊，是非自
覺的流浪？難以理解的課題，卻終是指向唯一可能——厭倦流浪卻必
須流浪！因而積累沉澱、鬱悶糾結在內心深處，難以排解的鄉愁，在
勞先生的詞作中，不時出現。然而較為不同的是，〈賀新郎〉與〈浣
溪沙〉在觸痛隱藏內心的鄉愁之後，勞先生所表現的確是顯豁醒朗的
態度，「放逐」的是形體，而在人生「浮沉」之際，其精神是否亦在
咀嚼失落中凝肅一種平靜的心靈「回歸」？

〈高陽臺‧甲戌冬，作於香港海桐閣寓所〉一詞云：

細雨侵簾，彤雲如幕，曉寒暗透窗紗。徙倚回廊，嫣紅猶見山
花。霓裳翠羽匆匆過，又匆匆、夢向天涯。漫咨嗟，百劫悲
歡，幾度蟲沙？　　平生意氣矜懷抱，枉目驅豺虎，手搏龍
蛇。老臥南疆，一身破國亡家。文章解惑非誇世，論千秋、願
已嫌奢。悵啼鴉，謝傅箏弦，白傅琵琶。

此詞以細雨揭開序幕，藉由「徙倚回廊」的行動、觸覺與視覺的書
寫，鋪陳幽淒之懷，瀰漫悲酸惆悵的語調，而其「老臥南疆，一身破
國亡家」，感傷蹉跎、孤獨蒼涼的意味，實表現失意者的驚心之態。韓
愈〈次鄧州界〉詩所云：「潮陽南去信長沙，戀闕那堪又憶家。」勞先
生之作即是典型的戀闕又憶家之作。表面看來，詞作具有戀闕與憶家

的雙重情緒，但實際上，二者或可說即是錯綜而凝結的一個情愫。懷念鄉關是感情的眷戀所引致的結果，而在智性上思念殘破之國家，即是政治意識的表現。因此，「一身破國亡家」揉成的是渾一的曲調，單純的家園之思一變而亦有國族之恨，情緒累遞不歇、蕩漾未絕。

其〈齊天樂‧1999年除夕〉云：

> 佳辰不預笙歌會，高眠市樓寒雨。嚼蠟世情，凝霜詩筆，靜夜茫茫無緒。蝶飛栩栩。向冷月昏時，劫灰深處。似有幽靈，兩三相向含冤語。　　問人間黃粱熟未？猛青燈照眼，此身何處？幾輩英豪，幾番成敗，都付大江東去。悲歡何據？且手拂雲箋，漫題長句。一笑推窗，看今年新曙。

政治上的退避，成就了文字上的領航。作為智識份子，提倡道統文化，卻面對民劫世變，結果形成如李澤厚所說：「現實總不是那麼理想，生活經常是事與願違。……強調『文以載道』的同時，便不自覺地形成和走向與此相反的另一種傾向，即所謂『獨善其身』，退出或躲避這種種爭奪傾軋。」而其結果卻變成具有關心政治、卻不得不退隱政治的矛盾。[20]而此詞以「夢境」書寫天安門事件，實則是勞先生對於六四事件的感慨之作。

說夢在文學作品中是一種平常而普遍的展現。然而，採取夢境結構的方式呈現，必有其意涵。此闋詞的夢境沒有表現零亂的破碎性，而是採取迷濛的模糊感呈現。透過夢境，使過往的殘酷景象與現實的情狀距離縮短；同時，透過夢境與夢象的解釋功能，揭示勞先生對於天安門事件的感懷。夢在詞作中出現的位置，是否正是確定勞先生現實的生命存在有不如意的現象？或是夢的出現是心靈的解脫？或是落

---

20 李澤厚：《美學‧哲思‧人》（臺北市：風雲時代出版公司，1989年12月），頁162。

入惶惶不安的無盡迷離？寄寓和處境會不會因此而改變？命運的苦痛是否從此消融？十年前的六四事件，在十年後的除夕「佳辰」，除了原有現實中的「冷」、「昏」、「劫」、「含冤」構成的低沉況味之外，更凝塑成為勞先生夢境中的「寒」、「嚼蠟」、「凝霜」、「茫茫無緒」情境；然而，經歷人生，勞先生有了「幾輩英豪，幾番成敗，都付大江東去。悲歡何據？」的感知與體會。

當漂泊無依所產生的孤寂感與身分認同產生的疏離感融合為一，加上強迫逼視自己的結果，激擾出的樂章便有驚濤裂岸的高亢。無論如何，勞先生的詞作中不斷地出現「放逐」與「回歸」的情態；而其豪情與無常的感傷，常是密不可分地凝縮在一起。勞先生自有形成他的詞中世界的焦點，而此世界的構成，竟然常以對比衝突展示，且無一闋詞例外：

> 文章聊復爾，興廢竟如何。（〈臨江仙・紀懷〉）
>
> 盛衰之態。（〈烏夜啼・兒時居故都，庭中玉蘭經雨零落，輒親拾之，不忍見其委泥沙也。戊戌流寓香島，忽於友人處見玉蘭滿枝，感而譜此。〉）
>
> 負多少縱橫懷抱？**北望中原南望海**，漫紛綸棋局何時了？（〈賀新郎・乙巳除夕，夜宴於伯謙先生私宅，賦此乞正，調寄賀新郎〉）
>
> **相逢翻覺別痕深**，青萍雪絮總浮沉。（〈浣溪沙〉）
>
> 百劫悲歡，幾度蟲沙？（〈高陽臺・甲戌冬，作於香港海桐閣寓所〉）
>
> 幾輩英豪，幾番成敗，都付大江東去。悲歡何據？（〈齊天樂・1999年除夕〉）

「興廢」、「盛衰」、「多少」、「北望南望」、「相逢相別」、「浮沉」、「悲

歡」、「成敗」等對比看似矛盾的兩端，卻有共同的情緒指向，以況客遊之意，凝結著一股哀戚感。如此「意外」地「整齊」出現的對比情境或擬況，實因其作者為勞先生，因而顯得「不意外」。這意味著勞先生的詞作書寫的是一種善感的、深遠的、特殊的、思索的、寂寞的、子然的人生歷程，因其理想與現實的懸殊感，漂泊的游子之情，在無垠的征途上，孤獨感更加明顯。而更重要的是，興起這些慨歡的，實與其被放逐飄零的人生況味相契，愈是流離天涯，亟欲回歸的期待也就更加強烈。儘管在反覆不斷地「放逐」與「回歸」中，人事的滄桑、生涯的飄零、心緒的浮沉，看來十分警策，然而其意義亦可說是在於清醒的自覺──唯有在敲擊與碰觸世俗的牢籠之際，方會領悟與現實世界接觸中的視聽之外的意義。

在勞先生的詞作中，儼然具有人生實踐的意義，對於人生的根本追求亦顯露在此。勞先生的詞作具有強大的生命力，必須穿透文字的敘述，方能發掘一個孤高的卓犖之士。這其中，回歸與放逐的意識牽引著勞先生的生命情懷。勞先生常以其自我放逐的狀態書寫詞作，從其詞作中可以品嚐勞先生放逐的心情，也因而可以藉由文字的閱讀，貼近勞先生的生命狀態。同時，勞先生善於將意象放大成一個情境，並且加重時空轉化的比重。勞先生於詞作中對於放逐的書寫，充滿疑惑、挫折與孤寂之感，雖然無法解決或停止被放逐的現實（勞先生的放逐實是自我心靈的理解）──也就是說，書寫雖然阻止不了放逐，卻可以稱為是放逐的延伸，並藉此進行心理的補償，而這亦實是一種主體的自覺。

六　結論

文學創作即是情性之表現，而勞先生的文學創作，具有文化意義與價值。文人縱使再淪落再困頓，其文人的身分依然不變，而其孤高

的情懷，更因此而透顯。

　　當我們認為勞先生具有個人得失或對時局的憤滿悲愴而發出牢騷
的同時，恐應注意勞先生所追求的，不在於現實層面的不遇表象，而
是在於人生安頓的問題。困頓固然不是詩工的唯一原因，然而士之窮
者和達者相比，因為其所面對的生命情境，無疑更能創作出清美孤高
之作。窮困或許是來自於無奈，然而文學藝術之清美，卻是作者的自
我追求。

　　勞先生以其個人命運為主軸，濃縮歷史的曲折，藉由其思、其
情，並與文字生成了一個文藝世界，完成或具憂患促使詞人感傷、或
從感傷到復歸平靜的詞作，並且完成挺立的孤高形象。來由於亂離與
憂傷的生命情境，勞先生為詞的筆力與氣勢，具有愈窮困便愈矯健之
神態。勞先生畢生之苦志孤懷與人生態度造就其孤感，並書寫於其文
學創作之中，且包含著文化抱負與歷史承擔，亦透顯著知識份子的寂
寞與無奈。

　　古人對於生命的憂患意識，具有兩種面對的方式與心態，入世之
憂者關注的是抒發生命無法面對現實、志向理想無由開展的傷感；隱
逸之憂者則是遠離世俗紛擾，卻又不時表現自我生存狀態的遺憾。而
勞先生詞作中所呈現的情懷與形象，則具有上述兩者的雙重意義。其
憂生的意義在於勞先生以具體的離愁與人生的哀痛為鋪墊，即使面對
壓抑困頓的當下，渺小而孤獨的個人，卻藉由詞作的發抒，覺醒成一
股巨大的能量，即便是時間的詠嘆往往源自於空間、空間的凝視卻又
帶領出古今對照的遺憾，勞先生卻以此感受生命，凝聚出一種激昂拔
高的生命情態，因而顯出其昂然挺拔的特質。詞意來自於現實，超越
了現實，最終還是回到現實，但卻獲得了精神的轉換。

　　從年少三十的〈臨江仙・紀懷〉、〈烏夜啼・兒時居故都，庭中玉
蘭經雨零落，輒親拾之，不忍見其委泥沙也。戊戌流寓香島，忽於友
人處見玉蘭滿枝，感而譜此。〉，到七十歲的〈齊天樂・1999年除

夕〉，勞先生的詞作透顯的生命孤感十分深厚——從詞作中的姿態與
行為透顯孤高情狀、從其筆力尋得孤寂峭拔的形象與溫潤卻勁健
的情意特質。而這樣的情狀與形象，實是來源於對生命與文化的
自覺。勞先生面對的是中華文化的失落，並因著這樣的失落，形
成自我生命中的苦痛與創傷，因而自我覺醒，形成「孤高與挺立」
的堅持；換句話說，勞先生以其遭遇的困頓世局（文化的衰敗、國族
的變劫），選擇以「德性我、認知我、情意我應有貫融的安立」[21]的精
神面對，因而成就出一個具有孤高形象的生命實踐個體，亦呈現出昂
然獨立的人格。

——發表於「第十屆生命實踐學術研討會」
（新北市：華梵大學，2011年11月19日）

---

21 勞先生曾於《哲學問題源流論》提出包含：（一）以知覺理解為內容的「認知我」
（cognitive self），即是掌握確定的知識、瞭解事物的規律、（二）以生命感為內容
的「情意我」（aesthetic self），指的是個人才質和藝術情趣的領域，表現為藝術活
動、（三）以價值自覺為內容的「德性我」（moral self），意義在建立規範、秩序，
表現為勇敢堅毅等品質。此三者即為勞先生討論文化哲學之標準，若視為其實踐文
化生命之標準，亦頗恰當。見勞思光著，劉國英、張燦輝合編：《哲學問題源流論》
（香港：中文大學出版社，2001年），頁8-11、15。另於勞思光：《新編中國哲學史
（一）》（臺北市：三民書局，1987年），頁148-149、151一書中，提出「physical
self」（形軀我）的觀念。

勞思光韋齋詞的詮釋回顧

摘要

　　本論文旨在以勞思光韋齋詞為文本，對其詞作進行總結式回顧。文學創作是情性之表現，而勞先生的文學創作，具有超拔的藝術特色、深厚的文化內涵及孤高昂然的人文價值。文人身分於困頓之時，具有感傷憂獨之意，而其孤高情懷在文學書寫中，更顯清晰。勞先生表達對時局的憂慮而發出憾恨之語，同時，在現實的不遇表象中，透顯其對於安身立命之獨立人格。

　　本論文言及勞先生詞作意義，分為三部分討論：其一，說明本文探究動機，並概述研究勞先生詞作之原有成果；其二，提出勞先生詞作中情感的意象化、形象的人格化的特色，並言及詮釋勞先生詞作所碰觸的困難；其三，總論勞先生詞作彰顯的意義。

關鍵詞：勞思光、韋齋、韋齋詞、詮釋困難、苦吟、語境

一 前言

　　勞思光（1927[1]-），本名勞榮瑋，字仲瓊，號韋齋。[2]時人認識勞先生，多以其深研中國哲學與西方哲學的背景加以熟悉與推崇；同時，勞先生對於自由主義與文化傳承的貢獻，亦為世人廣知。然而，勞先生曾參與芳洲詩社與友人唱詠、實為一具有古典詩歌書寫能力的文人身分，並未被普遍認識。

　　勞先生的身分，除了是參與自由主義的文化運動者、學術界教授與哲學家，其對於術數與命理學之興趣暫且不談，另一個身分即是古典詩人，而勞先生身為一個具備文化意識與民族關懷的士人，便兼具這四重身分，同時以此四種身分建構其生命成就。然而，時人對於勞先生所具有的古典詩人的身分，並有詩集出版，卻顯生疏。基於此一緣故，筆者自二〇〇四年起，與林碧玲教授向國科會人文學研究中心申請成立「思光詩選讀書會」，並獲得補助，進行勞先生《思光

1　二〇〇四年筆者與敝系林碧玲教授申請國科會人文學研究中心補助《思光詩選讀書會》，林氏告知先生曾於二〇〇二年六月六日表示：一九四九年初至臺灣時，身分證誤載為民國十一年（1922）生，實則為民國十六年（1927）生。

2　勞先生本名勞榮瑋，字仲瓊，號韋齋，湖南長沙人。生長於翰林世家，自幼即研習古籍經典，原就讀於北京大學哲學系，後因戰亂遷居臺灣，並畢業於臺灣大學哲學系。其後赴香港居住，於一九五〇年發表〈從文化史上看國家價值〉（發表於《民主潮》第1卷第4期（1950年11月25日），收入《哲學與政治──思光少作集（三）一書》，頁9-13。另可參考劉國英、黎漢基編：〈勞思光先生著述繫年重編〉，《無涯理境──勞思光先生的學問與思想》（香港：中文大學出版社，2003年，頁288。）一文，筆名為「思光」，自此即以「思光」之名著世。勞先生曾擔任香港珠海書院講師（1955-1964）、香港中文大學崇基書院哲學系講師、高級講師及教授（1964-1985）、擔任文化研究所高級研究員（1985-1989），並先後於哈佛大學及普林斯頓大學進行學術研究及訪問。一九八九年回臺，先後擔任清華大學客座教授（1989-1992）、政治大學客座教授（1992-1993）、東吳大學哲學系客座教授（1999-2000）；一九九四年起，並受聘為華梵大學哲學系講座教授（1994-），期間曾於二〇〇〇年返回香港，擔任香港中文大學哲學系訪問教授（2000-2001）一年，之後再度回臺，擔任華梵大學哲學系講座教授迄今。勞先生曾獲中華民國斐陶斐榮譽學會傑出成就獎（2000）、行政院文化獎（2001），並於二〇〇二年獲選中央研究院院士。

詩選》³一書之研讀；九十五年起，獲得「華梵大學人文藝術類研究室」經費補助，主持「現當代古典詩研究室」，進行「勞思光韋齋詩存述解與研究」的糾繆、補遺與續新等工作。

於此期間，筆者除進行勞先生詩作之述解外，亦進行勞先生詞作文本之詮釋，並陸續發表五篇論文：

其一為〈文化人的情意與詞心——論韋齋詞的生命情境與懷抱〉，於二〇〇六年五月發表於彰化師範大學國文學系主辦之第十五屆詩學會議，據審查意見修改後，發表於二〇〇六年七月出版之《彰化師大國文學誌》第十二期。⁴

其二為〈試論韋齋詞的生命情懷——以感傷為基調的呈現〉，發表於二〇〇七年十月二十五日，由香港中文大學與華梵大學主辦之「哲學詮釋、文化批判與詩藝探索——勞思光教授八十大壽學術會議」。此論文並收錄於二〇一〇年香港中文大學出版《萬戶千門任卷舒：勞思光先生八十華誕祝壽論文集》⁵一書。

其三為〈試論韋齋詞的文化心靈與意涵〉，發表於二〇〇八年一月《華梵人文學報》第九期。⁶

其四為〈勞思光韋齋詞的寫作手法與生命情調再探〉，發表於二

3　《思光詩選》一書，於八十一年，由東大圖書公司出版。

4　此論文以勞先生詞作為研究對象，其目的在彰顯勞先生文化哲學之外的情意生命面向及開展之心靈境界。主要探討內容先就思光詞之研究緣起、範疇及價值進行說明；其次進行韋齋詞文本之詮釋；再就韋齋詞之風格、主題與特色探討；並以韋齋詞透顯的情意生命與襟抱為結。

5　此論文從勞先生詞作文本著手，探討其詞作中的感傷基調，藉以呈顯其生命情懷。論文首先說明韋齋詞與宋詞之差異及論文寫作意義；其次從游子意識與時空意識，探討韋齋詞之感傷基調；復從時空跨越與情境開展，探討韋齋詞之感傷表現手法；末了呈顯韋齋詞之感傷意義，並以韋齋詞具有深刻的意蘊為結。

6　此論文旨在探討勞先生詞作中的文化心靈。首先概述勞先生作為一個在文化建構中的學者，亦有其詞情的呈現；其次從「困惑」中「清醒」、在「禁錮」中「自由」探討勞先生內在生命的價值取向；復從意志的銷磨與情感的悵然，討論韋齋詞的感悟——生命之痛與文化之悲；進而探討韋齋詞的文化心靈及意涵。

○○九年五月玄奘大學詩學會議。[7]

其五為〈試論勞思光韋齋詞的孤高意涵〉，發表於一百年十一月華梵大學生命實踐學術研討會。[8]

此五篇論文論述各有側重內涵，如：針對文本進行析賞、探索感傷基調、理解文化心靈、析論寫作手法、探索孤高意義。就不同面向進行爬梳，窺其面貌後，本論文擬以此五篇論文研究為基礎，對勞先生詞作進行總結式的回觀，重點有二：對於述解及研究文本所遭遇的困難提出思考、彰顯勞先生詞作的意義及其價值。

二　韋齋詞詮釋之回顧與體悟

（一）情感的意象化、形象的人格化

勞先生出身翰林世家，有豐厚的國學根柢，自幼便能寫詩為文，而其詞作與詩文相較，雖為少數，卻正可因數量不多而進行較深入之探討，以窺其中的意涵；因此，筆者近年來以勞先生詞作為研究中心，進行述解與詮釋工作，對於勞先生哲學家身分之外的文學家身分，有更深刻的瞭解與確認。

勞先生詞作，收錄在《思光詩選》一書之附錄，原僅〈臨江仙・紀懷〉、〈乙巳除夕，夜宴於伯謙先生私宅，賦此乞正，調寄賀新郎〉兩首；另勞先生於「思光詩選讀書會」、「現當代古典詩研究室——韋齋詩存述解與研究」中，補入四首。今年五月甫出版之《勞思光韋齋

7　此論文從「透過錯位的現象，表達斷傷的憂苦」與「藉由物色的書寫，傳遞失落的傷感」等面向，探討韋齋詞展現之生命情調；並從「憑藉領調字，展現感情的推衍」、「藉由時空跳越，增強情感力度」與「透過對比暎映，展現生命意識」等方向，探討韋齋詞之寫作手法。

8　此論文從孤高形象的展現——凝望的姿態與行為、孤高主體的揭櫫——收結的傷感與豪氣、孤高情懷的透顯——形式的疑問與肯定、孤高生命的意義——自覺的放逐與回歸等面向，討論勞先生詞作的孤高意義。

詩存述解新編》[9]一書中，收錄之勞先生詞作有六首。本論文討論即以此六闋詞為文本。此六闋詞文本及創作年代如下：

（1）戊戌年（1958，31歲）〈烏夜啼・兒時居故都，庭中玉蘭經雨零落，輒親拾之，不忍見其委泥沙也。戊戌流寓香島，忽於友人處見玉蘭滿枝，感而譜此。〉：

> 閒庭曲檻流霞，舊時家，記得雨中親拾玉蘭花。　　紅羊劫，青衫客，負瓊葩，一樣可憐顏色在天涯。

（2）戊戌年（1958，31歲）〈臨江仙・紀懷〉：

> 明鏡鬚眉唧石願，浮生長物無多。華燈玉管浪銷磨。文章聊復爾，興廢竟如何。恁是非情非恨際，依然牽惹絲蘿。誰參密意病維摩。可憐千萬劫，弱水自成波。

（3）乙巳年（1965，38歲）〈乙巳除夕，夜宴於伯謙先生私宅，賦此乞正，調寄賀新郎〉：

> 車馬芳洲道。又喧闐、千家爆竹，共迎春早。我已中年翁七十，相顧樽前一笑，負多少縱橫懷抱。北望中原南望海，漫紛綸棋局何時了。誰竟免，此鄉老。　　佳辰歡趣頻年少。最嗟予、詩腸多澀，酒腸偏小。講舌徒為從眾語，愧絕囊中舊稿，且相伴今宵醉倒。盧雉一呼行樂耳，看青陽破夜邊城曉。雲樹外，起啼鳥。

9　《勞思光韋齋詩存述解新編》一書，勞思光著、王隆升主編、王隆升・林碧玲等述解，於二〇一二年五月出版。本論文討論之六闋詞之文本及詮釋內容，為參與讀書會過程中，據勞先生導讀或提出之意見提出修正。

（4）約在壬申年（1992，65歲）〈浣溪沙〉：

又積征塵上客襟，相逢翻覺別痕深，青萍雪絮總浮沉。　　夜氣正催秋似酒，天涯會見綠成陰，不須龜筮費搜尋。

（5）甲戌年（1994，67歲）〈高陽臺・甲戌冬，作於香港海桐閣寓所〉：

細雨侵簾，彤雲如幕，曉寒暗透窗紗。徒倚回廊，嫣紅猶見山花。霓裳翠羽匆匆過，又匆匆、夢向天涯。漫咨嗟，百劫悲歡，幾度蟲沙。　　平生意氣矜懷抱，杜目驅豺虎，手搏龍蛇。老臥南疆，一身破國亡家。文章解惑非誇世，論千秋、願已嫌奢。悵啼鴉，謝傅箏弦，白傅琵琶。

（6）己卯年（1999，72歲）〈齊天樂・1999年除夕〉：

佳辰不預笙歌會，高眠市樓寒雨。嚼蠟世情，凝霜詩筆，靜夜茫茫無緒。蝶飛栩栩。向冷月昏時，劫灰深處。似有幽靈，兩三相向含冤語。　　問人間黃粱熟未？猛青燈照眼，此身何處？幾輩英豪，幾番成敗，都付大江東去。悲歡何據？且手拂雲箋，漫題長句。一笑推窗，看今年新曙。

此六闋詞寫作時代雖有差距，然不論就寫作內涵或寫作手法而言，均顯示出精醇的藝術境界。針對此六闋詞的形式及內涵之意義討論，已於先前之論文進行論述，以下進行整體之回顧討論。整體而言，勞先生在這些詞作中所表現的情意，並非只是就現實世界中的單一意象或情意所發，而是一種具有思索之後的綜合意象與情意。

　　探討文本，固然需從寫作背景與年代著手，然而，探討勞先生詞作的意象與情意，背景雖然重要，但「年代」的意義卻顯得模糊，不論勞先生詞作書寫為何年代，其詞作往往散發出一種經歷人世盛衰變化的考驗所體悟的心境；換句話說，勞先生的詞作不論是年輕時代或是已屆七十，都在在表現出世衰民變的沉重滄桑感。

　　少年即經歷家國世局的變遷，使勞先生在極早的時候便已具有自覺與反省意識。其詞作並非以哭喊哀愁作為主調，亦非是以赤裸裸地揭露現實的慘狀為目的，同時，不被現實的一事一物所侷限，而是在醞釀與深刻的體會之後，對於人生所發出的慨歎。即使是看似因見玉蘭而詠歌之〈烏夜啼〉、乙巳除夕的〈賀新郎〉、己卯除夕的〈齊天樂〉，都不能說是單純地就一件事或某一個時空而發出的歌詠。

　　先就〈烏夜啼〉來看。此闋詞雖是眼見玉蘭滿枝而抒感之詞作，但從「紅羊劫，青衫客，負瓊葩」文句，就可看出此詞不僅是單純的書寫玉蘭開落，而是飽含對於家國遭遇劫難、流離游子的淪落之感。

　　「玉蘭」是觸目所見的、引起情緒的重要意象。劉希夷〈代悲白頭翁〉云：「年年歲歲花相似，歲歲年年人不同。」王國維〈玉樓春〉亦云：「今年花事垂垂過，明歲花開應更嚲；看花終古少年多，只恐少年非屬我。勸君莫厭金罍大，醉倒且拼花底臥；君看今日樹頭花，不是去年枝上朵。」花謝花落，春去春來，本是自然界的常態的；然而，一去一來之間，青春年華早已消逝。文人總喜以花的開落以綰人事，然而卻多被受限於感受人與花的相似而忽略其中的差異性──在正常狀態下，花年年盛開，即使是五、六十年之後，仍有愈開愈燦爛的可能；人事則不同，歲月變遷，人生到達少壯之後，便會逐漸衰老。勞先生所見，既是滿枝盛開的花容，應是讚嘆其盛美風貌，然而，勞先生在目睹花盛的同時，卻將兒時拾花的記憶呼喚出來，引出感士不遇的哀傷。那麼，「一樣可憐顏色在天涯」的是我與舊日的玉蘭或是我與今日的玉蘭呢？從「一樣可憐」來看，似乎是指

流離的我與委地無人管的昔日玉蘭而言；然而從「負瓊葩」與「天涯」來看，卻更可能是指具有豪情壯志、卻是游子身分的我與空有滿枝、卻生長在天涯一方的今日玉蘭而言。

從「玉蘭」的單一意象為起，卻牽引出複雜的情意，看似已不是在單純詠說玉蘭，卻又不脫離玉蘭而言說，可見勞先生詞作表現的內涵，具有綜合意象與情意。

〈賀新郎〉一闋，抒寫與伯謙先生的夜宴，看似單一事件，然「北望中原南望海，漫紛綸棋局何時了。」仍然是就大時代的遭際而言，在此之間，不論你我，都無可避免地具有「此鄉老」的命運。雖是「樽前一笑」，卻不是暢飲的歡愉，而是「負多少縱橫懷抱」的無奈苦笑。一個三十八歲的壯年與七十歲的老者，有三十年歲月的距離，卻沒有感慨的毫釐之差，究竟是一場酒宴拉近了彼此對於人事情意感受的距離？抑或是對於世變滄桑有相同的看法因而有此共飲之聚？

一場「夜宴」客體本身的真實存在，卻飽含著作者主觀的情感，並藉之為詞以吐胸中鬱結之氣。由此可見，「夜宴」雖是單一的事件與情境，卻不是勞先生所要表達的詞作重心，夜飲作為一個重要意象，卻牽惹出更為複雜的家國之懷，表現出綜合情意。

而〈齊天樂〉是書寫除夕的夢境。而此「夢」中之境是天安門事件，看似是此詞的書寫中心，然而，「此身何處？幾輩英豪，幾番成敗，都付大江東去。」已經進入對於歷史的懷想與逝去之間所引致的喟嘆。「夢境」是一個意象，而天門事件使此夢的意象具有濃厚的指向意涵──事件中犧牲者透顯出的浩劫、含冤意味。然而，勞先生詞作最終的表現目的，不必然是要書寫天安門事件的本身，而是透過此一意象與事件，流露出一種大時代的氣氛與面對此一世局的慨嘆。

情感是個人而主觀的，而形象是客觀的。當形象成為意象，便已飽含作者的情緒。而勞先生詞作，透過單一意象或事件為起，開展其只是由此可見，勞先生的詞作中所透顯的情意，不是單一的，而是一

種意象化了的情感。[10]

　　而〈臨江仙·紀懷〉一詞，沒有明確的事件或意象，唯「浪銷磨」與「依然牽惹絲蘿」的生命情境，讓勞先生發出低迴的唱嘆，更有「可憐千萬劫，弱水自成波。」的寞然之態，尤其在詞作中建構一個以「一切眾生病，是故我病。」[11]的「維摩詰」形象，更可見方入而立之年的勞先生，對於獨立於紛亂世局中的主體，具有憂懷與承擔的使命感。

　　〈高陽臺·甲戌冬，作於香港海桐閣寓所〉一詞，出現「雨」、「雲」、「花」等具體景物，加上列人的曉寒、「徙倚」的姿態，建構出孤冷情境，其意義正在以鋪陳環境慨吐幽微之心聲，並透露志士的焦慮與先覺的孤高之懷。就其寫作手法來看，勞先生以「細雨侵簾，彤雲如幕，曉寒暗透窗紗。」這種平鋪直敘的方式來書寫的情形並不常見，即使是如此為之，其意義往往是成為觸發情感、渲染意境的引子。換句話說，平鋪直敘的寫實，並不是勞先生詞作中常用的寫作手法，而是藉由精煉凝縮、具有隱然思索意涵的句子，烘托出一個具有孤寂意味的游子形象。勞先生的詞作焦點，不在於風景中的「侵」、「透」之狀，而在於書寫人生所面對的無奈與艱難。故而「夢」在「天涯」，杳不可得、一身只能屈身，「破國亡家」、千秋之願，早已「嫌奢」，這不就是一種流亡的感傷嗎？而這種情感不也即是意象化的情感？面對生命的「孤」與對於文化衰落的破亡與家國存續的傷懷「高」度，不就是最能呈顯勞先生一生的人格所在？

　　〈浣溪沙〉一詞，不在呈現具體的自然景物，只有獨立著一個征

---

10 此處所謂意象化的情感，係參考葉嘉瑩《杜甫秋興八首集說》（北京市：北京大學出版社，2008年4月）的說法。見葉氏一書，頁41-42。

11 《維摩詰所說經》（**विमलकीर्ति निर्देश सूत्र**, **vimalakiirti-nirdeza-suutra**）云：「從癡有愛，則我病生。以一切眾生病，是故我病。」其意為眾生無明病發，所以流轉生死。而菩薩因眾生此無明病，故亦示現與眾生同樣有生有死，因此云「眾生病，是故我病。」

客形象。而在此形象中，飽容著對於「逢」、「別」、「浮」、「沉」深有所感的游子心情；看似是剎那感悟，卻是「積」累而來的。相見卻感於別情、身為塵客故有飄萍飛絮的無根之憾，深知勞先生內心之苦，便能體悟其蒼涼低迷之心境。

綜而論之，勞先生的詞作不在以一事一物的形象或意象作為書寫重心，而是藉此鋪陳一種情境，透露其文人志士之情感；同時，此一情感，即是一種最能呈現其自我主體境界的孤高意味。

（二）詮釋勞先生詞作的困難

閱讀者進行文本詮釋的同時，不可避免地受到群體視域與主觀視域的影響。就群體對於文學作品的認識來說，群體會因為受到傳統觀念的影響，因而選擇以某些面向進行詮釋；然而，卻也因為各自的才識與學問背景、生活經驗並不相同，而產生解讀的分歧。

語言既是符號系統，就必須在某些條件下被制約。例如：受到文化的影響，不同的地域有不同的用法與理解、不同的時代有不同的表達；文字的解讀是進行詩詞創作解讀的第一步驟，如果未能透析其自詞與字串所構成的意義，或許會產生極大的差異。

經典的詮釋固然向來都以探求本義為目標，然而在解經者詮釋本義的過程裡，受到解釋者的生活型態及才識之影響，在進行詮解的同時，也正進行另一種再創造，便由此產生新意義；文學作品的詮釋亦是如此，瞭解文本固然是探詢本義的必要條件，然而，探詢本義是一門課題，強調忠實的再現；但因著創作者與詮釋者之間的生長背景、語言使用習慣、文字理解的深淺、文化差異等，使得獲得本義終究是無法做到的，因而所有的詮釋都是一種衍義。

學問的汲取與鑽研，固然因個體的投入心力有所不同；同時，必須承認，就個人來說，筆者與勞先生的學問，已然出現比隔代學問有更懸殊之落差。因此，在解讀詞作的同時，往往受限於才識與學力，

無法將自我體會之衍義與勞先生詞作之本義貼近。雖然說，探尋作者本義是不可能的，然而，詮釋者自有貼近作者原義的責任。勞先生的詞作十分精采自不待言，只是，在詮釋的過程中，卻會遭遇困難。

首先，勞先生作品因具有典故，同時所使用的典故與文詞多數與勞先生所處的歷史時空相關，而現代讀者對於勞先生所提及的時空背景與史料不甚熟悉，甚至難以進入狀況，因而產生一種陌生感。

勞先生的大量用典，就其創作過程來看，應是揮灑自如、寫來如行雲流水之姿；然而，對詮釋者來說，讚美與自嘆弗如之際，卻不免有生疏之感，這實是肇因於筆者未能熟閱經典之故；待探尋典故出處之後，將其意融入勞先生文本以探究典故的寓意，又是另一門課題。所幸於詮釋的過程中，陸續修正述解錯誤，尚能與勞先生本意不相違背。唯尚有三處文本，猶未能通曉其意。

其一為〈浣溪沙〉：「又積征塵上客襟，相逢翻覺別痕深，青萍雪絮總浮沉。　夜氣正催秋似酒，天涯會見綠成陰，不須龜筮費搜尋。」一詞。

此詞勞先生書寫於自美國開會歸港，途經臺灣而小住，藉由此詞抒發其以一旅客身分，發出對於臺灣情勢的觀察所引發的流離傷感與對時局的喟嘆。馮耀明認為此闋詞具有時代興亡感慨，同時，從臺灣當時的政治局勢來看，大有言及綠色政黨壯大之情勢；蔡美麗則根據「綠葉成蔭子滿枝」的典故，理解此詞之意義是暗喻一女子，即是就愛情來說；吳彩娥亦言勞先生之作自有杜牧〈嘆花〉詩「自是尋春去較遲，不須惆悵怨芳時。狂風落盡深紅色，綠葉成蔭子滿枝。」之意[12]，當隱然有愛情之意味；林碧玲則認為，此詞以「夜氣正催秋似

---

12 吳氏之說法，為筆者參加二〇〇六年五月彰化師範大學國文學系主辦之第十五屆詩學會議，發表〈文化人的情意與詞心——論韋齋詞的生命情境與懷抱〉一文時，擔任特約討論人時提出之看法；馮氏、蔡氏之說法，可參見拙著〈試論韋齋詞的文化心靈與意涵〉一文，此文收錄於《華梵人文學報》第9期（2008年1月）。

酒」的時代壓力感為中心，認為勞先生此詞實包含青萍浮生、雪花風散的流離與破亡遺憾，因此「綠葉成蔭」當是兼言自然節氣與政治時局變化的雙關語。[13]

探討的焦點集中在「天涯會見綠成蔭」之句。綠成蔭的意象，是一個客觀存在的表現，然而卻提供了多重意涵的解讀可能。在天涯的遼闊空間中，成蔭的綠顏成為詩歌的焦點，馮耀明、蔡美麗、吳彩娥、林碧玲等學者，或以為是攸關政治、或以為是談及愛情、或以為是兼及當時的社會情勢及自我感懷。筆者嘗於〈試論韋齋詞的文化心靈與意涵〉一文中，對此進行討論。其中，筆者以為學者各以其研究專長與性別差異進行解讀，故有不同之看法；同時，提出「天涯會見綠成蔭」實是言及愛情之意。理由有二：

一、此句明顯運用杜牧詩歌典故，而杜牧詩即言愛情；勞先生對典故之熟稔，理當不會誤用，因此，此處應即是言愛情。

二、勞先生對於其政治立場向來清楚表明，若此處是言及政治，何以未清楚表明？

經過再思考與林碧玲看法之啟發，筆者認為之前的論說或許太過武斷與絕對，因而有如下思索：

一、「天涯會見綠成蔭」既然脫胎於杜牧詩，則典源意義在此詞的文本中必然有其效果及展現，亦即：沒有理由認為此句非言愛情。然而，是否可以據此而言此句只談愛情？或有商榷餘地。換句話說，林碧玲所說的雙關意，是可以進一步思考的。

二、勞先生對於其政治立場總是清楚表明。在讀者參與的讀書會過程中，勞先生均會就當時的政治局勢發表看法，因此，筆者原認為若此句是談論書寫此詞當時的政黨情勢，在筆者述解此詞意涵之際，勞先生當會直言明說詞意，而勞先生並未就此明言，可見並非談論政

---

13 林氏之說法，參見其〈世變民劫——勞思光韋齋詩奮志回天主題的恆常顧念與儒家情懷〉一文，此文收錄於《華梵人文學報》第17期（2011年1月）。

治。再思考之後，筆者以為應修正為：此句不必然沒有政治意涵，若有政治意涵，亦不會僅有政治意涵；也就是說，勞先生之所以未針對此句明言其意，不必然是因此句沒有政治意涵，實因此句除政治意涵之外，尚有它意存在的可能性。

現將筆者之看法整理如下：從典故運用來看，此句有愛情意義。然若純粹只談愛情，無法與征塵客襟與不須龜筮之意義相連。既然如此，便應考慮此詞有另一涵義存在之可能。勞先生之詞作，雖然從自我出發，卻往往擴大為對於家國局勢的關懷與感慨，愛情是個人的、私我的，那麼，家國的、大我的又是什麼？勞先生當時既然居住在港，由美返回居地，則臺灣即屬暫時客居，若非針對臺灣情勢而言，何以有感而發？而當時確實在臺灣的政治情勢即是綠色政黨逐漸成長，因此，此句實具有「愛情」與「政治」的雙關涵義。

這樣的詮釋是否即是勞先生詞作的本意呢？筆者無法肯定，這種具有曖昧不明的詞意固然使筆者在詮釋時產生趣味與欲一窺究竟的快意，卻也是一種困難。換句話說，勞先生的詞作中往往透出一種「曖昧」的語意傾向，因而形成解讀的困難。

另一個例子是〈賀新郎〉一詞。看似是「樽前一笑」的愉悅，然而，明明只是一個未滿不惑之年的壯年志士，卻聯繫著「負多少縱橫懷抱」的遺憾之情；不過，至少吾人可以清楚知道這終究是一種偏向失落的情緒。而詞作尾聲的「盧雉一呼行樂耳，看青陽破夜邊城曉。雲樹外，起啼鳥。」卻具有導向意義分歧的可能。

青陽破夜初曉，似乎是表現暗夜的結束、初露曙光的意味，這讓人不禁想起孟浩然〈春曉〉的「春眠不覺曉」。孟氏之作書寫因「眠」故「不覺」，而勞先生之作是「看」，故為「覺」，其差異當來自於「眠」與「未眠」。看似「眠」是安睡之姿而「未眠」是含有愁緒的，只是，勞先生的「未眠」因於「行樂」，因此不應視為傷感瀰漫而失眠之態；然而，「邊城」一詞，卻儼然是一種暗示，勞先生不

是云「北望中原南望海」嗎？如果是具有破夜迎向陽光的欣喜，何必又隱約透露著身在邊緣而非中心（故須遠眺中原）的遺憾？

「雲樹外，起啼鳥。」一句，仍舊使人產生對於孟浩然〈春曉〉詩「處處聞啼鳥」一句的聯想。孟氏之詩看似是春日的覺醒生發之姿，意味生命的開展；然而，在醒覺初聞啼鳥之際，卻又回溯「夜來風雨聲，花落知多少？」的時空場景，是否透顯著自然界的來去意識呢？這究竟表示著一種漫不經心中時間的緩緩流逝，卻又有欣欣向榮的生命力？或是恰恰相反？

回到勞先生之作來談。「起啼鳥」是否意味著精神上的轉換或是具有一種象徵意義？啼鳥是一種自然的現象，但主觀的詞人卻在啼鳥聲中結束詞作，似乎可以說明：勞先生所言的「啼鳥」，應具有感悟的意義。起啼鳥，代表生命的存在；有鳥是不足為樂的，必然是在鳥加上其原本該有的「啼聲」，也才能「提升」其展現的自然欣喜之情。然而，相同地，亦可以說有鳥是不足為悲的，必然是在鳥啼的觸動之際，牽惹心緒的波動，以至於感傷。由此，究竟起啼鳥代表的是生機的展現或具有嘆息的意味？又或者兩者兼具？實難以捉摸卻又耐人尋味。

而〈齊天樂・1999年除夕〉一詞中的夢境，提及「兩三向含冤語」又是另一個解讀困境。筆者〈勞思光韋齋詞的寫作手法與生命情調再探〉一文中探討勞先生詞作中的夢境呈現，論文審查人曾有「勞先生若未說明此夢之境為天安門，讀者何以知之？」的看法。此說法不無道理。先就勞先生超過兩百首的詩歌來看，其談及創作的時空背景或動機有此現象：或者將時空背景於題目之中進行交代，因而形成題目文字很長之詩歌（如：〈丙申十一月，簷櫻來寓所，蓋別已八載，相見感嘆不能已。夜談既久，偕飲坊肆中，酒意催愁，往夢歷歷。因作七律三章，即以贈簷櫻〉）；或者於文本之後附加案語（如：〈書枚以詠螢詩見示，步韻和之〉一詩有案語「用漢書故事，亦有意

為翻案文字，遊戲而已」）以說明創作之來由；或者直接於文本中提及寫作背景或原因。而針對勞先生之詞作進行討論：除了詞體早期的發展，題目與內容有高度的契合性，待詞體演進之後，詞牌本身的意義與文本所表現的意義本即不必縮合，這是詞作的常態；為了使作者的寫作背景或意義可以凸顯，在詞牌之外另加題目，自蘇軾之後的詞人往往如此為之，而勞先生此六闋詞便有五闋採取此一模式呈現；除此之外，將時空背景與情緒融於文句之中，更是普遍的書寫手法。

然而，此闋〈齊天樂〉詞雖有「一九九九年除夕」之題，卻未明言文本所描述的「夢境」為何，亦即勞先生並未在題目中標示或未以序文的形式，對於作夢這件事加以表述。筆者確實是於讀書會時，經由勞先生的說明，方瞭解其詞作之寫作背景。然而問題是：若沒有於現場聆聽勞先生的說明，讀者如何從中得知此夢境是書寫六四天安門？換一角度來看：如果不知道這是書寫天安門事件，讀者對於此夢境甚至整闋詞作，是否會有與作者本意完全不同的理解呢？而這樣的衍義，即便不必然違背勞先生詞作的原意，但必然不會貼近本義。

筆者嘗試就此疑惑進行分析：勞先生是否經過思考，選擇不在題目或序文中對夢境背景進行說明？若是，何以如此表現？或許勞先生如此呈現，實因書寫的年代與六四發生的年代是接近的，是不好公開談論的事件；然而問題是：勞先生以一個自由主義派學者自居，對於不加掩飾、批評現實世局的作法既是其所堅持，又如何會因需隱晦而如此為之？再者，勞先生可批評自由體制的臺灣，又如何會拘泥於大陸箝制思想噤聲的限制而不去談論此一事件？

勞先生大多詞作是可解的、不隱晦的，因此這闋詞對於夢境的「天安門」未有明說，便成為一個有趣的問題。但話說回來，詞作畢竟是以隱藏含蓄作為主要表現風格，若表達的時空背景過於清晰明朗，是否又造成淺露之弊呢？

三　結論

　　如果說，哲學研究是勞先生畢生對於學術鑽研的重要內涵，則詩歌實是勞先生生命具體化的形態展現。詩歌的表現內容與情意，取決於創作者的動機與心態。躊躇滿志的年少，在政治環境的巨大移轉中，逐漸變形，讓勞先生的詩歌在三十而立之時，即以意味深長的嘆老傷別基調呈現，甚且延續到知命、耳順之年。

　　詩歌即是心聲之表現，故而瞭解勞先生生命情境的特殊性與人生感恨，實可從詩詞中獲得訊息。勞先生以其自覺而清醒的文人身分，在面對社會紛亂狀態之時，更易產生一種文化認同沉淪的焦慮；而詩歌創作，是否可以安置其因焦慮產生的痛苦？詩中所呈現的感慨，是否即是一種自我寬慰的方法？顯然答案是否定的。陶淵明在〈歸去來辭〉中以歸回田園作為遠離濁世的方法；阮籍以飲酒放浪逃避時代的壓迫；而勞先生既不以飲酒自我沉醉、消愁解憂，亦非將自我放逐、脫離人事作為面對世俗紛擾的生命態度，選擇以孤獨清醒的心靈浸淫哲學知識、傳承傳統文化作為回應，而以詩歌文字，當成宣洩情緒、剖析自我的載體。也就是說，勞先生對於哲學的用功與延續文化命脈的努力，是其志向理想與學思歷程的展現，而這樣的成就與政治的紛擾或清明沒有必然關聯；然而其詩歌，不僅是其基於主體生命存在與外在環境的連結，因而表現的心志狀態與情感狀態，更是一種孤高超拔生命力的呈現。換句話說，哲學研究的高度，使勞先生成為學界公認的大師學者，卻不足以讓人瞭解其學術以外的生命面向；而在勞先生發抒情、志的古典詩歌創作中，寂寞卻覺醒的文人意識、幽微卻堅定的情懷、看似疏離實則把自我放置在失落世界中心的孤高形象，卻顯映而明朗。

　　勞先生為詞，緣起於流離的生活情境，交揉其自身存在的感受及體悟，閱讀其詩作，實可詮釋其生命的渴望與哀感，卻也同時體會其

生命的深邃與成熟。筆者以為，鑽研勞先生的詞作過程，有兩點體會可以分享：

一、閱讀勞先生詞作，可以覺察苦吟的典範意義：

蔣寅曾說：

> 苦吟應該說是詩歌典範確立和作者自身才華衰退兩方面原因導致的結果……苦吟意味者對詩歌期望值的提升——願意付出艱苦努力的事，一定寄託著人們很高的追求。[14]

這段話是針對李杜以激情的宣洩和性靈的陶冶呈現之後的中晚唐詩風而發；固然在中晚唐的李賀、錢起等詩人的創作，深具愁苦悲鳴的特質，且此時期詩人或受限於李杜萬丈光芒，亦難有其才華風範，換句話說，「才華衰退」確是此時詩歌苦吟現象的原因與事實；然而，蔣寅所言，更重要的是彰顯「典範確立」與「寄託追求」。更何況，千年前的苦吟原因，不必然適合套用在勞先生身上。亦即：勞先生的苦吟沒有才華衰退的問題，因為勞先生為詩即是以苦吟作為典範意義，更是自青年時期即家已實踐的創作功夫，只有更臻成熟。

二、閱讀勞先生詞作，可以進行獨特語境的思索：

勞先生嘗云：

> 顧予幼承庭訓，早學謳吟，積久成習，不自省覺；每傷時感事，輒寄意於篇章。且平生多在亂離憂患之中，苦志孤懷，無可告語，則又不免拈韻自娛，亦以自慰也。[15]

源自於幼年的家風，所謂「積久成習，不自省覺。」勞先生為詩早成

---

14 蔣寅：《古典詩學的現代詮釋》（北京市：中華書局，2003年6月），頁242。
15 見《思光詩選》一書，（臺北市：東大圖書股份有限公司，1992年），頁1。

習慣，既是如此，每有所觸之感發，便可以藉由為詩以抒懷。而其「亂離憂患」所形塑的「苦志孤懷」形象，實即是其書寫語境（context）[16]的具體呈現。

語境（context）雖是語言學科的概念，然亦可藉此運用於篇章分析。語言表達既離不開語境，而詩歌書寫，亦可關注其語境。單獨一個詞或一個句子的意義，應考慮其所處之語境為何，方能透顯其意義。而勞先生為哲學家，在知識的背景下，其所書寫的詩歌，受其價值觀念和思維方式的影響更是鮮明。

每一個民族在各自豐富的文化遺產中所產生的語詞，飽含豐富的民族文化精神，因而構成民族語言表達的獨特方式。勞先生因家學之故，自幼飽讀詩書典籍，浸淫日久，積累的文字與意義內涵，形成了為詩為詞之際的重要思考來源。因而在其詞作中，運用許多產生於經典中的習語和典故。

閱讀勞先生的詩歌，實需要深刻瞭解其所處的文化語境。我們太過依賴現實習慣中的語境，因而對於勞先生所處時代的語境不夠瞭解、也未能深入探究，以至於可能造成詮釋上的失誤。勞先生的特定的語詞，包含了國家興亡、文化傳統的意義。雖然勞先生的知識背景與學問精研，亦受有西方哲學的影響，然而其對文化價值與精神的掌握，卻是十分中國的。傳統文化意蘊中群體意識的體現，使勞先生固然呈現其個人意志的孤高特質，卻具有牢不可破、國與家為一體的文化觀念。「興廢」、「縱橫懷抱」、「征塵」、「百劫悲歡」、「百劫悲歡」、

---

16 語境（context）是語言學科的概念，用於語言學、社會語言學、篇章分析、語用學、符號學等面向。語境的概念是人類學家布朗尼斯勞‧馬凌諾斯基（Bronislaw Malinowski）提出的，包含情景語境和文化語境，亦可分為語言性語境和社會性語境。所謂語境，即是當說出一句話時，決定或影響這句話意義的情境。放置在書寫中討論，即是書寫文字時，決定或影響這句子意義的情境。包含時間、地點、上下文句的意義、作者和閱讀者的意圖或目的、擁有的知識和信念，同時亦不可忽略作者和閱讀者本身的背景及身分地位，更應包含所處的社會和歷史背景。

「破國亡家」、「幾番成敗」……等詞語，若不是一個對於世變民憂具
有高度敏銳感受的人，何以會有如此的呈現？

而這樣的語詞實是根植於勞先生對於文化沉淪的憂傷情懷的，也
正是最能具體反映勞先生生活情態和社會思想的變化。也就是說，勞
先生詩歌中不斷出現悲歡、成敗、興廢等對比式的書寫，實即是表達
沉重的苦悶悲傷。如果能充分瞭解勞先生在詩歌中所呈現的語境，當
會對於勞先生的詩歌書寫有更加清晰的認識。

無論就其苦吟意義或獨特語境進行思索，顯然都必須關注的是勞
先生的獨特身分——從中原輾轉流離至邊境、一種具有放逐心靈的游
子意涵。所謂的放逐（exile），固然包含流放和流亡的兩種型式，然
而流放是被動的、流亡卻是主動的：流放是一種懲罰，流亡卻是一種
撤離式的、由主體所建構出解放的意義。在薩依德看來，知識份子具
有從中心走向邊緣的放逐天性，畢竟，「知識份子的主要責任就是從
壓力中尋找相當的獨立」。[17]因之，身為一個從因政治紛亂、神州變色
而變成具有被放逐身分的勞先生來說，到達當時被形塑成另一個中心
的臺灣，卻又因環境的衝突，選擇成為自我放逐者，實因有其崇高之
理想；亦正因為如此，放逐流離的距離，使勞先生自外於中心，雖不
免仍有無奈與感傷的心緒，卻取得了知識份子展現獨立自我主體的書
寫空間。

總之，勞先生詞作具有意蘊幽微、苦心經營的特色，呈顯憂時憤
國、淑世抱負的內涵，對於詞體含情為隱的掌握亦運用自如，或表現
沉鬱頓挫、遒勁強健的風格，亦有多意性的可能；同時，從其文字
中，更可閱讀出不同於哲學理性的文學情感，從而認識其鬱懷凝深的
襟抱與崚嶒孤高的人格風範。

---

17 艾德華・薩依德（Edward. W Said）著，單德興譯：《知識份子論》（臺北市：麥田
出版社，1997年11月），頁34。

　　——原發表於「第十五屆儒佛會通暨文化哲學『勞思光思想與當代哲學文化』國際學術研討會」論文（新北市：華梵大學，2012年5月19日）；又刊登於《國文天地》第三三二期（2013年1月）

時差的超越：
論勞思光韋齋詩的時空感興

摘要

　　勞思光先生為一詩人，是近年來逐漸為世人所認識之身分。從《勞思光韋齋詩存述解新編》之文本，可探其一生所具的興亡懷抱及生命情境。

　　本文嘗試以流離飄零和時差的意義為核心，探討勞思光詩歌，就其文學構思與人生現實的相互召喚，開展時間與空間距離產生的落差，透顯其生命情境與時空感興交揉的悲苦遲暮，揭示其傲岸與孤獨況味。論文分六部分，一、前言：概述流離與勞思光生命之關係；二、時空感興與飄零之思：勞思光的亂離飄零唱嘆，為其主體懷抱中的主弦；三、時空感興中的光陰之慨──白髮形象：白髮與瘦骨意象，為現實的生命情態；四、時空感興中的鄉園意象──中原追尋：去國、天涯、荒地、南海、浮海，具有客居意蘊，「中原」即其鄉園意象；五、時差的超越──白髮形象與中原追尋：以時間的超越討論詩中的時間距離與鄉園空間；六、結論：總結論文成果。

關鍵詞：勞思光、詩歌、時差、時空感興

一 前言

自古以來,「流離」[1]即是人類生存處境的寫照,在近代中國,因戰亂紛擾,流離更是普遍存在的現象。勞思光先生所處時代,顯然更使之具有離散經驗與記憶,政治動亂所造成的、不得不為之的流離,成為時代且是勞先生個人的生活流離,使其詩作往往昭示一種容身客居的心境,而其「亡家身世常為客」(庚午年,1990,63歲,〈庚午元日書懷〉)的飄零感,更透顯離散的孤高。此一對家國興亡與人事滄桑的感喟,實來自於其承擔精神。

就勞先生以其為知識份子關切人類苦難之省思來說,固然在其《歷史之懲罰》中可見一斑;然就其生命感懷而言,「事情多變感滄桑」自幼即具的孤感,實充盈其看似隨興而發的詩歌中;換句話說,此隨興創作之詩歌,實是直透勞先生生命存在的意涵所在。

本文擬以《勞思光韋齋詩存述解新編》[2]為文本,討論韋齋詩中所呈現之時空感興。勞先生固然在詩作中有「飄零難屈我」展示其主體情意之「遠思流光」,亦有「時違休戀鄉邦好,隨處江湖可泊船。」(庚午年,1990,63歲)

隨緣安頓的透達曠懷;然如其「常想少年匡救志,不堪霜鬢臥天涯。」(庚申年,1980,53歲)、「我亦少年天下志,西風霜鬢感衰遲。」(己巳年,1989,62歲)均具強烈時差悲愴感,此無疑來自現實生命多逢亂離與其平生宿願產生的嚴重衝突。因之,本文嘗試以

---

1 「流離」與「歸屬」是人類弭久以來的生存體驗。可以是個人際遇,也是共同的文化現象,亦可稱為時代議題。關於流離的意義,可參考游勝冠:〈導言:流離與歸屬,或身世之謎〉、蒲慕州:〈圓桌觀察:是否流離,為何流離?有何歸屬,何為歸屬?〉收錄於《流離與歸屬:二戰後港臺文學與其他》(臺北市:臺灣大學出版中心,2015年11月)一書。

2 本論文所引勞思光詩作,出自勞思光著,王隆升主編,王隆升、林碧玲等述解:《勞思光韋齋詩存述解新編》(臺北市:萬卷樓圖書股份有限公司,2012年5月)一書。

「時差」為核心，探討勞先生詩歌，當可就文學構思與人生現實的相互召喚，開展時間距離產生的落差，透顯其生命情境與時間的距離感交揉的悲苦遲暮，揭示其傲岸與孤獨況味。

二　時空感興與飄零之思

劉勰《文心雕龍》〈神思〉云：「寂然凝慮，思接千載；悄焉動容，視通萬里；吟詠之間，吐納珠玉之聲；眉睫之前，卷舒風雲之色，其思理之致乎！」陸機〈文賦〉亦云：「觀古今於須臾，撫四海於一瞬。」二者所說的是進行藝術創作時的馳騁想像，頃刻間便能歷覽古今、順時便能遊遍四海之意。時空即便不是具體可現的對象，卻是客觀的存在，因而為詩人感知。

歷來致使飄零思鄉的情懷，包含戍邊守疆、求學致仕、經商遠行等原因，而勞先生的飄零之感，起因於時代的亂離阻隔，除了彰顯現實與非現實的衝突之外，更因現實的憂患使得飄零之感更加深刻。從親友故人的相聚中，固然可以減輕思鄉之苦，然從鄉園中的根本抽離，甚且猶是被強迫式的隔絕，所凝佇的情感最易在詩歌中迸湧。

飄零是一種空間上的流動，甚且是無可依附、憑據的情境。杜甫‧〈衡州送李大夫七丈赴廣州〉詩云：「王孫丈人行，垂老見飄零。」和沈端節〈念奴嬌〉云：「自笑飄零驚歲晚。」表白的都是人生老去及飄零的憾恨。而杜甫在〈不見〉一詩中說：「敏捷詩千首，飄零酒一杯。」更藉由對比，將詩性天才的不可一世之慨與飄零的孤獨雙寫，形成巨大的反差，以透顯一種陡升與墜落的心懷。杜甫和李白自天寶四年（西元745年）兗州分手，已十五年未見。此時杜甫客居成都，得知李白流放夜郎中途獲釋，故為賦一詩。此二句實是對李白一生的概括，敏捷為詩是豪氣的展現，然而漂泊卻成為其豐富創作生涯中的「註解」；而酒或許能與之為伴，能澆其胸中塊壘以聊慰內

心憂懷。然其飄零的落寞,加諸「吟詩」、「縱酒」,已非是瀟灑倜儻,而是苦悲嘆惋的形象。

而勞先生於丙申年(1956,29歲)所書之〈丙申十一月,簷櫻來寓所,蓋別已八載,相見感歎不能已。夜談既久,偕飲坊肆中,酒意催愁,往夢歷歷。因作七律三章,即以贈簷櫻〉詩其一,即是綜興廢、離別與飄零於一詩之作:

> 相逢舊夢半成空,尚許金樽醉酒紅。飛絮一身興廢外,落花八度別離中。
> 平生意氣憐雲鶴,向晚鄉情動海鴻。欲數滄桑吐幽結,更無彩筆笑文通。

詩中所言之簷櫻即勞先生姻親表兄程靖宇[3],因其書房植有櫻花,故有簷櫻之名。

是年,程氏已年近四十,隻身獨居。值此冬夜與勞先生為山河易幟之後首度相見,又因見面為異鄉,因而懷想故園之情極深。從詩意來看,此詩初似不具興亡之感,表達的是深刻的親情離思;然從另一角度來看,委婉的詩意及意吐幽結的滄桑感,除了是親戚情誼之悲喜外,更是劫後對於國難世事之變的感慨,因而融有「親情──個人──時代」的雋永意態。

酒興或可微醉顏酡,相逢實可告慰離別之苦思,卻無法掩飾舊夢已過的事實,而現實的人生已如「飛絮」、「落花」,早年共有的意氣志向,對照此時,已難以堪受;而兩者共同飄零於香港,一是孤獨貧士,一如市隱野鶴,互憐卻亦互嘆;而傍晚閱讀鄉書所觸動的鄉情,更是不堪。再與此詩其二的「湖海有情雙鬢白,琴書對影一燈寒。」

---

3 程靖宇,湖南人,與勞先生為世交情誼,長勞先生十歲,早年離鄉讀書,就讀西南聯大,後於北大復學,畢業後擔任天津南開大學講師。大陸易幟後至港。

合看，實則與黃庭堅〈寄黃幾復〉的「桃李春風一杯酒，江湖夜雨十年燈。」[4]有相似的意味。劫後餘生，擁有的卻僅剩心酸踽踽獨行的路程與流離人生的低語，故而藉「酒」、「燈」、「湖海（江湖）」，構築成飄零況味。

此種飄零的意味固然可以藉由精神的意識回歸得到緩解，也可以藉由酒精的麻痺暫時逃離，然而人生的閱歷往往為此種漂泊之情供輸著一種無可避免的、或淺或深的影響。宗白華說：「人到中年才能深切的體會到人生的意義，責任和問題，反省到人生的究竟，所以哀樂之感得以深沉。」[5]尚且年少的勞先生在未到三十而立的年紀，即已面對離鄉之痛，體會孤獨之感；而持續超過三十年的羈旅生涯，飽嚐憂痛的遊客戀國之心，豈是宗氏所云人到中年才深切體認人生究竟？

勞先生在癸酉年（1993，66歲）的〈秋日赴會劍橋，初卸行裝，晚步哈佛園中，口占記感〉一詩中，藉由入秋季節觸目所見，道出感懷：

> 楓葉飄寒宿雨收，征塵初洗且勾留。重門乍認開新道，銳頂猶能指舊樓。
> 幾輩英賢同隔世，十年衰病獨當秋。思量杜老繁霜句，濁酒難消萬古愁。

此年秋天，勞先生訪問哈佛大學。天寒中獨對秋風，但見楓葉飄落，觸景生情，雖景緻稍有變異，但舊樓尚在，而昔日舊識楊聯陞、費正清等人已然凋逝，因而湧自心中的杜老之嘆，自是悽然傷懷。寒秋的

---

4 黃庭堅所云詩意，雖以桃李春風的佳景襯托早年聚飲之歡；用夜雨殘燈展示別後思情之感。然而，「江湖」一詞卻顯現十年中兩人漂泊流離，遠離都城的悵然。酒燈夜情，常常引起懷友的深情，寫出悲歡離合的人生憾恨。

5 見宗白華：《美學散步》（上海市：上海人民出版社，1981年），頁184。

楓色，固然是引起悵惘感傷的媒介，勞先生之情與秋日的情境氣氛融成一體亦可理解，然而真正聚結此詩的情感線索，恐怕是「飄零」之喟嘆。「飄寒」的「落」與「冷」固然是外在的「彼」，而這種落與冷的情懷與觸動，即是「征塵」的、內在的「我」；而此征塵漂泊的我，只能以「衰病」的凋殘之姿，獨自面對淒冷的秋日。換句話說，悲秋實則是悲時，悲時不啻是悲己。而在獨對天地的同時，勞先生無能在現實的困境中找到可堪傾訴的友朋，只能在文人古道中，尋找感悟的詩者。然而勞先生在遠望詩聖的背影之際，不即是以其在「遠近數千里，上下數百年。」[6]之間求索，將焦點鎖定在杜甫登高的沉鬱悲壯形象中，而又將杜甫與自己的影像重疊，因而讓杜老的悲秋作客、繁霜苦恨、潦倒停酒，跨越了千年時空，成為勞先生現實的生命寫照？

　　從上論述可以看出，勞先生的飄零之慨，在共聚離散之際、在居遊遠別之間，從年少乃至松年，亦即其亂離飄零的喟嘆，已成為其主體懷抱中的主弦。究其原因，固然是歷史現實所導致的結果，然不可忽視的仍是勞先生自我主體心靈，在面對時空世局的變異中，對於社會自然的感受與解悟。

　　筆者在研讀勞先生詩歌的過程中，理解到勞先生為詩態度從性靈走向同光的轉變，亦可知同光詩人生於末世，自覺內索於心的感悟，對於勞先生有重要意義。而同光詩人所處的世局、所顯現的詩情，正與勞先生的生命氣度相合，因而其詩所表現的，不僅是自我的，還是家國的。

　　然而，勞先生詩歌中的生命寫照究竟偏向一種恆常低迴的孤感？或是堅毅不居的高鳴之音？

---

6 「遠近數千里，上下數百年。」為葉夢得於《石林詩話》中所言。其意在揭示詩人具有敏銳及廣闊的時空感知，得以在上下求索時，吐納山川之氣，俯仰古今之懷。見何文煥輯：《歷代詩話》（北京市：中華書局，1981年），上冊，頁420。

三　時空感興中的光陰之慨──白髮形象

　　生命的本質往往是單一而孤獨的，勞先生在其詩歌中共有二十首使用「獨」字，更有二十四首言及「孤」字，顯現勞先生對於生命本質的敏銳與透視。然而，不僅是如此，或者更亦是顯示勞先生對於在自然循環不已與歷史逝去之間的人類，一種無力與無常的慨嘆。這無疑是痛苦卻透澈的認識，而年歲在勞詩中總是主悲而不是具有飛揚奮發的情意指向，因此在時間之流裡，勞先生不禁為自己的「老」態，發抒敏銳感受。其在乙未年（1955，28歲）所作的〈獨坐〉一詩曾有「豈慕遠遊忘菽水？誰堪蟄伏負鬚眉？」

　　面對「親衰遠遊，不得已也。」的哀然。迫於時局，離別雙親，赴港任教的勞先生，在靜中驚見自己的白髮，對於現實的無力與自己的衰老，在〈晨起攬鏡，忽見白髮，悵然久之，即成一律〉一詩中，更寫盡沉重的心情：

> 栗碌終朝見鬢絲，孤吟筆改少年姿。未甘俎肉猶饒舌，漸斂名心耐苦思。
> 片語枉低群士首，半生終誤達人詩。沉沉暮海秋如醉，客路燈光望眼遲。

勞先生離開故土，渡海來臺，而今又要再次海渡至港，生命在轉折之處，已有煩雜之感，卻又驚見不該在年輕歲月中出現的白髮，更使勞先生的感傷倍增。在自身的際遇中，既有時光的流逝的悵然，更有世局衰敝的遲暮之感。流離的客路，望眼的暮海迷茫，憑藉持筆的孤吟少年，而今又將遠渡，一根「不合時宜」現身的白髮，竟被託付了巨大了沉痛感！

　　這種厚重的沉痛，隨著勞先生到港，並未稍減，勞先生於丙申年

（1965，29歲）的〈深秋登樓極目四顧，愴然有感，賦七律一章寄閔生〉一詩中，再次提及白髮之慨：

> 已過安仁作賦年，二毛秋興意蕭然。雌風窮巷煩冤起，嚴氣疏簾暮怨牽。
> 鄰笛有聲催歎逝，天花無夢幻遊仙。危樓晚納潮音急，始悔浮言強說禪。

攬鏡足以見髮長嘆，聽音亦可催人傷老。「鄰敵有聲催歎逝」猶如時光忽過，人生無常的意涵。而笛聲本不必然帶有特定情緒，卻因作者有思鄉之情所引致的情感指向，使其具有催老的嘆逝之意。[7]在此登樓的情節裡，極目四顧以詠懷，自比潘岳青壯之年，卻同有二毛之老態，更顯蕭然意興。

而其丁酉年（1957，30歲）所賦之〈晚步即事〉一詩，則是黃昏時刻海邊散步，聽聞彼處高樓流洩的樂音，而有漸覺老大、無可奈何的感知：

> 壓海憂思向暮深，峻嶒獨影戀秋陰。一天劫火芭蕭淚，十載流人枕杜吟。
> 曲盡高樓歸意切，春回明鏡歲華侵。中郎才筆寧如昨？駐馬猶憐爨下琴。

和前文所論〈晨起攬鏡，忽見白髮，悵然久之，即成一律〉一詩相同，此詩頗具對鏡自傷的意味。時光如水流去，無法抗拒，而若生命

---

7 蘇珊・朗格（Susanne K.Langer）曾說：「音樂的最大作用，就是把我們的情感概念組成一個感情潮動的非偶然性的認識，也就是使我們透徹地瞭解什麼是真正的。」《情感與形式》（北京市：中國社會科學出版社，1986年），頁146。

在此流逝間銷磨且無法安頓，縱使有對鏡自照反省的努力，卻無力改變深具之痛感；尤其值此「壓海憂思向暮深」的時刻，夕陽墜落，具有邊緣及壓迫的狀態，「歸」意強烈，而「壓」迫之憂與「侵」歲之感，更顯飄零的孤寂；而其「崚嶒」的獨影，更是展示一個浪跡天涯、瘦骨嶙峋的形象。此寂寥的困頓之態，亦見於戊戌年（1958，31歲）的〈戊戌秋日偶感〉：

> 積病崚嶒骨，荒殘苟活年。付誰歧路意？對此夕陽天。
> 違俗宜多謗，安心即是禪。鳴雞仍不惡，久廢祖生鞭。（其一）
> 海上經年客，南冠一楚囚。蠻爭憐世局，蟻夢逐行舟。
> 豈有笙歌癖？真偕鹿豕游。華燈明鏡小，坐誤少年頭。（其二）

清瘦當因積病[8]而引，積病實是漂泊所致，勞先生客居香江已三年，飄零異域猶如南冠楚囚；「華燈明鏡」不必是實體的燈鏡，卻是心靈徵象，少年白頭的坐誤，更有青春逝去的鬱結之感。

前文所論之詩，均為勞先生而立之年前後所作，從詩中所見的的少年白頭，實讓人不得不慨嘆勞先生在時間窘迫中難以消解的痛楚。

此外，「我亦鏡中傷髮齒，年年袖手對滄桑。」（丙午年，1966，39歲，〈丙午初度，中夜獨坐，成三律書感〉其三）、「冉冉流光逼鬢絲，消寒新錄十年詩。」（丁未年，1967，40歲，〈臺灣友人來函，詢及近狀並論時局，詩以答之〉）、「前宵一枕連明雨，悵絕昌黎感鬢霜。」（己酉年，1969，42歲，〈感懷〉）、「五年奇劫鄉書絕，一枕危樓鬢雪加。」（己酉年，1969，42歲，〈日暮獨步憶寅恪先生詩有感〉）、「渡江當日少年遊，去國方驚已白頭。」（庚戌年，1970，43歲，〈初抵普大寄香港友人〉）、「坐負江山頭益白，閒評詞賦力猶

8　此詩運用陸游〈幽棲〉一詩之「憂棲少人客，積病得衰殘。」意。

勝。」（庚戌年，1970，43歲，〈曾履川以新刊《范伯子詩》見贈，讀後成三律識感，即柬曾先生〉其三），均透顯流離中衰老的游子形象。

少年與老年形象成為詩歌中的剪影，一個是渴望高昂的心境，另一個卻是幽思抑鬱的落寞，但勞先生詩作中的少年，卻多所出現的「白髮」與「瘦骨」形象，此為詩人為詩的選擇，說的是白頭與瘦體，又何嘗不是在說勞先生於此現實天地裡的生命情態？也許一根白髮的出現微不足道，一個原本即略顯清瘦的身軀或似不該被放大檢視；然而，作為詩歌的表現，仍必須以生動而具體的時空形式進行演繹，放大並非誇大，現實即為真實；因之，從白髮與形軀中，即可見是時氏當時生命情狀的刻畫，換句話說，此即是在現實的生活基礎上深刻的個體形象，以少總多、用局部顯示整體，帶有勞先生個人的獨特性，卻也揭示其宏大而普遍的概括性。

四　時空感興中的鄉園意象──中原追尋

悲嘆白髮生出的同時，也就意味著對於時間流逝的悲感。時間催老的憂思，和身世之感所造就的動盪流離，積累成的鬱悶厚重，更在空間的追尋中透顯。

在詩中兩種空間的並置產生的效果，絕非是意象並置疊加形成的一致情懷。這種相置的、卻是隔離的空間，以追憶懷想進行連結，來自於現實的複雜情感。一方面是對於現在所處的空間的關切（或者視此為鄉，安穩自在；抑或者羈旅抑鬱，陷落傷痛）、一方面是對於想望的空間的追尋。但無論如何，用自我思懷進行空間的牽涉，將現實遙遠空間的阻隔轉化成內在想像的接近與聯繫，就儼然有慰藉救贖的可能。換句話說，這種用心理感興，把對於故鄉的懸念、一種因現實的空間隔絕而無法歸鄉的奢求，轉成可堪告慰的情境，實是可以一解思鄉之情的。

　　然而，固然可以牽介空間彼此，心緒可以遊動，但客觀存在的現實空間仍是現實空間，客居仍是客居，暫時的慰藉無法獲得完全的解決，渴望遂變轉成更深沉的悲痛了。庚子年（1960，33歲）〈夜坐偶成〉其二詩云：

> 海霧浸窗月半明，憂來無跡感平生。服妖舉世崇囚垢，黨禍何人問濁清？
> 經世豈須文不朽，養心翻喜病相成。天涯白髮頻年長，惆悵縱橫少日情。

勞先生的憂思來自於當時香港人崇尚美國嬉皮風氣，卻對於中華傳統文化興衰不具關懷之情。然而此種憂思伴隨的是己身的衰老與身在「天涯」的無奈。因著滯留於「天涯」的空間，致使抱負、觀照俱凋敝失落。既然深具天涯的感傷，必然是揭示與故鄉情懷的對照。客遊飄流往往是挫傷詩人的情節。如若是使自己能因離家而理解鄉愁，自然是詩人自我選擇的結果；然而，顛沛流離所致使的天涯淪落，卻正昭示著我與故園距離的遙遠，如何堪受淒涼惆悵的情緒？

　　勞先生在己酉年（1969，42歲）〈日暮獨步憶寅恪[9]先生詩有感〉一詩中，亦抒發其天涯之悲：

> 昔傳陳叟傷春句，煙火英倫感歲華。我亦孤懷當去國，誰容大

9　陳寅恪（1890-1969），江西修水人。史學大師。少即用功讀書，史籍、文集以至小說、佛典，無不瀏覽。學術涉獵中外，學識極淵博，於歷史、文學、哲學、宗教、語言學等均有造詣。陳寅恪的主要研究課題為隋唐史、佛教史、交通史等，但我認為他對近代治文史者最大的啟發，乃在於他對學術的熱忱與方法。他通曉語言學，深信「讀書必先識字」，又能匯通各領域，以此證彼，詩文互證。生平可參考汪榮祖《史家陳寅恪傳》、何廣棪《陳寅恪著述目錄編年》、《陳寅恪遺詩述釋》、《陳寅恪論文集補編》、陸鍵東《陳寅恪的最後廿年》。

難更謀家？
五年奇劫鄉書絕，一枕危樓鬢雪加。興廢待爭風雨急，黃昏曠
野立天涯。

此時勞先生應邀於普林斯頓大學講學，因思陳寅恪之詩文，而有黍離
之悲。此詩詩意源於陳寅恪〈臥病英倫七律二首其二〉一詩，其詩
云：「金粉南朝是舊游，徐妃半面足風流。蒼天已死三千歲，青骨成
神二十秋。去國欲枯雙目淚，浮家虛說五湖舟。英倫燈火高樓夜，傷
別傷春更白頭。」陳寅恪原即有眼疾，在對日抗戰勝利後方赴英國治
療。然而延誤治療時機，加上醫生誤診，陳寅恪終究雙目幾近失明。
而此詩即是在此狀況下書成。原本陳寅恪在牛津、劍橋任教，但終因
懷抱故國之思而回鄉。勞先生即因景仰陳寅恪的堅持及學術成就，加
上自己身處異地，卻無法如陳氏可身回故里，因而藉此詩發抒心情。
　　去國是不得已的選擇，而懷鄉是自我懷抱的持節。「我亦孤懷當
去國，誰容大難更謀家。」更可見其對於中華文化受到文革浩劫的憂
傷。「霜雪加」的人生變異彷彿是對於生命現狀的苦痛注腳，而「黃
昏曠野立天涯」他鄉曠野獨立的遺憾，更加讓人驚心。
　　此種相同的「天涯」情境，亦出現在庚申年（1980，53歲）的
〈庚申除夕其二〉一詩中：

衣冠幾處悼蟲沙，故國風高日急斜。燕雀下堂仍有夢，豺狼遮
道總無家。
衰時更化談何易，積勢爭雄事可嗟。長想少年匡救志，不堪霜
鬢臥天涯。

此詩作於歲末。新歲將至，勞先生尤為文革之後的局勢憂心。懷想自
己年少所抱持的志向，卻在歲月中逐漸凋敝，霜鬢蒼老的「不堪」之

情，在加諸天涯游子的身分後，更顯「不堪」。於是，天涯之臥即是「無家」之悲，而所謂「仍有之夢」即是心繫「風高日斜」的「故國」。

相對於「天涯」來說，勞先生所深植的鄉園意象，無疑是所謂中原——作為中國傳統文化及精神的根源之地。辛丑年（1961，34歲）的〈睡起偶成〉一詩云：

> 尚有華胥許解顏，布衾高枕即禪關。妨人作樂千塵侶，謂我何求一鳥閒。
> 意熟雪狸親麈尾，夢回紅日遍花間。中原悵望催華髮，夷甫諸人誤北還。

此詩在寤寐迷離之間開展，一方面傾吐香港生活的窘迫之狀，卻又對於多變世局寄予關注之情。「中原悵望催華髮，夷甫諸人誤北還。」是對於當時臺灣無法反攻大陸的慨嘆，亦是對「悵望」中原，無得歸返的傷老之情。

勞先生於己巳年（1989，62歲）所作之〈蕭箑父自武大寄詩，以二律答之其一〉詩云：

> 傳箋萬里喜新詞，劫後文心尚苦持。南海騰潮觀世變，中原落日繫鄉思。
> 豺狼道路誰相問，泉幣泥沙事可知。我亦少年天下志，西風霜鬢感衰遲。

蕭箑父是武漢大學教授，文革期間曾被鬥爭。此年千里來鴻寄詩給勞先生，並言及大陸現狀。勞先生以「南海騰潮觀世變」言臺灣如潮水翻湧般的政局，「南海」指居於南方的臺灣，以潮水的翻騰喻臺灣時

局變化多端;而鄉思所牽繫之處,仍是遙遠的「中原」故國。復與「我亦少年天下志,西風霜鬢感衰遲」並看,少年的胸懷大志,如今僅剩衰颯之氣,不免有心願落空之慨。

丁丑年(1997,70歲)的〈深秋即事其一〉詩,所呈現的晚景之嘆與中原夢繫的懷想,更可見中原故里在勞先生心中無可撼動的位置:

> 幾處樓臺歎雀羅,涼溫彈指意如何?桑榆晚景餘浮海,魂夢中原失渡河。
> 俗曲朱離空宛轉,閒情綠綺久銷磨。宵來細雨淒寒甚,冉冉憂思枕上多。

在「大陸→臺灣→香港→臺灣」的空間中遷徙,故園終究是故園,異鄉猶然是異鄉;經歷逾四十年的時間變異,在「桑榆晚景」的垂老之際,依然飽嚐征蓬之苦,魂夢所戀的、內心認同的故土仍是中原。

而辛丑年(1961,34歲)的〈辛丑人日〉所說的「艱辛世味投荒意,爭使潘郎不白頭?」亦顯現勞先生自況的流離身分。

綜上所述,可見勞先生以「去國」、「天涯」、「荒」地、「南海」、「浮海」,表述自己所處之地,實具有游子客居之意蘊;而「中原」作為故園的代詞,亦即其所懷抱的鄉園意象,即是中華民族脈絡中的、具有中華文明象徵意義的中原,其懷想鄉園之情,與身處異域的闌珊之慨,不言可喻。

五　時差的超越──白髮形象與中原追尋

以時間的遙遠蒼茫和空間的浩瀚廣袤,營造詩歌深刻情懷,俯仰千載,詩思萬里,將漫漫歷史與天地交會,交揉出濃厚的尺幅千里、

無垠不盡的時空感興，深具氣象；勞先生詩作作意固然多有在此，然而，微觀世界的方寸之斂，卻更看出其在時空逼仄中的困頓、坎坷、憾恨，卻又有警絕、孤高、堅持的意味。

朱壽桐曾說：

> 時間距離的拓展能強化某種人生體驗的悲劇感，讓時間的流逝這種任何人都只能徒嘆奈何的現象表現於較為一般的人生體驗，從而喚起人們的情感認同，審美的普遍性因此便得到了凸顯。[10]

一般來說，少年紅顏、老人鬢髮方為常態，劉希夷的〈代悲白頭翁〉即是以「此翁白頭真可憐，伊昔紅顏美少年。」的形象對照，用青春年少的紅顏與年華老去的白頭反差，寫出老翁形象。然而，白髮未必不會出現在三十歲年紀的少年頭上；《全宋詞》無名氏的〈九張機〉有「鴛鴦織就欲雙飛，可憐未老頭先白。」之句，而沈腰潘鬢之說，更說明年紀與白髮及消瘦之間，未必有絕對關聯。勞先生在二十九歲的詩歌中記錄自己的第一根白髮，自此「白髮」、「白頭」、「霜鬢」就成為其詩中呈顯的自我形象，時而輔之以「嶙峋」、「瘦骨」，既是顯示其在形體變化中的無可奈何，更是心境的闡述。

然而，回到前面所說的，白髮、消瘦與年紀沒有必然的關係，但在一般人普遍不認為該出現的年紀出現，卻又顯得意外而難以接受。人何以堪、悠悠我心的傷悲，難道不是「人生體驗的悲劇感」嗎？白頭既已成為現實，消瘦無法在面對時代摧殘生活困頓中反轉，勞先生詩作中的此情此景便持續綿延，終成既定之形象。如果說，在六、七十歲的衰颯中回顧從前，與年少懷志的強烈對比，當然是因於時間的

---

10 見朱壽桐《文學與人生十五講：人生情境與文學情境》（北京市：北京大學出版社，2006年10月），頁128。

距離所具有的滄桑感造就時光流逝之悲;那麼,三十歲不該發生的老態衝擊,一種不該有的時間距離(三十少年同等六十老翁),難道不會致使勞先生在發為詩歌的同時,書寫人生搖落凋零的悲痛嗎?

何以勞先生的少年白頭、遲暮之感,在年少時即已瀰漫?〈離騷〉說:「何所獨無芳草兮,爾何懷乎故宇?」並非除了故園之外,沒有芳草、無法施展抱負,然而回不去的所在卻更容易引起文人的回歸之情。這已然不是純粹的鄉園情懷,而是摻雜了抱負理想,更是一種將故鄉政治化了的情懷,在歸離之間,憂國之思與鄉園之思無法切割,造成詞人內心的膠著憂傷。

鄉園故國,固然是空間的,然而,懷鄉之情卻亦是時間所積累的懷思;隨著人生遠遊,離別變成一生的主調,思鄉的痛楚就無盡綿延。詩人可以在創作中演繹一種不同於現實時間的秩序,從而在時差中體味嘆惋的意緒;亦可以創造出空間,把自己置身在遙遠的距離之外的鄉園中。然而,無論如何,時差的存在都是挫傷詩人的一把利劍。

從勞詩入手,以時間的超越討論時間,強化了時間之流的不可逆,少年的老態、老年的嘆逝……俱成必然接受的現實;那麼,如何以時間的超越討論勞先生詩中的鄉園空間?

上文已述,勞先生心繫的故里即是中原,一個深具文化傳統的鄉園。若以地域概念來說,所謂中原指的是以中國大陸河南為核心,延及黃河中下游的區域而言;現代一般中原地區稱謂,即是以河南省為主體,包括陝西省東部、河北省南部、山西省南部、山東省西部、江蘇省西北部、安徽省北部。據此來看,勞先生的祖籍是湖南,湖南鄉園並不隸屬於「中原」之境域,何以勞先生日思夜想的故里是中原?

勞先生曾於壬午年(2002,75歲)的〈舊遊雜詠其四憶金陵〉詩中述及「雞鳴鯉躍餘謠讖,虎踞龍蟠付寂寥。記過高陵春雨路,青天大纛正飄飄。」回憶抗戰勝利後金陵小住的心境,當時並親見中山陵青天白日旗飄揚之姿;而兩岸分治之後,勞先生卻有「衣冠幾處悼蟲

沙，故國風高日急斜。燕雀下堂仍有夢，豺狼遮道總無家。」（庚申年，1980，53歲，〈庚申除夕〉）、「老臥南疆，一身破國亡家。」（甲戌年，1994，67歲，〈高陽臺・甲戌冬，作於香港海桐閣寓所〉）的感傷，此即可說明：勞先生所謂的「中原」包含了兩種意義，其一是承繼中華民族正統的稱為中華民國的國家，另一是自五千年以來中華文化發源、拓展、深化的大陸土地。然而，弔詭的是，被勞先生認同的中華民國保有臺灣，現實中卻不是勞先生心繫的「中原」，而是「南疆」；而被勞先生認同的「中原」，卻是受不被勞先生認同的中共所統治。那麼，勞先生的破國無家之嘆，及其所要悵望、望斷，卻無法歸去的中原，是否可以理解成是一個「在中華民國統理之下的中原故國」？然而，歷史的殘酷已是既定事實，未來事不可知，但畢竟在勞先生的生命歷程裡，「在中華民國統理之下的中原故國」即是過去的時空，根本無法回溯，而唯一的可能，便是以詩情超越時差、回到過往。因而，「鄉愁」對於勞先生來說，顯然是一種必然的選擇與結果，然而這並不表示勞先生對於香港或臺灣是異域；換句話說，香港或臺灣雖然不具有原鄉的意義，卻仍是大半生之居處，具有無法分割的地緣關係。從勞先生的詩作中，清晰地察覺到身為中華民族的一份子，無法在中原開展其文化志業，卻只能退守在港臺的流放悲情，一種身處邊緣的傷感意識。

空間造成了思鄉的悲因，時間更強化了悲苦的深度。對於中原的想望，不僅可以將延伸的廣袤空間作為具有心靈感受的意義，更是反映出自身被限制於特定的時空中，雖有窮目的心志，卻僅能遺憾地以身體的轉旋來面對無限；勞先生選擇以登望、旋身、悵望、想望、望斷的方式，已經說明了行為是暫時而有限的，而海色無限、中原無法望極是早已知曉的，並非身體的行為便可破除無法望極障礙，因而以一個孤獨的自我面對無窮的空間之際，時間的意義也會被放大，加諸紛淪的變局，湧現的情緒會更加深刻；反過來說，難道不是勞先生因

有其自身的感受，因而選擇面對時局、凝望空間，寄託其對於人類在時空中被某些現象制限的沉痛之情嗎？

六　結論——文人的時空感知與生命情懷

　　文人的流離傷感，既是空間的也是時間的。遠別故鄉產生距離、身為異客日久產生疏離，故而文人的心緒也以此為開端，從而牽引出對於社會文化、今昔差異等感傷情結。鄉園與異鄉之間，空間拉大拉遠，是人生情境的距離，勞先生的生命情境並非落拓潦倒，然其內心的憂國憂時，卻是窮愁善感的時代之悽。勞先生的個體意識不是個人的憂憂之戚，而是對於時代社會的憂慮之情。雖然，勞先生因見白髮而發出生命蒼茫的詠嘆、因身體羸弱而有生年已老的傷懷，亦因去國而憂傷、天涯凝望而失落……，這都是詩中出現的形象，而詩歌所呈現的中心位置或意義，何以導致身心俱疲、形貌衰變的原因，更是最重要的焦點。是個人的成敗？是社會窮困的斬傷？實則最失意的苦痛是來自於國族的劫難，包含政治，亦包含文化。

　　勞先生為詩，緣起於流離的生活情境，交揉其自身存在的感受及體悟，閱讀其詩作，實可詮釋其生命的渴望與哀感，卻也同時體會其生命的深邃與堅持。顏崑陽認為：

> 人的生命存在涵有本質上的「悲涼性」，一切宗教、哲學以及詩的智慧，都由這生命存在的「悲涼性」所開啟。[11]

生命的悲涼性來自於現實世界的有限及無常，非人所能主宰，故而面對生命的困頓，產生憂患與傷感，故而認為文人常透過詩歌以呈顯人

---

11 見顏崑陽〈詩是智慧的燈：「詩性心靈」的特質與「詩意義」的感發〉一文，《清華中文學報》第3期（2009年12月），頁52。

生的存在意義，更是詩性心靈的必然展演。

　　勞先生以其自覺而清醒的文人身分，在面對社會紛亂狀態之時，更易產生一種文化認同沉淪的焦慮；而詩歌創作，是否可以安置其因焦慮產生的痛苦？詩中所呈現的感慨，是否即是一種自我寬慰的方法？顯然答案是否定的。陶淵明在〈歸去來辭〉中以歸回田園作為遠離濁世的方法；阮籍以飲酒放浪逃避時代的壓迫；而勞先生既不以飲酒自我沉醉、消愁解憂，亦非將自我放逐、脫離人事作為面對世俗紛擾的生命態度，選擇以孤獨清醒的心靈浸淫哲學知識、傳承傳統文化作為回應，而以詩歌文字，當成宣洩情緒、剖析自我的載體。也就是說，勞先生對於哲學的用功與延續文化命脈的努力，是其志向理想與學思歷程的展現，而這樣的成就與政治的紛擾或清明沒有必然關聯；然而其詩歌，不僅是其基於主體生命存在與外在環境的連結，因而表現的心志狀態與情感狀態，更是一種孤高超拔生命力的呈現。換句話說，哲學研究的高度，使勞先生成為學界公認的大師學者，卻不足以讓人瞭解其學術以外的生命面向；而在勞先生發抒情、志的古典詩歌創作中，寂寞卻覺醒的文人意識、幽微卻堅定的情懷、看似疏離實則把自我放置在失落世界中心的孤高形象，卻顯映而明朗。

　　　　　　　——發表於「儒佛會通暨文化哲學學術研討會」論文
　　　　　　　　　　（新北市：華梵大學，2016年4月30日）

清透與孤寒的雙重況味

——從「勞思光文學」的討論出發，論韋齋詩的生命印記[1]

摘要

作為一個懷抱傳統知識份子使命感的個體，勞思光先生以一個祖籍是湖南的中原之子，在臺灣與香港來去，都有游子心情，此漂泊實深具清透與孤寒的雙重況味。

本論文以勞思光韋齋詩為討論中心，擬就其詩歌所呈顯之生命狀態及形塑的獨特體驗，一探其自我生命的證成。在論述證成之前，先進行勞詩研究道路之概說，進而談論研究開展，再討論勞詩之生命印記。

論文分為五部分。一、前言，概論勞思光先生的游子之痛，實是其詩歌透顯的主要情調。二、從對於「勞思光哲學」到「勞思光文學」的討論說起，分成兩部分討論——其一是陳耀南與張善穎的「勞思光哲學」與「勞思光文學」兼論，談陳張兩學者對勞先生的詩歌討論，是學界對於勞先生「文學」造詣的初步認識；其二是論述「勞思光文學」的研究開展，梳理至今二十三篇勞先生詩歌研究的篇目，並從具有「反差」性題目，引出問題，是過去與現在的心境或現實差

1　本文原發表於二〇一七年五月二十五日，香港中文大學主辦之「文化理性的批判與哲學理性的辯護——勞思光教授九十冥壽學術會議」。原題為〈清透與孤寒的雙重況味——論勞思光韋齋詩的生命印記〉。據《勞思光先生九十冥壽學術會議論文集》審查委員建議修改內容。題目亦一併修訂。僅致謝忱。

異？還是在追尋自我定位中的反覆思索？三、談「勞思光詩歌」呈顯的生命狀態──殘缺與寒意的現實孤獨，論證大量出現的三十七個「殘」與四十三個「寒」字絕非偶然。四、論「勞思光詩歌」呈顯的生命意義──清透而敞亮的人生理想，亦即展現其承當精神，在最絕望與最不堪的、最孤絕與缺殘的境遇中，折射出安立面對的生命意志。五、結論，總結論文觀點。

關鍵詞：韋齋詩、孤獨、身世之感、清透與孤寒

一 前言

記憶和認同，往往是在生命成長與追尋過程中，一再被確立的重要因素。歷來仕子為了證明自我致君堯舜之道，苦讀之後離鄉背井、進京求取功名，縱使有鄉愁離別之憾，卻因即將能實踐生命理想，因之杖策遠行的風發意氣，實是年少輕狂昂揚自信的生命主調。然而，生命終究是無常的，期待能證成自我理想的道路，卻因現實環境而無法翔躍，被迫退居沉潛。更有甚者，悖離的是功成業立的完滿，近觸的卻是再次漂泊離鄉的遠行！只是，這樣的身影雖然羸弱清瘦，卻常是傲然挺立。

作為一個懷抱傳統知識份子使命感的個體，勞思光先生的生命遭際加諸對於自我對於現實覺受的程度而言，即便是安居於香港、臺灣已數十年，有「邊城客久安殊俗」（癸亥年，1983，56歲，〈癸亥開筆〉，頁356）[2]的接納與怡然，但「登樓忽有王郎恨，如此湖山似故鄉。」（庚戌年，1970，43歲，〈孔目湖書感〉，頁257）的觸景傷情、「亡家身世常為客」（庚午年，1990，63歲，〈庚午元日書懷〉，頁390）的游子之痛，方是勞先生詩歌透顯的主調；然而這種具有漂泊內涵的生命之中，卻顯然有一種下載負荷卻深具顯發力量的實質精神，昂揚其中，深具清透與孤絕的雙重況味。

本論文即是從勞思光先生韋齋詩出發，擬先就學界對於其詩歌研究的開端、歷程進行陳述、討論，進而思索其詩歌所呈顯之生命狀態——殘缺與寒意的現實孤獨、生命意義——清透而敞亮的人生理想，探討勞思光先生詩歌中的孤憤悲情與身世之感，並就詩中所形塑的獨特體驗，一探其自我生命的證成。

---

2 本文所引用勞思光先生詩歌文本，均出自勞思光著·王隆升主編·王隆升、林碧玲等述解：《勞思光韋齋詩存述解新編》一書，並標明寫作干支年、西元年、寫作年歲、詩題，並標明頁數（臺北市：萬卷樓圖書股份有限公司，2012年）。

二 從對於「勞思光哲學」到「勞思光文學」的討論說起

勞思光先生是一個用哲學證成其宏偉學術的智者，同時也是用文字建構其生命圖像的詩人。

以往對於勞先生的深刻認識，自然是其著作等身[3]的哲學思維，自從陳耀南先生在一九九七年（民國86年）勞先生七十大壽學術研討會中，發表〈詩藝哲懷兩妙奇──讀勞師《思光詩選》〉一文[4]之後，時隔五年，張善穎先生在二〇〇二年（民國91年）研討勞思光學術思想會議中，發表〈情意我與心靈境界──從《思光詩選》一探勞思光先生的哲學生命〉[5]，學界對於勞思光先生的「文學」造詣應有了初步的認識。

（一）陳耀南與張善穎的「勞思光哲學」與「勞思光文學」兼論

既然陳耀南先生開啟了勞先生詩藝的論題，勞先生的詩歌創作理當成為學術研究的新興題材，然而，事實的發展卻並非是如此！其中有兩點頗值得深思：討論勞先生哲學思想者眾，但討論詩其歌創作卻晚在勞先生七十歲之時？此其一；陳耀南先生首篇探索勞先生詩藝論文出現，照理應已引起學界注意，何以再過五年之後，才有張善穎先

---

3 勞先生著作自一九五五年問世以來，包含《文化問題論集》、《康德知識論要義》、《思想方法五講》、《存在主義哲學》、《哲學淺說》等數十本，其中《中國哲學史》、《新編中國哲學史》更是廣為熟知。可參考劉國英、黎漢基合編〈勞思光先生著述繫年初編〉〈http://humanum.arts.cuhk.edu.hk/ConfLex/lao-bib.html〉。

4 陳氏一文，發表於該年香港中文大學在臺舉辦之「勞思光教授七十大壽學術研討會」。現收入於劉國英、張燦輝編：《無涯理境──勞思光先生的學問與思想》（香港：中文大學出版社，2003年）一書，頁259-271。

5 張氏一文，發表於該年行政院文化建設委員會主辦，華梵大學承辦，臺灣大學、東吳大學協辦的「勞思光思想與中國哲學世界化」學術研討會。舉辦時間為二〇〇二年十一月二十三、二十四日。

生之論文？此其二。

　　或許是勞思光先生的哲學所透顯的成就，在學術界早已是一種堅定屹立的印象，而勞先生自己亦曾說：

> 我所真正關切的是我自己所見到的理境及所達到的自我境界。……我所關切的哲學問題，本是哲學現有的危機問題，與未來的希望問題。我從幼年即感覺到一種普遍性的新哲學的需要。[6]

這樣看來，勞先生對於自我建構的責任意識、對於歷史與人類所處理境問題的回應，有捨我其誰的豪情，在《歷史的懲罰》一書中所說的「承當精神」[7]即是一種具備歷史與現實雙重承載的哲學家精神。既然如此，學術界所關心的自然是勞先生關於文化斷絕、責任價值的承當精神，既類同於唐君毅先生的靈根自植[8]，且具有深刻的形上學意義。[9]

6　勞思光：〈序〉，《思辯錄──思光近集》（臺北市：東大圖書公司，1996年），頁1-2。

7　《歷史之懲罰》原是勞思光先生於一九六二年間在《祖國》週刊所發表一系列的政論文章，曾於一九七一年首輯成書。之後由香港中文大學編成《歷史之懲罰新編》（香港：中文大學出版社，1999年）一書。勞先生在此書中，以知識份子嚴謹的思辯能力，對當代中國危機以至世界文明的困頓，進行深刻反省。從此書中更可見勞先生面對苦難的中國所積累的歷史債務，所具有的承當精神。

8　黃冠閔曾提到唐君毅先生的「深淵之思」，是一種發自絕望深淵的希望，此湧現的希望，能夠真正「靈根自植」的即是從情感性的絕望創造出自覺而有抑制的人格，「此種『靈根自植』與勞先生的『承當精神』，在原則上是相通的。」見劉國英、伍至學、林碧玲合編：《萬戶千門任卷舒──勞思光先生八十華誕祝壽論文集》（香港：中文大學出版社，2010年）一書，頁284。

9　黃振華〈試闡述唐君毅先生有關中華民族花果飄零與靈根自植之思想〉一文，曾提到唐君毅先生的靈根自植思想「未嘗用哲學的說理方式加以表達，而僅用實際的事例顯示其意義。然而其中卻蘊含深刻的形上學意義。」收入於霍韜晦編：《唐君毅

　　不過，探討此問題，或許亦可以透過看陳、張兩位先生探討勞先生詩歌所使用的材料來探究。兩位先生使用的是《思光詩選》一書。此書是一九九二年（民國81年）由東大圖書公司（三民書局）出版，勞先生並有自序：

> 其初每有所作，隨手棄置，未有集成卷帙之想；既居香港，始偶有錄存，然佚散者固多於所存，自忖不屬詞林文苑之儔，亦未嘗措意。比年生徒閒話，頗有勸以詩稿付刊者，乃取所存書稿，託黃生慧英代為整理，按年重錄一遍。辛未秋，攜此稿來臺，適三民書局願為刊行，遂以稿付劉振強先生。……余少不自量，頗留意於天下治亂，嗣治思辯義理之學，復以明道立言自勵，故書懷之作，殊多狂語。然詩以言志，貴乎存真，今亦不加削改。[10]

從序文中可以看出，早年勞先生對於其詩歌創作並未有成集之念，即便是之後，亦因是學生力勸，且在三民書局劉先生頗有意願，因緣際會之下，遂將其詩付梓。勞先生所謂自認不是文學家之語、年少不自量力，當然是自謙之詞，但鑽研義理之學、以明道立言自勵的確是事實。至於詩歌言志且存真，更是說明其作詩態度及風格。

　　因而便可以如此理解：在勞先生六十五歲之前，詩歌創作既沒有成書，旁人無從獲得，自不會成為學術研究的探討對象；勞先生的生徒或學友，在與先生「閒話」當下，或感於勞先生的詩歌才氣或才學，且對勞先生崇敬的成分更勝於研讀其詩歌的動機，自然是欣賞與讚賞而非析賞與析論了。這也更可以延伸來理解，何以第一篇談論勞

　　思想國際會議論文集》（1）（香港：法住出版社，1992年），頁76。
10 勞思光：〈序〉，《思辯錄──思光近集》（臺北市：東大圖書公司，1996年），頁1-2。

先生詩藝的論文，是在勞先生的七十歲華誕這樣的「秩慶」研討會中出現；甚至，第二篇論文出現在五年後，時間點正是前一年（2001年，民國90年）勞先生獲得行政院文化獎、而當年（2002年，民國91年）獲選為中央研究院院士之後的「誌慶」研討會中。

換句話說，上述所提到的兩個問題，其實是相關的、甚至應該說是一個問題，即是：自《思光詩選》成書十年，探討勞先生的詩歌論文，僅有兩篇。究其原因，固然是勞先生哲學聞名太高之故（然而，反之亦可能因為以哲名帶動詩名），但筆者認為當是如上所說，對於勞先生的詩創態度是欣賞而非（或可說是「不易」）析賞，畢竟，義理可以解構辯論，且勞先生的哲學詮解早已被普遍討論，然對其詩歌創作的熟悉或理解，又豈可只以所謂「書已付梓十年」的時間來質疑？

張善穎先生在其〈情意我與心靈境界——從《思光詩選》一探勞思光先生的哲學生命〉一文中便言：

> 從《思光詩選》來看勞先生的哲學生命原是一個大膽的嘗試，我的舊詩根柢也原本不足以讓我來作這樣一件事。但是多年來通讀勞先生的著作，又從一九九一年正式認識勞先生，後來多有機會在各種場合一聆先生的精闢析理、雄談讜論，這些都讓我覺得也許這個嘗試並非沒有意義。[11]

張先生提到舊詩根柢不足，因之討論勞先生的哲學是大膽嘗試，這可看出是張先生謙和嚴謹的治學態度；而「多年通讀」加上親聆勞先生精論，讓張先生以詩歌證成勞先生哲學生命的想法進一步落實，是具

---

11 張氏一文，發表於該年行政院文化建設委員會主辦，華梵大學承辦，臺灣大學、東吳大學協辦的「勞思光思想與中國哲學世界化」學術研討會。舉辦時間為二〇〇二年十一月二十三、二十四日。本文所引出處為國立臺北護理健康大學學術網路資源版：〈 http://web.archive.org/web/20060526205712/http://www.ntcn.edu.tw/teacher/yiing/yiing/ phil-lao-self.htm 〉。

有深刻意義的，這是真誠之語，因為「了解勞先生的另一條捷徑還在於，藉由詩文，直探勞先生的心靈世界和它所展示的各種自我境界的內涵。」[12]

但亦如張先生所云：「捷徑並不意謂著容易從事。」[13]那麼，便可以如此看待：即便《思光詩選》已付梓十年，但是，一來「勞思光」、「古典詩」的「元素」在當時的時空是否「符合」普羅大眾的閱讀心靈與層次？二來這些元素對於文史哲相關研究的學者而言，是否具有深刻意義？恐怕「勞思光」與「哲學論述」這樣的元素結合，被注視的程度遠遠大於「勞思光」與「古典詩」的組合。這也就是說，學界對於問世十年的《思光詩選》未必有接觸、就算有接觸，也未必多讀、即便是多讀也未必能讀熟讀透，當然也就不會進入論述層次。更重要的關鍵與脈絡恐怕是：深研哲學研究的學者關懷的核心自然就是哲學，就如同研究文學的學者當然以探索文學為焦點，而勞先生關懷的、與後輩學者切磋的亦是哲學問題，職是之故，首要的課題當然仍是哲學問題的推演。

那麼，回到前述兩篇論文的論題──〈詩藝哲懷兩妙奇──讀勞師《思光詩選》〉、〈情意我與心靈境界──從《思光詩選》一探勞思光先生的哲學生命〉，陳先生談的是「詩藝與哲懷」、張先生談的是「從詩探哲學生命」，兩者談的都是「詩與哲」，這也就說明，陳、張兩位先生探索勞先生詩歌創作的同時，是和探索其哲學學問一起理解的，而無論從一般事物的發展或從學術的開展而言，都是非常符合演進脈絡的。亦即是：

---

12 張氏一文，發表於該年行政院文化建設委員會主辦，華梵大學承辦，臺灣大學、東吳大學協辦的「勞思光思想與中國哲學世界化」學術研討會。舉辦時間為二〇〇二年十一月二十三、二十四日。

13 張氏一文，發表於該年行政院文化建設委員會主辦，華梵大學承辦，臺灣大學、東吳大學協辦的「勞思光思想與中國哲學世界化」學術研討會。舉辦時間為二〇〇二年十一月二十三、二十四日。

　　A 勞先生有其哲學論述 ⇨ 對勞先生哲學論述進行討論 ⇨ 對勞
先生哲學論述的討論有豐富成果 ⇨ 持續討論……
　　B 勞先生詩歌出版 ⇨ 對勞先生詩歌關注的大多是原來研究哲
學學者（或學生）或必然知曉勞先生的哲學成就 ⇨ 用熟悉勞
先生的哲學來進行勞先生詩歌討論（或藉由詩歌討論勞先生的
哲學）……

A 指的即是哲學界的普遍議題；B 指的即是在 A 發展之後，新形成的
課題，但在形成的過程中，猶需借助 A 的成熟發展來推動。因之，
在「勞思光哲學」的研究基礎下，「勞思光文學」的研究既然尚未開
展到成熟獨立的研究專域，自然先從詩哲兩觀加以談論。

　　或許有些弔詭的是：事情的發展，總有人開頭，不是此人先做，
就是另外的人先做，總是有人會身先士卒，挺身而出，不是嗎？然而
筆者以為，開啟「勞思光文學」論述的是陳、張兩位先生，或許不應
只是用偶然性來看待，甚且有可能是一種必然的結果。

　　陳耀南先生著作豐富[14]，一九九三年（民國82年）香港三聯書局
與臺北書林出版社出版的《中國文化對談錄（初編）》，從上起原始文
化下至當代文明的數千年文化演變軌跡縱向展示；又從各種流派學說
與思想進行橫向論述，更可見其哲學思維之深廣。而其對於周易及儒
道佛學，亦有深刻體悟。此外，陳先生早年即鑽研文學，《清代駢文
通義》[15]為其代表作，亦著有《應用文概說》[16]、《文心雕龍論集》[17]，
而《東瀛詩草》[18]、《詩聯與朗誦》[19]更和古典詩相關。既是研究中華

14　關於陳耀南先生著作，可參考〈http://www.library.ln.edu.hk/eresources/lingnan/oral_
　　history/ynchan/ynchan_work.html〉。
15　陳耀南：《清代駢文通義》（香港：英華書院，1970年）。
16　陳耀南：《應用文概說》（香港：波文書局，1976年）。
17　陳耀南：《文心雕龍論集》（香港：現代教育出版社，1989年）。
18　陳耀南：《東瀛詩草》（香港：乾惕書屋，1982年）。
19　陳耀南：《詩聯與朗誦》（香港：獲益出版社，1995年）。

人文精神、哲學思想，又是駢文、詩歌語言專家，自然可以從哲學與文學角度探索勞先生的詩意與哲懷了。

張善穎先生的研究也是橫跨哲學與文學領域的。張先生專精生死哲學與倫理、邏輯思維、中國古代哲學，早年發表〈評勞思光著《中國文化路向問題的新檢討》〉[20]、又有詩歌創作造詣，並於一九九五年（民國八十六年）獲時報文學獎新詩獎；此外，《描金的影子》[21]詩集亦於二〇〇一年出版。再加上如其論文所云親聞勞先生之哲論，有這篇論文的完成，當然也就順理成章了。

至此看來，陳、張兩位先生的詩哲兼論，對於勞思光先生的詩歌創作討論而言，既是自然卻又猶如鳳毛麟角，彌足珍貴。

(二)「勞思光文學」的研究開展

對勞先生詩歌研究與研讀進行有系統與群體的開展，是二〇〇四年（民國93年）林碧玲先生與筆者主持的「《思光詩選》讀書會」[22]，邀請中文學界十多位學者對勞思光先生詩歌進行研讀，同時，以《思光詩選》為基礎，在向勞思光先生請教的過程中，從文字的校勘、創作時空的考究、字義的解釋、文本的詮釋等面向著手，經過四次修訂，於二〇一二年（民國101年）編成《勞思光韋齋詩存述解新編》[23]一書。

---

20 張善穎：〈評勞思光著《中國文化路向問題的新檢討》〉，收錄於《哲學雜誌》第9期（1994年7月），頁272-276。

21 張善穎：《描金的影子》（臺北市：麥田出版社‧城邦文化發行，2001年）。

22 「《思光詩選》讀書會」由國科會（現為科技部）人文學研究中心補助，自二〇〇四年（民93年）三月至二〇〇五年（民94年）十二月進行，每月聚會一次。之後讀書會由教育部補助華梵大學，成立人文暨藝術設計類研究室──「《思光詩選》讀書會」，並自二〇〇六年（民95年）三月起接軌運作，讀書會相關活動並持續至二〇一二年（民101年）《勞思光韋齋詩存述解新編》一書出版。

23 《思光詩選》的名稱變成《韋齋詩存》是有脈絡及意義的。請參閱林碧玲：〈「韋齋詩研究」的對象之考察──從勞思光先生之《思光詩選》到《韋齋詩存述解新編》擬議〉一文，有詳細的析論。收錄於《華梵人文學報》第6期（2006年1月），頁208~211。

　　《勞思光韋齋詩存述解新編》主要的目標在於「能夠具有普及教育與推展的意義，亦可成為研究勞思光詩歌的基礎材料。」因此，在述解的過程中，所設定理解的層次對象為高中至大學學生，尚不足以稱之為學術研究，值得開心的是，在這段述解的過程中，學界已陸續發表「勞思光文學（詩歌）」的相關論文。截至目前為止[24]，學界關於勞先生詩歌相關研究的論文，包含碩士論文兩本、單篇論文二十一篇。題目及作者發表時間順序如下：

發表年度	作者（發表次）	題目	備註
1997（民86）	陳耀南	詩藝哲懷兩妙奇——讀勞師《思光詩選》	詩1（哲）
2002（民91）	張善穎	情意我與心靈境界——從《思光詩選》一探勞思光先生的哲學生命	詩2（哲）
2005（民94）	林碧玲（1）	「思光詩研究」的價值與文獻之考察	詩3
2006（民95）	林碧玲（2）	「韋齋詩研究」的對象之考察——從勞思光先生之《思光詩選》到《韋齋詩存述解新編》擬議	詩4
2006（民95）	王隆升（1）	文化人的情意與詞心——論韋齋詞的生命情境與懷抱	詞1
2007（民96）	陳旻志（1）	勞思光「情意我」與文化人格的書寫研究	詩5（哲）
2007（民96）	彭雅玲（1）	開創詩歌抒情傳統的新猷——勞思光先生的學人之詩與詩人之思	詩6
2007（民96）	林碧玲（3）	勞思光韋齋詩的喜情樂境	詩7

---

24 所謂「目前」所指的時間點是二〇一七年（民106年）四月。

發表年度	作者（發表次）	題目	備註
2007（民96）	蔡美麗	百年風雨催詩筆，何處江湖託釣磯。安居於不足安居的天地中——讀思光先生詩作有感	詩8
2007（民96）	陳旻志（2）	自我境界與「聖」「人」接受模式的貞定——勞思光「文化整體觀」與詩學中的文化人格圖像	詩9（哲）
2007（民96）	王隆升（2）	試論韋齋詞的生命情懷——以感傷為基調的呈現	詞2
2008（民97）	王隆升（3）	試論韋齋詞的文化心靈與意涵	詞3
2008（民97）	林益祥	勞思光及其詩研究	詩10（碩論1）
2009（民98）	王隆升（4）	勞思光韋齋詞的寫作手法與生命情調再探	詞4
2009（民98）	吳亞澤（1）	勞思光詩歌研究	詩11（碩論2）
2011（民100）	王隆升（5）	試論勞思光韋齋詞的孤高意涵	詞5
2011（民100）	吳亞澤（2）	試論勞思光韋齋詩的憂患意識	詩12
2012（民101）	林碧玲（4）	世變民劫——勞思光韋齋詩「進退歷程」主題的恆常與儒家情懷	詩13
2012（民101）	彭雅玲（2）	主體與他者的對話：論勞思光先生的贈答酬唱詩	詩14
2012（民101）	王隆升（6）	勞思光韋齋詞的詮釋回顧	詞6
2013（民102）	彭雅玲（3）	依托、見證與超越：《勞思光韋齋詩存》中的亂離書寫	詩15

發表年度	作者（發表次）	題目	備註
2015（民104）	施懿琳	流離中的追尋：從《韋齋詩存》看勞思光的文化意識與離散書寫	詩16（哲）
2016（民105）	王隆升（7）	時差的超越：論勞思光韋齋詩的時空感興	詩17

由上表可知，自《思光詩選》在一九九二年（民國81年）出版，探討勞先生的文學有了文本依據，迄二○一七年（民國106年），已有二十五年時間，共計有十人針對勞先生的詩歌創作，進行二十三篇論述：

表一

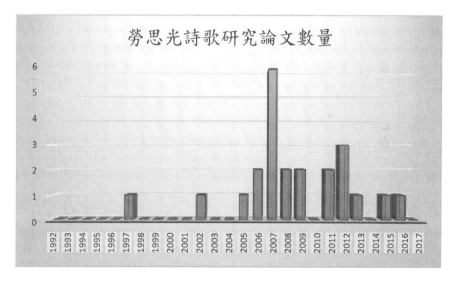

平均一年不到一篇的數量顯得較少，但若再觀察，自二○○五年（民國94年）起，迄今十二年中，共有二十一篇，平均一年有一點七五篇，且除了二○一○年（民國99年）、二○一四年（民國103年）之外，每年都有論文產生，這表示關於勞先生詩歌討論議題是被持續關注的，這不啻是令人欣喜的現象！

　　除上文已進行討論的陳耀南、張善穎先生的兩篇論文之外，可以看出目前對於勞先生詩歌研究，多集中在對於其生命情境之探索，亦即是對勞先生詩歌中所呈現的生命存在意義進行解析。雖然有進退、離散與追尋、時空反差、安居與不足安居、感傷與喜樂的詮釋視角，但作者在進行勞先生詩歌探討的命題同時，也正說明是對其詩歌的理解。然而，這樣多具有「反差」性的題目，究竟說明了什麼？是勞先生在詩歌中表現著過去與現在的現實差異？心境差異？還是在尋找自我定位中的反覆思索？

三　「勞思光詩歌」呈顯的生命狀態——殘缺與寒意的現實孤獨

　　自我認識固然可以透過自我省思與生命體驗來理解，但卻無法僅此依據完整建構。身世之感總被歸納為慨歎自己身世不好、感傷自己懷才不遇，遺憾自己屢遭挫折，但無論是哪一種情境，都是對於自我在環境中被抑制、限囿所生成的悲音。固然不能說這是沒有自我覺察與反省，但往往有某個契機消解了困頓，許多抑鬱便會化成雲煙。回到前言所說，生命證成常是在學而優則仕的傳統價值觀中顯露，但以勞先生的生命歷程來看，始終未曾在與為官去官的順逆與出處中讓自我喜樂或怨懟。這也就是說，政治法則或規範，並不影響勞先生的情緒欲求與人生抉擇。既是如此，所謂挫折、困頓、失意、傷感的文字，理當不會伴隨其詩歌出現才是。然而，檢視勞先生的詩歌：

> **蕭條蠻市困煩塵**。（庚寅年，1950，23歲，〈庚寅春謁李嘯風丈於臺灣，侍談竟夕。親長者之高風，顧前塵而微悵。吟俚詩四章，錄呈誨正〉，頁1）

歷歷半生**愁**作**劫**，荒荒五色望成**迷**。（丙申年，1956，29歲，〈再疊公遂原韻〉，頁17）

殘山寥落仍**偷活**。（己亥年，1959，32歲，〈無題〉，頁73）、世局撥**灰**心欲**死**，生涯閉閣暮成**憐**。（庚子年，1960，33歲，〈庚子冬，伯兄貞一擬過港小留，嗣因簽證不順而作罷，惘然有作〉，頁117）

卻多有孤詣沉鬱的苦悶演繹其中。這究竟透顯著如何的生命狀態？上述所舉的詩例，均是勞先生二、三十歲的青年而立之年作品，莫可奈何的情緒就已如此不堪，這難道不是在傾吐當時自我存在的苦悶意緒？然而，在此間所發生的「事件」：

因不滿時局，於二十八歲時親衰遠遊，獨自赴港。（1955，28歲）

雖受聘珠海學院但非永久居留，有不確定的無奈感。（1957，30歲）

父親過世卻未能及時奔喪。（1957，30歲）

臺灣《自由中國》被禁，雷震被以匪諜罪名入獄。（1960，33歲）

面臨親人離世，即便是一般凡人都難以堪受，更何況是一個離家的游子？面對自我生涯抉擇，總有難以消解的困境與憂嘆，更何況是對於家國天下憂懷滿盈的勞先生？

而其〈清華雜詠〉其四云：

小城猶許避囂塵，歲月匆匆又換春。酒肆茶坊多識面，只緣長是客中身。（己巳年，1989，62歲，頁387）

此詩是勞先生在闊別臺灣三十三年後,再度踏上臺灣土地,應當時清華大學人文學院李亦園院長之邀,在清華大學講學。雖然在勞先生的詩歌創作中,看起來此首顯得簡單易於理解讀,然而,「小城猶許避囂塵」就正面意義來看,固然是指新竹清大是出塵之所,但卻也透顯唯有此處得以讓我安歇的悵然;「歲月匆匆又換春」自然是對時空變化的感受,若是冬去春來的歡愉自然是一種美好,但「匆匆」恐怕是六十二歲的長者對「流逝」無法解除的惶恐了。如果說「只緣長是客中身」是表示勞先生客居在臺,亟欲返港,那麼,歲月的匆匆不是應該正好可以讓返港的日子到來更為接近嗎?因此,此處的客中,恐怕不只是身在臺灣的客觀現實,而是「長」為「客」的生命狀態。

「嚴氣宵深逼鬢絲,天涯節序旅人知。」(乙卯年,1975,48歲,〈乙卯歲除書懷〉,頁312)至此我們可以知道,從年少乃至於五、六十歲的人生際遇,對勞先生而言,並非是年輕與老年的三、四十年時間落差,而是理想與現實無法趨近的鴻溝。而上文所說的「事件」,便是無法趨近的鴻溝——「離」:自我選擇疏離、自我遠離、親人遠離、好友入獄(不也是一種離?)、連歲月也是匆匆而離、即便是「酒肆茶坊多識面」的「聚」,竟也緣自於一種「身是客」的游子身分,而游子不正是「離」的註解?

既是離,在時間的積累下只會讓鴻溝越擴越大,游子的鄉戀也更加難以撫慰,生命的缺憾也就更多,憂懷痛苦便結成痂。然而,勞先生的憂苦豈止是所謂的「離」與「游子」可以詮解?「江山霸氣會全消,北馬南船總寂寥。」(戊午年,1978,51歲,〈感時〉,頁338)才是勞先生「寂寥」、「缺憾」、「孤感」的憂傷所在。「雲海黃昏入混茫,天涯歲晚易懷鄉。」(甲子年,1984,57歲,〈步邢慕寰先生原韻奉寄〉,頁363)就表象來看是書寫黃昏景致變化、書寫淪落天涯的游子,面對年終歲晚的時節,總會勾起對故鄉的依戀之情。但將之置放在歷史的脈絡中尋繹,恐怕是對世局變化的影射,同時亦對詭譎多變

的情勢憂心忡忡。而這樣的憂患在更多詩作中鮮明顯露，讓勞先生的
現實孤獨透顯著一種靈魂孤鳴的低迴之音：

> 南飛鵲老殘棋冷，西去牛多墜緒亡。（甲辰年，1964，37歲，
> 〈甲辰除夕書懷，即柬幼椿先生其二〉，頁143）
> 詩懷殘夜雨，鄉夢故江楓。（戊申年，1968，41歲，〈書枚先生
> 以長排見寄，用昌谷〈惱公〉原題原韻。讀後步韻奉答〉，頁
> 208）
> 嚴氣高城夜漏長，久無殘夢向江鄉。（辛亥年，1971，44歲，
> 〈辛亥重九雜感其二〉，頁273）
> 眼前危幕憐巢燕，無奈揪枰局已殘。（乙丑年，1985，58歲，
> 〈新春即事其二〉，頁364）

> 湖海有情雙鬢白，琴書對影一燈寒。（丙申年，1956，29歲，
> 〈丙申十一月，簷櫻來寓所，蓋別已八載，相見感歎不能已。
> 夜談既久，偕飲坊肆中，酒意催愁，往夢歷歷。因作七律三
> 章，即以贈簷櫻其二〉，頁32）
> 一天碎葉作秋聲，庭院燈寒夜氣清。（丁酉年，1957，30歲，
> 〈立秋日即事〉，頁39）
> 夢兆真驚脫齒涼，寒燈伏枕夜茫茫。（丁酉年，1957，30歲，
> 〈喪中作〉，頁49）
> 憂患頻年意寡歡，南窗瞑坐品朝寒。（戊戌年，1958，31歲，
> 〈曉窗書感〉，頁55）
> 歲寒方厭客天涯，問疾英年亦可嗟。（庚午年，1990，63歲，
> 〈庚午冬，聞陳生中芷臥病，詩以問之〉，頁393）

面對大量出現的三十七個「殘」與四十三個「寒」字，我們能說這是

偶然的嗎？

　　然而，孤寒的情境實是時局逼仄的游子寂寞所產生的憂傷，精神苦旅的意義，往往揭櫫另一種光透明澈的思路。危邦之人亦有窮理承當的視鑑，靜觀冷照也能洞燭時局的問題所在。因而，在面對「一局風雲劫未收」、傾吐孤寒心聲的背後，吾道不孤、清俊淨煉的氣象才是更為真實：

> 書生清節霜為骨，國士豪談舌化虹。（庚寅年，1950，23歲，
> 〈庚寅春謁李嘯風丈於臺灣，侍談竟夕。親長者之高風，顧前
> 塵而微悵。吟俚詩四章，錄呈誨正〉其二，頁1）
> 任世無才且獨清，何須卜肆問君平？（己亥年，1959，32歲，
> 〈己亥歲暮郭亦園以近作四律見示，因步原韻書懷以答〉其
> 三，頁86）
> 澄清我亦平生志，笑約期頤敞壽筵。（壬子年，1972，45歲，
> 〈壽幼椿先生　有序〉，其八，頁284）

多變的人生總有不變的操持。生命的安頓，實是自我對於世局看透的清醒。孤寒雖是悽惶而蒼涼，反覆興湧的況味，隱然有一種踽踽獨行的孤高之態在其中，只是，當邁入人生七十，自不免有時不我予的喟嘆了：

> 莫問澄清少年志，夷門精魄已消亡。（辛巳年，2001，74歲，
> 〈新正即事　七律四首〉其二，頁417）

少年之相已然蒼老，但蒼老之身卻未改少年即有且持續的平生之志。

四 「勞思光詩歌」呈顯的生命意義──清透而敞亮的人生理想

外在環境固然是詩歌創作的重要契機，然而，詩人內心的感受才是驅使成文的重要關鍵。

勞先生之詩究竟是一種自我訴說、內在心靈的獨白？還是向外展示的宣明？支撐著詩歌意涵的是抑鬱與孤獨感。雖然讀者很容易在詩歌的閱讀中理解事件是造成勞先生鬱鬱寡歡的原因，畢竟掙扎、亟欲解脫卻揮之不去的氣氛或情調，往往主導著詩中的文字與情境。因而必須承認：殘缺與寒意的現實孤獨，終究是勞先生真確的人生映像；然而，在滿佈憂懷的生命狀態中，總有一種「飄零難屈我」（戊申年，1968，41歲，〈書枚先生以長排見寄，用昌谷〈惱公〉原題原韻。讀後步韻奉答〉，頁208）的強韌生命力，即是一種承當精神，在最絕望與最不堪的、最孤絕與缺殘的境遇中，將飄零異鄉的絕境轉化成希望，讓自我主體看似在萬劫不復的深淵中，折射出自我調整、安立面對的生命意志。

也許從詩字中看來，勞先生哪有所謂的安立之姿？〈春興其一〉不是說：

> 晴陽三日入簾新，依舊文園瘦病身。世有津梁疲此子，我無民土賞何春？
> 左旋觀象思天運，先笑占辭泣旅人。書劍比年虛一用，危樓倦眼送車塵。是日占易，得「旅人先笑後號咷」之辭。（庚子年，1960，33歲，頁91）

顯示當時隻身在香港的勞先生，在此處非我土，我亦非此民的無根狀態中，面對晴陽入簾的早春情景，亦不會有歡愉之感，因而透露出一

種春韻雖好卻無心欣賞的悵然之嘆。「晴陽」、「新」雖具正向力量，但是「依舊」、「瘦病」、「泣」、「倦眼」、「車塵」即是黯然落寞的游子之情、更是慨嘆世途蹇困多凶的憂懷。然而，「世有津梁疲此子，我無民土賞何春？」恐怕是勞先生如此低迴沉鬱的真正的關鍵所在。換句話說，「滿座猴冠不忍看」、「劫深天下」（庚子年，1960，33歲，〈夜作偶成其一〉，頁110）家國紛亂、政治與文化為跳樑小丑所斲傷，方是勞先生憂苦根植的原因所在。因之，無意賞春實是掛心於蒼黎浩劫、不忍之懷。

這難道不能說是一種從孤絕的悲感中折射出來的堅毅果決精神嗎？

越是困頓越是反襯勞先生的苦志心跡。〈日暮獨步憶寅恪先生詩有感〉云：

> 昔傳陳叟傷春句，煙火英倫感歲華。我亦孤懷當去國，誰容大難更謀家？
> 五年奇劫鄉書絕，一枕危樓鬢雪加。興廢待爭風雨急，黃昏曠野立天涯。
> 案：其時方訪問普林斯頓。（己酉年，1969，42歲，頁238）

此詩是勞先生在普林斯頓大學講學，黃昏時分獨步校園，思及陳先生的詩歌，有感而作。陳寅恪先生的詩即是〈南朝〉一詩：「金粉南朝是舊遊，徐妃半面足風流。蒼天已死三千歲，青骨成神二十秋。去國欲枯雙目淚，浮家虛說五湖舟。英倫燈火高樓夜，傷別傷春更白頭。」[25]一九三七年（民國26年）七月七日蘆溝橋事變，日軍侵華、

---

25 陳寅恪：《陳寅恪集》（北京市：生活・讀書・新知三聯書店，2001年），頁57。此詩原名為〈臥病英倫七律二首其二〉，北京清華大學出版社一九九三年版《陳寅恪詩集附唐篔詩存》原為此名。

七月二十九日，北平淪陷。陳寅恪先生父親陳三立舊疾復發憂憤而逝；陳寅恪先生亦因國難與父喪雙重打擊，讓高度近視的右眼視網膜突然剝離。儘管治療之事刻不容緩，但他仍在十一月帶家人離開北平流亡，耽誤治療。原本亦視力不佳的左眼，又因為在蒙自西南聯合大學時，於昏暗的燈光下完成《隋唐制度淵源略論稿》一書，致使一九四五年（民國34年）幾近失明。直至抗戰勝利，赴倫敦治療，然為時已晚，右眼僅剩一絲微光。此詩即是當時所感。

陳寅恪先生之後的生命歷程依然曲折不斷。勞先生一方面感懷於陳寅恪先生的堅持與學術成就，一方面亦沉痛於文革帶來的文化浩劫，且又身處異國，更有一種去國懷鄉的遺憾。孤懷去國和去國懷鄉，並不是用「矛盾」一詞可以詮釋的，而是一種糾葛情結。「傷」、「感」、「孤懷」、「去國」、「大難」、「奇劫」、「鄉書絕」、「鬢雪加」、「風雨急」、「天涯」[26]瀰漫著亂離悲感，懷抱孤懷而去國，卻又因戀戀之情而懷抱故國、既痛心故國的亂事，卻又在鄉音斷絕的天涯遠處回首凝眺，儼然有興亡關懷、救亡圖存的精神，透顯著一個傲岸風骨的身影，亦即在孤懷傷感中，堅持著清透而敞亮的人生理想。

五　結論

勞思光先生用哲學灑豁其經典的學術風貌，同時也用詩歌證成其孤昂挺健的生命圖騰。而文人用什麼形式記錄自己的生命歷程？勞思光先生的學術語言終究是哲學語言，因而選擇在文學語言中探尋其凝

---

26 韋齋詩中常用的字詞尚有「老」（出現三十九次）、「獨」（三十六次）、「孤」（三十七次）、「愁」（二十七次）、「傷」（二十二次）、等字，屬於情緒的字眼甚多。本文討論以殘缺與寒意為核心，並透顯勞先生心靈澄淨清透之生命本質。爾後將持續討論勞詩中的「老」、「獨」意義。此外，勞詩最常見者實為「感時」、「感世」之筆，更可見其生命狀態與世局的深刻聯繫，亦為爾後探索詩義（藝）之必要關注點。

聚了心曲的律動。雖然吟詠固然不足以涵蓋真實的性情,但是,除非我們看到勞先生真實生活與他表現出來的性情志願是相反的,否則,文如其人自然是成立的。也就是說,詩歌是一種生命的形式,詩風是人格的體現,在閱讀勞先生韋齋詩的過程中,視見一個即使是處於孤冷漠然的境域中,依然存有不變堅持與理想的身影。

從一個日常的隨筆,雪泥鴻爪的字跡到隨意的棄置、從生徒的拾撿到整理付印、從《思光詩選》到《勞思光韋齋詩存述解新編》、從對自我的聊以自慰到他者可以從中掇拾智者的堅著志行與蘊藉情懷,用古今興亡、去國懷鄉、流離安居、世變孤懷所組成的矛盾糾葛,卻儼然形成一個可以串聯的線索,透顯孤絕中的剛毅生命。面對人生匱乏或困頓之時,遺失的東西往往是創作泉源的根植所在,然而,顯然勞先生雖以實際的流離作為代價,卻在詭譎多變的世局中展現苦而不屈的風範,為勞思光韋齋詩歌形塑一個深具孤憤憂慨卻又卓拔清亮的生命印記。

──原題為〈清透與孤寒的雙重況味──論勞思光韋齋詩的生命印記〉發表於「文化理性的批判與哲學理性的辯護──勞思光教授九十冥壽學術會議」論文(香港:香港中文大學,2017年5月25日);又修正題目為〈清透與孤寒的雙重況味──從「勞思光文學」的討論出發,論韋齋詩的生命印記〉,刊登於《中國哲學與文化》(香港:香港中文大學)第十七輯,預計2019年6月出版。

文學研究叢書 0800007

平生懷抱此中留——勞思光韋齋詩詞論文集

作　　者　王隆升
責任編輯　林以邠
特約校稿　林秋芬

發 行 人　陳滿銘
總 經 理　梁錦興
總 編 輯　陳滿銘
副總編輯　張晏瑞
編 輯 所　萬卷樓圖書股份有限公司
排　　版　林曉敏
印　　刷　百通科技股份有限公司
封面設計　菩薩蠻數位文化有限公司

發　　行　萬卷樓圖書股份有限公司
　　　臺北市羅斯福路二段 41 號 6 樓之 3
　　　電話 (02)23216565
　　　傳真 (02)23218698
　　　電郵 SERVICE@WANJUAN.COM.TW
香港經銷　香港聯合書刊物流有限公司
　　　電話 (852)21502100
　　　傳真 (852)23560735

ISBN 978-986-478-267-3
2019 年 4 月初版一刷
定價：新臺幣 320 元

如何購買本書：

1. 劃撥購書，請透過以下郵政劃撥帳號：
　　帳號：15624015
　　戶名：萬卷樓圖書股份有限公司
2. 轉帳購書，請透過以下帳戶
　　合作金庫銀行　古亭分行
　　戶名：萬卷樓圖書股份有限公司
　　帳號：0877717092596
3. 網路購書，請透過萬卷樓網站
　　網址 WWW.WANJUAN.COM.TW

大量購書，請直接聯繫我們，將有專人為
您服務。客服：(02)23216565 分機 610

如有缺頁、破損或裝訂錯誤，請寄回更換
版權所有·翻印必究
Copyright©2014 by WanJuanLou Books CO., Ltd.
All Right Reserved　　　　Printed in Taiwan

國家圖書館出版品預行編目資料

平生懷抱此中留：勞思光韋齋詩
詞論文集 / 王隆升著. -- 初版. --
臺北市：萬卷樓, 2019.04
面；　公分. -- (文學研究叢書；　800007)
ISBN 978-986-478-267-3(平裝)
1.　詩詞　2.詩評　3.詞論

851.486　　　　　　　　　　108000639